本书系教育部人文社会科学青年基金项目"二十世纪非裔美国乌托邦文学研究"（16YJC752021）；天津大学自主基金创新项目"非裔未来主义理论与批评研究"（2022XS—0018）的成果

二十世纪非裔美国文学中的乌托邦书写研究

武玉莲　著

吉林大学出版社

·长春·

图书在版编目（CIP）数据

二十世纪非裔美国文学中的乌托邦书写研究 / 武玉莲著. -- 长春：吉林大学出版社, 2022.11
ISBN 978-7-5768-0579-6

Ⅰ.①二… Ⅱ.①武… Ⅲ.①美国黑人—文学研究—美国 Ⅳ.①I712.06

中国版本图书馆CIP数据核字(2022)第176559号

书　　名：二十世纪非裔美国文学中的乌托邦书写研究
ERSHI SHIJI FEIYI MEIGUO WENXUE ZHONG DE WUTUOBANG SHUXIE YANJIU

作　　者：武玉莲　著
策划编辑：殷丽爽
责任编辑：张宏亮
责任校对：安　萌
装帧设计：雅硕图文
出版发行：吉林大学出版社
社　　址：长春市人民大街4059号
邮政编码：130021
发行电话：0431-89580028/29/21
网　　址：http://www.jlup.com.cn
电子邮箱：jldxcbs@sina.com
印　　刷：长春市中海彩印厂
开　　本：787mm×1092mm　　1/16
印　　张：13.5
字　　数：220千字
版　　次：2023年1月　第1版
印　　次：2023年1月　第1次
书　　号：ISBN 978-7-5768-0579-6
定　　价：78.00元

版权所有　翻印必究

目 录

绪 论 / 1
    第一节　研究现状 / 2
    第二节　理论框架 / 7
    第三节　研究内容 / 14

第一章　20世纪初的非裔美国乌托邦书写 / 17
    第一节　新黑人民族国家乌托邦想象 / 17
    第二节　《同一血统或，掩盖着的自我》与"非洲故国" / 23
    第三节　《黑人的光明前程》《彗星》与未来"甜蜜的自由之乡" / 34
    本章小结 / 46

第二章　20世纪二三十年代的非裔美国乌托邦书写 / 48
    第一节　世界民族国家乌托邦想象 / 48
    第二节　《黑色帝国》与"黑色帝国" / 52
    第三节　《黑公主》与"有色世界主义"想象 / 64
    本章小结 / 77

第三章　20世纪四五十年代的非裔美国乌托邦书写 / 78

第一节　"黑人美国梦"："对更加美好的生存方式的欲望" / 78

第二节　休斯诗歌的乌托邦想象："自由美国梦" / 85

第三节　《阳光下的葡萄干》的乌托邦想象："平等美国梦" / 96

本章小结 / 110

第四章　20世纪60—80年代的非裔美国乌托邦书写 / 111

第一节　"乌托邦时刻" / 111

第二节　《黛妈妈》与田园乌托邦 / 114

第三节　《黛妈妈》与美食乌托邦 / 126

第四节　《布鲁斯特街的女人们》与布鲁斯乌托邦 / 138

第五节　黑人两性关系的多维想象："母权乌托邦""无性乌托邦""双性同体乌托邦" / 150

本章小结 / 167

第五章　20世纪90年代以来的非裔美国乌托邦书写 / 169

第一节　"乌托邦式微" / 169

第二节　《播种者寓言》与生态恶托邦 / 172

第三节　《天赋寓言》与宗教恶托邦 / 181

本章小结 / 190

结　语 / 191

参考文献 / 194

绪 论

美国乌托邦领域的研究起步早、硕果丰，自20世纪七八十年代以来，美国学术界出现了乌托邦文学研究的热潮，然而在美国白人乌托邦文学研究繁荣的背后，受主导思想的影响，非裔美国乌托邦文学的研究却略显冷清。一些学者如尼克尔斯、亨利和威廉斯认为非裔美国人备受压迫的历史境遇很难让他们描摹一个完美的未来世界，并给出"非裔美国文学缺乏乌托邦的维度"[1]，"非裔乌托邦冲动并未促成真正的文学乌托邦的产生"[2]等论断。这种论断一度让非裔美国乌托邦文学研究进展缓慢。本课题致力于20世纪非裔美国乌托邦文学研究，选取具有代表性的非裔美国作家，探讨其作品中乌托邦内涵的演变历程，以及与白人乌托邦的异同，挖掘黑人作家乌托邦文学的特异性，探索其特异性背后隐藏的社会背景和原因，揭示非裔美国人在不同历史阶段的政治构建和身份诉求。课题选取20世纪初作为节点，因为非裔美国乌托邦思想的蓬勃发展发生在黑人获得人身自由之后；自由黑人对政治、经济等方面的欲望与不可得之间造成巨大的落差，开始催生大量乌托邦作品。

---

[1] NICHOLS W, HENRY C P. Imagining a future in America: a racial perspective [J]. Alternative futures: journal of utopian studies, 1978, 1 (1): 39-50. p.39.
[2] WILLIAMS P N. Black perspectives on utopia [M]// RICHTER P E. Utopia/ dystopia? Cambridge, Mass.: Schenkman, 1975: 45-56. p.47.

第一节　研究现状

一、国外研究概述

国外现有研究缺乏系统性，研究的主题和范类也较为单一，具体如下。

第一，很多评论家将乌托邦纳入科幻文类的研究范畴。作为科幻小说政治表达的一个亚分类，乌托邦很多时候被科幻所遮蔽。近年来，随着科技的发展，科幻文学日益成为学术领域的重要研究课题，如《暗物质：非裔作家百年推理小说》[①]和《科幻小说史》[②]两部书都将奥克塔维娅·巴特勒（Octavia Butler）和塞缪尔·R.德勒尼（Samuel R. Delany）两位作家归入科幻小说作家的范畴。这两位作家固然创作了大量的科幻作品，但同时也是非裔美国文学史上重要的乌托邦作家。另外，随着近年来科幻热浪潮的推进，非裔美国科幻引起了较多关注，更加遮蔽了乌托邦内涵的发掘。

第二，注重对乌托邦社会试验、乌托邦社会运动的研究。很多现有研究探讨社会乌托邦思想与实践。譬如，《黑色乌托邦：美国的黑人公社试验》[③]一书就总结了美国内战之前的纯黑人公社实践。《非裔美国人与乌托邦：更美好生活的愿景》[④]一文也梳理了一些非裔美国人为实现美好生活而建立的社区，既有专门的黑人社区，也有跨种族社区。《自由之梦：黑人的激进想象》[⑤]是一部对美国黑人历史上出现的黑人运动的详尽记录，从不同角度总结概括了美国黑人历史上不同运动的主要思想、实践过程以

[①] THOMAS S R. Dark matter: a century of speculative fiction from the African diaspora [M]. New York: Warner Books, 2000.
[②] ROBERT A. The history of science fiction [M]. London: Palgrave Macmillan, 2016.
[③] PEASE W H, PEASE J H. Black utopia: negro communal experiments in America [M]. Madison: University of Wisconsin Press, 1963.
[④] SARGENT L T. African Americans and utopia: visions of a better life [J]. Utopian studies, 2020, 31 (1): 25-96.
[⑤] KELLEY R D G. Freedom dreams: the black radical imagination [M]. Boston: Beacon, 2002.

及社会影响。作者罗宾·凯莱（Robin Kelley）首先从自身经历和思想转变出发，指出"自由与爱"是美国黑人运动的最终目标和梦想，本书接着从"新大陆的梦想"出发，指出美国黑人的历史就是一部迁徙的历史，"逃离主义""回到非洲""泛非主义""移民主义"等都在质疑西方的国家模式。

第三，研究主题大多局限于性别、种族、政治和身份主题。乌托邦研究限于传统黑人文学研究的范畴，着力探索作品中的种族与性别主题。譬如，《血统之乌托邦：马丁·德拉尼和波琳·霍普金斯的身体乌托邦》[①]探究了德拉尼和霍普金斯是如何利用种族科学的话语来构建自己的种族乌托邦。《黑人女孩来自未来：奥克塔维亚·巴特勒的〈雏鸟〉》[②]阐释了《雏鸟》一书中蕴含的非裔未来女权主义，认为巴特勒挑战了核心家庭的首要地位和压制性的异系社会的主导地位，重新配置和考虑种族、性和亲密以何种潜在的方式进行运作，阐明了未来主义如何想象亲密和家庭关系。以上多是从种族、性别的视角开展的研究，但对生态乌托邦、建筑乌托邦、音乐乌托邦和食物乌托邦等的研究不多，而建筑、音乐和食物等正是非裔美国黑人借以表达政治诉求和美好理念的重要方式和手段。

第四，研究范类大多集中在乌托邦和恶托邦上。学者对非裔美国乌托邦文学的研究维度局限于乌托邦和恶托邦，尤其是20世纪90年代以来，随着乌托邦之死的论调占据了文坛，恶托邦研究较多。譬如，《奥克塔维亚·巴特勒科幻小说中的乌托邦、反乌托邦与意识形态》[③]一文揭示巴特勒作品中乌托邦、恶托邦和意识形态的相互作用。《奥克塔维亚·巴特勒〈寓言〉系列的恶托邦批评、乌托邦可能性和人类目标》[④]对恶托邦社会进

[①] REID M A. Utopia is in the blood: the bodily utopias of Martin R. Delany and Pauline Hopkins [J]. Utopian studies, 2011, 22 (1): 91-103.

[②] MORRIS S M. Black girls are from the future: afrofuturist feminism in Octavia Butler's Fledgling [J]. Women's studies quarterly, 2012, 40(3/4): 146-166.

[③] ZAKI H M. Utopia, dystopia, and ideology in the science fiction of Octavia Butler [J]. Science fiction studies, 1990, (17): 239-251.

[④] STILLMAN P G. Dystopian critiques, utopian possibilities, and human purposes in Octavia Butler's Parables [J]. Utopian studies, 2003, 14(1):15-35.

行了详细解读,对现在的世界图景未来可能出现的危险提出预警。《行走在恶托邦世界:奥克塔维亚·巴特勒的〈播种者寓言〉》[①]通过巴特勒小说中身体书写策略,描述出主人公在末日世界的生活经历,并提供未来可能的出路,其中她身体经历的苦难等是恶托邦世界的反映,她顽强的反抗行为体现出个体能够依靠自己的力量创造一个更好的未来。值得一提的是,虽然恶托邦研究占据了多数,但多是批判恶托邦研究,即可以归类于"积极主义恶托邦""批判主义恶托邦"或"开放性/开放结局式恶托邦"。事实上,非裔作家很多情况下都借助于在现实生活中营造一个异质空间来传达身份诉求,不过对现实存在异质空间的"异托邦"和赛博空间里的"伊托邦"研究较少。

第五,大部分研究主要侧重于美国个别作家乌托邦意识的考究,未能表现出从系统角度从事非裔作家乌托邦研究的自觉意识,对非裔美国乌托邦想象整体嬗变的把握有待深化。这方面的研究比较突出的有:奥克塔维娅·巴特勒作品中的乌托邦和恶托邦研究[②]。马丁·R.德拉尼(Martin R. Delany)与保琳·霍普金斯(Pauline Hopkins)作品中的身体乌托邦研究[③],萨顿·E.格里格斯(Sutton E. Griggs)和乔治·S.斯凯勒(George S. Schuyler)小说中的批判乌托邦研究[④],以及塞缪尔·R.德拉尼(Samuel R. Delany)的同性恋乌托邦研究[⑤]。此外,《南希·普林斯的乌托邦:重塑非裔美国人的乌托邦传统》[⑥]一文专门选取《南希·普林斯夫人(1850)的生活和旅行叙述》,阐释了非洲裔美国人在更早时期参与乌托邦思想构建的

[①] YANG N N. Walking in a dystopian world: violence and body in Octavia E. Butler's Parable of the sower [J]. Fiction and drama, 2012, 21 (2): 63-92.

[②] HAMPTON G J. Vampires and utopia: reading racial and gender politics in the fiction of Octavia Butler [J]. CLA Journal, 2008, 52(1): 74-91.

[③] REID M A. Utopia is in the blood: the bodily utopias of Martin R. Delany and Pauline Hopkins [J]. Utopian studies, 2011, 22 (1): 91-103.

[④] VESELÁ P. Neither black nor white: the critical utopias of Sutton E. Griggs and George S. Schuyler [J]. Science fiction studies, 2011, 38 (2): 270-287.

[⑤] GRIFFITHS T M. Queer.black politics, queer. black communities: touching the utopian frame in Delany's Through the valley of the nest of spiders. African American review, 2015, 48 (3): 305-317.

[⑥] FOSTER A. Nancy Prince's utopias: reimagining the African American utopian tradition [J]. Utopian studies, 2013, 24(2): 329-348.

绪 论

经历。

近三年，非裔美国乌托邦的系统研究开始引起关注，出现了一些少数研究性论文、专著和博士论文，这些研究都提供了非裔美国乌托邦的整体视角，比较突出的研究成果如下。

专著方面，亚历克斯·萨马林（Alex Zamalin）的《黑人乌托邦：从黑人民族主义到非裔未来主义的历史》[①]是非裔美国乌托邦思想研究的一大力作。本书关注美国黑人历史在政治文化方面曾经被忽略的想象，力图对乌托邦理想提供批评性的解读，加深对西方乌托邦思想及其对现代性的影响的理解，尤其是美国黑人和美国知识分子的传统理解。著作的每个章节选取了一个典型历史人物在政治文化方面所做的工作。书中指出美国黑人运动经历了从逃离美国本土、寻找新世界，到泛非主义，到黑人乌托邦式的政治愿景破灭，直至引发反乌托邦思想的过程。通过这样的解读有利于了解美国黑人政治和文化想象存在的束缚，为了解当代政治生活提供启示，是对非裔美国乌托邦思想的全面梳理。但本书的研究也存在着一些不足，本书分析的美国黑人运动历史中的代表作家以男性居多，女性作家主要谈论了奥克塔维娅·巴特勒，部分遮蔽了黑人女性的杰出贡献。

论文方面，近两年陆续有论文发表。大卫·莱姆克（David Lemke）的博士论文《来自内部的批判：早期非裔美国乌托邦传统及其对更美好社会的愿景》[②]考察了19世纪和20世纪早期三位非裔美国乌托邦先驱作家，即菲利斯·惠特利、弗雷德里克·道格拉斯和乔治·斯凯勒的贡献，指出这些作家如何对美国价值观从内部提出批判，以重新构建非裔美国价值观。《非裔美国人与乌托邦：更美好生活的愿景》[③]是乌托邦研究的杰出学者莱曼·托尔·萨金特（Lyman Tower Sargent）的最新研究，本文对历史上的非裔美国人乌托邦主义做了详尽的梳理，更重要的是，爬梳了19世纪中

---

① ZAMALIN A. Black utopia: the history of an idea from black nationalism to afrofuturism [M]. New York: Columbia University Press, 2019.

② LEMKE D. A critique from within: the early African American utopian tradition and its visions of a better society [D]. Minneapolis: University of Minnesota, 2020.

③ SARGENT L T. African Americans and utopia: visions of a better life [J]. Utopian studies, 2020, 31 (1): 25-96.

期至今的非裔美国作家的乌托邦作品，全面地介绍了各个阶段的乌托邦概貌，是研究非裔美国乌托邦作品的权威参考文献。本文为了解非裔美国人在乌托邦文学、理想社区、乌托邦社会理论做出的贡献呈现了一个全面的视角。以上研究都提供了非裔美国乌托邦研究的整体视角，但可以看出，这些研究要么是概述，要么只是针对几个作家的研究，在广度和深度上有待继续深化。

总之，学术界开始有对非裔美国乌托邦进行整合研究的意识，表现了非裔美国乌托邦的系统性研究已经开始引起学界的重视，但经研究综述，可以发现，这方面的研究还有很大的挖掘空间，有待形成非裔美国思想的整体研究。

二、国内研究概述

国内学者对非裔美国乌托邦的研究主题不是很丰富，现有研究主要体现在以下两个方面。

第一，研究主要集中在大家所熟知的非裔美国作家的乌托邦思想解读上。就目前所见，共有10多篇相关文章，其中高质量论文包括朱小琳的《乌托邦理想与〈乐园〉的哀思》[1]、毕小君的《解构中的重构——兰斯顿·休斯的乌托邦》[2]等。硕士论文有：秦洁荣的《托妮·莫里森〈宠儿〉中的乌托邦主义》[3]、张洁的《格洛丽亚·内勒小说〈贝利咖啡馆〉的乌托邦解读》[4]，以及笔者专的博士论文《格洛丽亚·内勒之乌托邦思想研究》[5]。上面研究多是针对某位作品、某位作家乌托邦主题的个案研究，尤以托尼·莫里森为最。除了乌托邦研究，也有学者致力于反乌托邦、异托邦研究，譬如，梁颖的《〈天堂〉对传统乌托邦的颠覆》[6]、詹

---

[1] 朱小琳. 乌托邦理想与《乐园》的哀思[J]. 北京第二外国语学院学报, 2005(4): 96-100.
[2] 毕小君. 解构中的重构——兰斯顿·休斯的乌托邦[J]. 河南师范大学学报: 哲学社会科学版, 2012, 39(4): 241-243.
[3] 秦洁荣. 托妮·莫里森《宠儿》中的乌托邦主义[D]. 成都: 四川师范大学硕士, 2004.
[4] 张洁. 格洛丽亚·内勒小说《贝利咖啡馆》的乌托邦解读. 河北师范大学, 2017.
[5] 武玉莲. 格洛丽亚·内勒之乌托邦思想研究[D]. 北京: 北京外国语大学, 2015.
[6] 梁颖. 《天堂》对传统乌托邦的颠覆[J]. 世界文学评论, 2012 (1): 197-201.

作琼的《"天堂"还是"地狱"？——解析托妮·莫里森〈乐园〉中的异托邦》[①]等。

第二，仅有部分研究力图对乌托邦进行系统的整合研究。笔者有两篇文章，《南北战争以降非裔美国乌托邦表征空间之嬗变研究》与《非裔美国文学中乌托邦的空间转向》，希望对非裔美国文学中的乌托邦书写研究形成一个系统的认识。

国内对非裔美国文学作品中的乌托邦作品的关注远远不够，尤其是缺乏系统性的整合研究。

综上所述，作为美国乌托邦文学的一枝独秀，美国非裔美国文学并未引起足够的重视，其研究有待于全面化、系统化和深入化。

第二节 理论框架

本课题首先需要澄清乌托邦的定义，因为乌托邦看似熟悉，实际上是个非常复杂的概念，很难用几句话来概括。接下来首先对乌托邦及相关概念梳理。

一、乌托邦概念梳理

乌托邦是个意义很广的概念。广义上讲，它不仅仅是一种文学体裁，更被认为是一种思维方式，一种社会理论，甚至是一种方法。著名的乌托邦研究专家莱曼·托尔·萨金特（Lyman Tower Sargent）区分了乌托邦主义的三个方面：文学乌托邦、乌托邦实践和乌托邦社会理论。乌托邦实践包括意向共同体、乌托邦实验和实践乌托邦，而乌托邦社会理论可以是一种分析方法，包括乌托邦与意识形态之间的关系，乌托邦主义在宗教中的作用（特别是在基督教神学中的作用），以及乌托邦主义在殖民主义和后

[①] 詹作琼. "天堂"还是'地狱'？——解析托妮·莫里森《乐园》中的异托邦[J]. 中北大学学报（社会科学版），2016, 32（3）: 99-101+106.

殖民主义中的作用，等等①。

狭义的乌托邦概念是指乌托邦文学。文学中的"乌托邦"一名滥觞于英国著名作家托马斯·莫尔的小说《乌托邦》。莫尔将希腊的"没有"（ou）和"地方"（topos）结合起来，创造了一个拉丁新词 Utopia，意指"乌有之乡"。文学乌托邦主要是为了描绘一个另类的理想社会而发明的，这种文学体裁通常借一位旅行者之口，描述世界上某个不为人知国度的美好生活，这个社会在空间上或时间上与世隔绝。莫尔的《乌托邦》开创了一种新的文学体裁，在莫尔之后，西方出现了大量这种体裁的文学作品，如康帕内拉的《太阳城》、培根的《新大西岛》、莫里斯的《乌有乡消息》、贝拉米的《回顾》等，这类乌托邦小说的特点是文学性并不很强，其主要目的在于展示某个理想社会，实现政治功能。

文学作品中的乌托邦经历了不同的形态和阶段。乌托邦形态主要经历了从古希腊推崇理念世界的古典乌托邦（classic utopia），到中世纪以依靠上帝来求得至福的基督教乌托邦（Christian utopia），再到人为自己立法的现代乌托邦（modern utopia），其中既包括莫尔的具有非时间（空间）性的原型乌托邦（prototype utopia），也包括致力于直接在社会中建立美好国度的启蒙主义乌托邦（Enlightenment utopia）②。乌托邦创作大致共分为五个阶段。第一阶段，乌托邦主要通过叙事旅行者描述一个遥远的虚构国度，大部分是岛屿，这些国家从根本上比真实的当代社会要好，从而对现实世界提出批判及道德告诫。第二阶段，与第一个阶段非常相似，它的叙事旅行者仍然是一名皈依者，不同的是，无地（ou-topia）不再是另一个地方，而是未来的时间。乌托邦文本的功能就变成了革命目标或有待实现的蓝图，人类可以通过行动甚至借助武力，反映了对人类意志力的肯定。第三阶段，经典反面乌托邦，其叙事视角由旅行者变成了内部观察者。反面乌托邦不是由一个游客描述，而是由一个内部居民进行描述，从内部来看，这个社会充满了绝望，看起来一点也不美好。第四个阶段，批判性乌

---

① SARGENT L T. Utopianism: a very short introduction [M]. Oxford: Oxford University Press, 2010: 5-7.
② 张翼飞. 现代性与乌托邦——对西方现代乌托邦的类型学研究[D]. 杭州: 浙江大学, 2012: 7.

绪 论

托邦，它承认古典乌托邦的缺陷，不是完美主义者。20世纪六七十年代的短暂的乌托邦文学的复兴之后，进入了第五阶段，批判性反乌托邦。尽管它仍然是一个反面乌托邦[①]，它比经典的反乌托邦充满了希望。以下将对几个概念作以下重点阐释。

反面乌托邦或恶托邦（dystopia）。资深乌托邦理论家在《重乌托邦的三张面孔》（"The Three Faces of Utopianism Revisited"，1994）中给出了这么一个定义："一个不存在的世界，通过相当丰富的细节展现了一定的时空定位。作者试图让同时代读者相信，这个世界比他们所生活的社会更糟糕"[②]。20世纪被认为是反面乌托邦的世纪，主要由于反面乌托邦三部曲——叶·伊·札米亚京的《我们》、阿道司·赫青黎的《美丽新世界》、乔治·奥维尔的《一九八四》的重大影响。20世纪中期，在科幻作家善于创造的"新的地狱图"中，反面乌托邦这股否定力量在当代通俗文化中形成了新的批评领域。

"批判性乌托邦"（critical utopia）是汤姆·莫伊兰（Tom Moylan）在分析第四阶段的乌托邦小说时提出的一个概念。在20世纪60年代，在反资本主义、社会主义、自由意志主义、生态主义和女权主义的影响下，出现了"乌托邦思想的短暂回潮"[③]。为了与新时代保持一致，莫伊兰发明了"批判性乌托邦"这个术语。"批判性乌托邦"作为一种新的自省类型的乌托邦小说，试图克服这种类型本身的明显的历史和形式问题。在《不可能的渴望：科幻小说与乌托邦想象》（Demand the Impossible: Science Fiction and the Utopian Imagination, 1986）中，莫伊兰提出了批判性乌托邦的特征：

[①] SEYFERTH P. A glimpse of hope at the end of the dystopian century: the utopian dimension of critical dystopias[J/OL]. ILCEA. Revue de l' Institut des langues et cultures d'Europe, Amérique, Afrique, Asie et Australie, 2018 (30). http://journals.openedition.org/ilcea/4454.

[②] SARGENT L T. The three faces of utopianism revisited [J]. Journal of the society for utopian studies, 1994, 5 (1): 1-37.p.9.

[③] SARGENT L T. Utopianism: a very short introduction [M]. Oxford: Oxford University Press, 2010: 30.

批判性乌托邦的一个中心问题是意识到乌托邦传统的局限性，因此这些文本拒绝乌托邦作为蓝图，而将它作为梦想保留下来。此外，这些小说详细阐述了原始世界和与之对立的乌托邦社会之间的冲突，以便更直接地阐述社会变革的过程。最后，小说聚焦于乌托邦社会本身的差异和不完美的持续存在，从而呈现出更多可识别和动态的选择。①

可以看出，批判性乌托邦保留了乌托邦社会的解放想象，同时摧毁了它的单一性和一致性。换句话说，在恢复解放的乌托邦想象的同时，它挑战了传统乌托邦的政治和形式局限性。在《乌托邦读者》的导言中，克莱和萨金特表达了同样的理解："作者希望同时代的读者认为它是比当代社会更好的乌托邦，但所描述的社会可能能够解决也可能无法解决当代的困难问题，并且对乌托邦持批判态度"②。这证明批判乌托邦与传统乌托邦有明显的不同，它强调社会是不断变化的，而不是静止的。因此，当读者努力表达社会梦想时，他们可以看到乌托邦社会的紧张和冲突。

批判性反乌托邦（critical dystopia），与批判性乌托邦非常相似，但它们更黑暗、悲观，这同新自由主义与宗教激进主义泛滥以及环境恶化的时代特征相吻合。"批判性反乌托邦"是萨金特创造的一个术语，但汤姆·莫伊兰再次用政治评论和科幻小说分析来充实它。它认为批判性反乌托邦"用开放的、激进的、乌托邦式的立场来协商一般反乌托邦的必要悲观主义，这种立场不仅突破了文本的另类世界的霸权外壳，而且自我反思地拒绝了反乌托邦的诱惑，这种诱惑像潜伏的病毒一样在每个反乌托邦的叙述中挥之不去"③。在美国，20世纪八九十年代批判性反乌托邦愿景仔细审视了当代封闭的糟糕的状况，在对日益加剧的剥削的清醒认识下，努力

---

① MOYLAN T. Demand the impossible: science fiction and the utopian imagination [M]. New York: Methuen, 1986:10-11.
② CLAEYS G, SARGENT L T. The utopia reader [M]. New York: New York University Press, 1999: 2.
③ MOYLAN T. Demand the impossible: science fiction and the utopian imagination [M]. New York: Methuen, 1986: 195.

寻找"乌托邦可能性的痕迹、碎片，有时甚至是地平线"[①]。批判性反乌托邦不是一种新的一般形式，而是一种创造性的举动，"既是长期以来的反乌托邦传统的延续，也是一种独特的新干预"[②]。

本课题将用到"乌托邦""反面乌托邦""批判性乌托邦"和"批判性反乌托邦"等概念作为理论基础。

二、非裔美国乌托邦中的希望哲学

乌托邦这一概念虽然是为莫尔所造，但后来的许多学者对它所表示的概念内涵不断深化，其中著名的学者有鲁思·列维塔斯（Ruth Levitas），作为乌托邦哲学的阐释者之一，她在《乌托邦之概念》一书中在概括了早期乌托邦概念的基础上，提出了自己的独特见解，进一步拓展了乌托邦精神的内涵，她认为乌托邦是一种社会性建构，乌托邦的基本要素是欲望——"对更加美好生存方式的欲望"[③]。具体来说，她认为乌托邦"不是由服从于社会调解的'自然'冲动产生的"，而是源于对特定社会的需要和欲望与可获得和分配的资源之间的落差[④]。列维塔斯认为任何由欲望驱动的愿景类型都可以称之为乌托邦。另外一个持类似观点的是恩斯特·布洛赫（Ernest Bloch），他理解的"乌托邦"，意思就是一种还没有完成的，人可以在那里获得解放的美好，是对未来抱有期待。这种美好的"期待"是有现实维度的期待，不是空想，这就是"乌托邦精神"[⑤]。布洛赫提出了"尚未"（nochnicht）的概念，认为"尚未"包含着"尚未意识"（主观方面）和"尚未生成"（客观方面）。"尚未"不等于绝对的"无"或纯粹的"没有"，它意味着当前尚未存在，或尚未生成，或有一部分存在，

[①] MOYLAN T. Demand the impossible: science fiction and the utopian imagination [M]. New York: Methuen, 1986: 276.

[②] MOYLAN T. Demand the impossible: science fiction and the utopian imagination [M]. New York: Methuen, 1986: 195: 188.

[③] 鲁思·列维塔斯. 乌托邦之概念[M]. 李广益，范轶伦，译. 北京：中国政法大学出版社，2018: 199.

[④] 鲁思·列维塔斯. 乌托邦之概念[M]. 李广益，范轶伦，译. 北京：中国政法大学出版社，2018: 182.

[⑤] BLOCH E. The spirit of utopia [M]. Trans. ANTHONY A N. Stanford: Stanford University Press, 2000: 191.

但是在未来它是可能存在，或可能生成，或可能全部存在，尚未在时间上涉及现在、过去与未来。尚未是一种积极能动的生命冲动，是一种乐观主义，一种面向未来的发展趋势，是人生命形式的展开和展现，也是对自由的追求，是赋予生命以意义的过程。这个概念构成了布洛赫的希望哲学和乌托邦精神的核心。"尚未存在的本体论"以鲜明的人的主体性与人的价值为基础，着力研究未来可能存在的世界性质，把整个世界当成是辩证的、发展的、开放的过程，目的不仅要解释世界，更要改造世界。布洛赫的希望哲学和"乌托邦精神"，就是人类的共同理想，乌托邦精神是以自由和解放为指向目标。乌托邦精神是人类希望精神的集中体现，人生活于现实中，但总是怀抱希望而生存。不管是布洛赫的希望哲学，还是莱维塔斯的欲望思想，揭示了人类精神的一种永恒的趋向，即对于在现实中还不存在但在人们的精神中存在的至善至美国度的精神向往，对未来美好生活愿景的向往。

非裔美国乌托邦文学并不完全遵循传统乌托邦的特质，大多数非裔美国乌托邦作品不能被简单地标榜为纯乌托邦文学。纯乌托邦即超验乌托邦，它作为存在于时间和历史之外的时空体以一种完美的方式从现实中抽象出来，以纯粹抽象和静止完美为表征，在理性的统领下融合了完美主义与专制主义的双重特质。这种召唤前现代/过去的文本关注的是"在某种不可能的未来之中想象和/或追求完美"[1]。然而，非裔美国备受压迫的历史语境决定了非裔美国乌托邦以"基于现实"为根本特征。"基于现实"的乌托邦以接受社会冲突与历史变迁这一持续性的现实为前提，呈现出动态、革命的特点，它对当下潜在的、更优质的生活方式被忽视或受压制的可能性给予更具想象力的关注，为开启另一种乌托邦空间，挑战主流的社会现实，探索另外一种替代性社会关系提供可能性[2]。迫于现实的生存困境，非裔美国作家对黑人民族前途和自身解放问题进行了深刻思考。不同于超验

---

[1] 劳伦斯·戴维斯, 张也. 历史, 政治与乌托邦——走向社会理论与实践的综合[J]. 国外理论动态, 2016 (5): 18-29. p. 26.

[2] 劳伦斯·戴维斯, 张也. 历史, 政治与乌托邦——走向社会理论与实践的综合[J]. 国外理论动态, 2016 (5): 18-29. p.27.

乌托邦将立足点设在遥远的异域或未来，非裔美国政治乌托邦深深扎根于现实生活，依托现实世界中的真实事件或美国南部、非洲等真实空间等来探索解决黑人实际问题的方法。它不是纯粹逃避现实的幻想，"而是一种思想实验"，邀请读者参与具有时效性的乌托邦想象之旅，最终，"回到非虚构的现状，并对当前的解放可能性提供更广阔的视角"[①]。

文学的政治功能性一直是非裔文学创作中无法逾越的命题。非裔美国文学批评历程中，关于文学的功能，即文学是政治还是艺术的讨论一直是个核心问题。种族主义、种族隔离的历史和文化语境让非裔美国文学的主题从一开始就涵盖"呼吁自由、争取平等与自由的斗争"[②]等政治内容。自19世纪末期，哈莱姆文艺复兴，抗议文学时期，至20世纪六七十年代的黑人文学创作时期，直至20世纪90年代以来的非裔未来主义文学创作都始终把文学和艺术视为彰显文化身份和种族骄傲意识的工具，将文学视为追求种族平等政治目标的手段。因此，绝大多数非裔文学作品中有强烈的政治意味。卡尔·曼海姆（Karl Mannheim）在《意识形态与乌托邦》中指出，乌托邦是"产生改变现行秩序活动的那些思想体系"[③]，意识形态是指维持现行秩序活动的那些思想体系。非裔美国文学中的乌托邦通过政治表达来抨击现行的政治秩序，体现了处于边缘位置的非裔美国人的梦想和憧憬。

莱维塔斯的定义因过于宽泛而受到批评，但这个概念特别适用于非裔美国乌托邦，因为黑人对政治自由和物质舒适的渴望被不断否定，理想与现实之间存在着巨大的差距。本课题将对非裔美国文学中蕴含的"对更加美好的生存方式的欲望"作为基本理论框架。同时，利用莱曼·托尔·萨金特、汤姆·莫伊兰、恩斯特·布洛赫、卡尔·曼海姆等人的乌托邦思想，分析20世纪非裔美国文学中的乌托邦思想表达。

---

① 劳伦斯·戴维斯, 张也. 历史, 政治与乌托邦——走向社会理论与实践的综合[J]. 国外理论动态, 2016 (5): 18-29. p.27.
② 周春. 美国黑人女性主义批评研究[M]. 成都: 四川大学出版社, 2007: 39.
③ 卡尔·曼海姆. 意识形态与乌托邦[M]. 北京: 九州出版社, 2007: 3.

第三节 研究内容

围绕研究课题的目标，选取萨顿·E.格里格斯（Sutton E.Griggs）、保琳·霍普金斯（Pauline Hopkins）、爱德华·A.约翰逊（Edward A. Johnson）、W.E.B·杜波依斯（W.E.B Dubois）、乔治·S.斯凯勒（George S. Schuyler）、托妮·莫里森（Toni Morrison）、格洛丽亚·内勒（Gloria Naylor）、奥克塔维娅·巴特勒（Octavia Butler）、塞缪尔·R.德拉尼（Samuel R. Delany）、沃尔特·莫斯利（Walter Mosley）等具有代表性的非裔美国作家作为研究对象，考察在不同的时代文化特质与精神特征差异之下产生的不同的乌托邦形式。本课题依托理论和文本相结合的方法，注重理论和实际作品的结合，将小说与当时的政治制度、经济发展和文化背景等相结合，进行全方位、多角度、多层次的立体考察，重在梳理非裔美国乌托邦文学从边缘到中心的发展历程，具体内容如下。

第一，非裔美国乌托邦范类研究。非裔美国乌托邦文学与乌托邦实践密切相关，首先梳理所经历的乌托邦、异托邦、到恶托邦的演变过程。早期的非裔美国作家通过航海旅行或漫游探险等书写方式借助空间发现直指美好的乌托邦社会。当乌托邦无法在异域实现，非裔美国作家创造出具有想象和真实双重属性的异托邦，试图在现实存在的异质空间内短暂逃离当下，但大多异托邦的异质空间无法抵制外部压力和自身问题而往往演变为恶托邦。

第二，非裔美国乌托邦书写方式研究。初期的非裔美国乌托邦文学在艺术手法和结构方面比较单一，遵循着一种套路或模式，近似于政治著作。近代非裔美国文学在表现方式上走向多样化，利用科幻、新奴隶叙事、吸血鬼传说、时空穿越等多种形式，文学性和思想性更强。

第三，非裔美国乌托邦空间研究。空间是乌托邦最本真、最原初的含义，它通过设计一个现实世界相异的理想社会来反衬当前社会，传达对美好生活的诉求，乌托邦中的空间可以是真实空间的某一个地方或一个理念

绪 论

的世界，也可以是介于此岸与彼岸、存在与非存在之间的某一阈限空间。在不同历史时期，非裔美国文学中乌托邦的空间经历了由美国北部（或加拿大）、美国西部、非洲、美国南部、外星球到赛博空间的转向。

第四，非裔美国乌托邦表现主题研究。非裔美国人的乌托邦追寻经历了政治乌托邦、种族乌托邦、女性乌托邦、生态乌托邦、宗教乌托邦、技术乌托邦、建筑乌托邦、美食乌托邦、音乐乌托邦等的不同形式，传达出如下主题。

其一，种族与政治。对非裔美国人而言，无论是在南方种植园里受奴役时期，还是在获得人身自由之后的南方重建及大迁移时期，甚至在今天所谓的"后种族"时代，追求种族自由与平等一直是其主要的政治目标。对政治和种族平等的渴望体现在萨顿·E.格里格斯（Sutton E.Griggs）的《国中国：黑人种族问题之研究》（*Imperium in Imperio: A Study of the Negro Race Problem*）（以下简称《国中国》）、乔治·S.斯凯勒（George S. Schuyler）的《黑色帝国》（*Black Empire*）、托妮·莫里森（Toni Morrison）《乐园》（*Paradise*）和保琳·霍普金斯（Pauline Hopkins）的《同一血统或，掩盖着的自我》（*Of One Blood Or, The Hidden Self*）等作品中，传达出对没有种族压迫和歧视、对自由平等的种族和政治乌托邦的渴望。

其二，女性与生态。民权运动之后，伴随着女权运动的持续开展，黑人女性乌托邦想象成为黑人写作的前沿，追求黑人女性的自由解放成为非裔美国文学创作的时代主流。在时代潮流的推动之下，黑人女性以笔为武器进行乌托邦书写，文坛上涌现出一大批以女性解放为母题的乌托邦想象。格洛里亚·内勒（Gloria Naylor）的《黛妈妈》（*Mama Day*）通过塑造一个女性占主导地位的小岛，表达了对没有男性压制的女性乌托邦世界的渴望。同时，简单自然的传统生活方式寄托了对现代文明社会的批判与反思，体现出生态乌托邦的元素。

其三，宗教与宽容。20世纪七八十年代以来，随着科幻小说的推进，非裔作家也将视野转向了科幻小说，这类小说以其自身的社会批判功能和"认知的疏离"效果被读者广泛接受，非裔作家也转而利用科幻小说的模式与框架进行乌托邦写作。奥克塔维娅·巴特勒（Octavia Butler）的《播种者寓言》（*Parable of the Sower*）和《天赋寓言》（*Parable of the Talents*）等通过后现代乌托邦虚构的方式，塑造了一个消除了思想暴力与集权压制并实现了宗教信仰自由的宗教乌托邦世界。

其四，技术与赛博。塞缪尔·德拉尼（Samuel R. Delany）《希顿星上的烦恼》（*Trouble on Triton*）和沃尔特·莫斯利（Walter Mosley）的《未来世界》（*Futureland*）采用科幻小说的方式，塑造了一个技术乌托邦世界。

其五，食物与音乐。美国黑人有着强烈而复杂的饥饿情结，非裔美国文学中充斥着对美食乌托邦的追求，《黛妈妈》中的柳泉岛既有富足的物产，也有丰盛的"灵魂食物"，不仅是物质贫乏者更是精神贫瘠者的乌托邦之乡。音乐乌托邦以音乐为载体、借助音乐形式来传达乌托邦信念，布鲁斯是黑人特有的音乐，往往被用来抒发惆怅和宣泄愤懑。《布鲁斯特街的女人们》就以布鲁斯为架构和主题，通过小说人物最后的超越传达出对没有苦难与压迫的乌有乡的向往。

总之，本课题将梳理非裔美国乌托邦文学从萌芽、诞生、发展到成熟的整个嬗变历程，全面把握其在不同历史阶段的不同特点，分析非裔美国乌托邦想象的整体表征和具体实践，明确非裔美国乌托邦想象传递的时代主题和传达的社会意义，探究非裔美国乌托邦文学与其他乌托邦文学的异同，探索产生差异的深层原因，并竭力探索这种差异背后隐藏的深层机制和文化差异。

第一章
20世纪初的非裔美国乌托邦书写

乌托邦浓缩了对国家前途、民族未来、社会发展和人类进步等问题的深邃思考。南北战争之后,黑人获得人身自由,对未来生活充满了憧憬,然而,随着重建失败,为争取自由和民主权利付出的努力化为泡影。非裔美国作家以敏锐的时代嗅觉、强烈的社会责任感和深邃的乌托邦想象对民族解放提出了种种设想,书写了社会转型时期非裔美国文学史上一道绚丽的乌托邦风景线,浓缩了这个时期黑人对未来美好生活的愿望。

第一节 新黑人民族国家乌托邦想象

19世纪末20世纪初,黑人资产阶级知识分子领导的人反对种族歧视、争取政治经济权利的斗争不断发展。他们沿袭了"文学即政治宣传工具"的创作主张,用学识驳斥了白人的种族主义论调,对民族前途和自身解放提出了种种设想。在种族矛盾突出、种族歧视严重的情况下,积极探讨走出困境的办法。

一、"新黑人"（New Negro）

非裔美国乌托邦以塑造"新黑人"（New Negro）形象和"提升"黑人种族为政治目标，直击白人的"黑人劣等论"。重建失败以后，很多南方黑人从南方迁移到北方。随着城市黑人聚居区扩大，工业生产集中，黑人资产阶级迅猛发展。随着黑人资产阶级队伍的发展壮大，相应地催生了一大批黑人知识分子，即杜波依斯所言说的"十分之一的杰出人士"（"The Talented Tenth"），包括"在黑人社会中活动的教师、牧师、律师、记者和医生等"[①]，其中，有一批聪明、睿智、富有才干的青年。杜波依斯认为这些人是黑人中的精华，是黑人运动的希望，主张给这些人以特殊的教育和培养，使其成为黑人运动的领导力量。这些黑人由于受过较高的教育，习得一些现代科学文化知识，了解一些国际发展的趋势，对于美国社会存在的种族压迫和种族歧视，都有不同程度的反感和憎恶。他们积极参加反对种族歧视的斗争，有些人甚至成为斗争的领导骨干，20世纪初期，"黑人运动的领导权基本上掌握在这批知识分子手中"[②]。

"新黑人"的提出源于白人的种族歧视。重建失败以后，白人种族主义者肆意宣扬白人种族的优越性，"黑人劣等论"是其中一大主调。美国社会包括剥皮、直接阉割等形式的种族私刑泛滥，白人种族主义者为了给自己种族歧视行为辩护，为给剥夺黑人公民权制造理论依据，以科学种族主义、生物学种族主义和社会达尔文主义为基准，强调白人种族优越论和优生论，人为地炮制了形形色色的种族主义理论，社会达尔文主义者认为人种存在着进化的生存法则，在人种进化的大链条中，白人作为优等种族位于阶梯的最高层，而黑人作为劣等种族位于最底层，黑人在智力水平、思辨能力、意志力和学习能力上都异常低下。以非洲无历史为依据，

[①] 中国人民解放军五二九七七部队理论组，南开大学历史系美国史研究室及七二届部分工农兵学员.美国黑人解放运动简史[M].天津：人民出版社，1977: 201.

[②] 中国人民解放军五二九七七部队理论组，南开大学历史系美国史研究室及七二届部分工农兵学员.美国黑人解放运动简史[M].天津：人民出版社，1977: 202.

种族主义者极力贬低黑人形象,大肆宣传黑人劣等论,视黑人为天生愚昧无知、性情懦弱、性欲旺盛的野蛮人,黑人的卷曲头发、扁平鼻子和宽厚嘴唇也成为丑陋的象征。黑人被简化为外形古怪、举止乖张、缺乏修养的"叔叔、保姆、孩子"[1],或被扭曲为暴力、野蛮和邪恶的原型,被贴上"懒惰""愚蠢"和"无能"的标签,成为被表述的他者或被言说的客体。

在黑人身体被政治操控的历史语境下,非裔美国乌托邦创作注重文学的宣传功能,如杜波依斯所说,"所有的艺术都是宣传……无论要创造什么样的艺术,都是被用来宣传以赢得黑人民众爱与享爱的权利"[2]。在这种思想的指导下,乌托邦创作以铸造"新黑人"和"提升"黑人种族的集体地位为政治目的。"新黑人"这一术语于1895年被首次提出,《克利夫兰公报》发表的一篇社论称,一个新的有色人种阶层,即"新黑人"已出现,与其被奴役、被剥夺权利的祖先显著不同,他们接受了高等教育,有修养且有经济地位,要求平等享有美国法律赋予公民的权利[3]。"新黑人"以一副反对种族主义的战士或政治激进主义者的形象出现,有如下特点:(1)受过教育,有文化素养;(2)生活富裕;(3)具有种族或民族自尊心和自豪感,意识到自身价值;(4)时刻准备以自己的学识、财富和教养参与到美国社会生活中去,坚持已经获得的权利,努力争取公民权利。[4]"新黑人"摆脱了奴隶地位,展现出新的精神面貌。后来,洛克(Locke)在"新黑人"一文中再次阐释了这个术语,此概念的政治激进色彩让位于浪漫文化主义,种族觉醒和种族意识成为"新黑人"的标志[5]。"新黑人"变成一个动态的概念,作为一个新的种族自我,"不是作为一

---

[1] GATES H L, JARRETT G A. The new negro: readings on race, representation, and African American culture, 1892-1938 [M]. Princeton: Princeton University Press, 2007: 836.

[2] DU BOIS W.E.B. The souls of black folk [M]. New York: Bantam, 1989: 372.

[3] GATES H L. The trope of a new negro and the reconstruction of the image of the black [J]. Representations, 1988, (24): 129-155.p.136.

[4] 转引 中国人民解放军五二九七七部队理论组,南开大学历史系美国史研究室及七二届部分工农兵学员.美国黑人解放运动简史[M]. 天津: 人民出版社, 1977: 228.

[5] LOCKE A. The new negro [M]// LOCKE A. The new negro. New York: Atheneum, 1968: 3-16.

个或一组实体而存在","而是一个符号编码系统"①。与"旧黑人"相对,"新黑人"的命名表明黑人通过自我命名重塑自我形象和新种族的勇气,是大胆自我定义的意志体现。

"新黑人"不仅包括黑人男性,也包括黑人女性,"新黑人女性"形象也呈现出崭新的面貌。与白人笔下类型化的黑人保姆、妓女、悲惨女混血儿形象相反,该时期乌托邦创作塑造了一系列的新黑人女性形象。她们走出家庭,步入广阔的社会新天地,积极承担起了种族解放的历史重任。她们有勇气有担当,表现出才华横溢、理性果断的气质,完全摆脱了女性作为"他者"的客体地位。该时期的非裔美国乌托邦书写大多指向宏观的民族话语,指向人物所表现出的"种族意识和政治抱负"②。"新黑人"被塑造成理想化的种族典范,当政治与个人之间出现矛盾时,个体要服从于集体。所以,虽然小说穿插着主人公的爱情经历,但张扬的不是情爱或性爱,爱情放在宏大的国家民族叙事下要服从于种族地位提升的目标。这些品德高尚的女性为了成就种族解放大业,将民族大义放在首位。

作为一个种族符号而不是有性格的黑人个体,"新黑人"是一个"比喻",一个"修辞人物","一种理想的自我状态"③,这是一种乌托邦构建。

二、"新黑人民族国家"想象

非裔美国文学中的新黑人民族国家乌托邦构建特征源于当时的历史语境,非裔美国人备受压迫的历史语境决定了通过追求民族国家权利实现政治权利。美国内战之后,黑人曾经获得短暂的政治自由,但随后进入一个黑暗时期。经济上,内战期间联邦政府为了动员黑人参加战争曾做出给奴隶"四十英亩和一头骡子"的承诺彻底落空,获得人身自由的黑人

---

① GATES H L. The trope of a new negro and the reconstruction of the image of the black [J]. Representations, 1988, (24): 129-155. p.133.
② 庞好农. 非裔美国文学史(1619—2010)[M]. 北京:中央编译出版社,2013:123.
③ GATES H L. The trope of a new negro and the reconstruction of the image of the black [J]. Representations, 1988, (24): 129-155.p.132.

第一章 20世纪初的非裔美国乌托邦书写

在分租制、佃租制等新的经济剥削形式下再次陷入奴隶制的牢笼。"在南部七百九十万黑人中，就有百分之八十五点六是分成制佃农和分益制雇农。"[①]政治上，虽然非裔美国人在法律上取得了公民权利，但是，随着重建失败，种族主义分子卷土重来。重建时期的第十三、十四和十五宪法修正案确立了黑人的自由身份，赋予黑人选举权和一些其他的政治权利，但美国南方各州政府很快撤销了很多针对黑人的民主立法，并通过修改选举法案剥夺了黑人的选举权，还出台了包括文化能力测试在内的一些选举权附加条款。由于黑人文化水平普遍较低，黑人的选举权实际上被逐渐剥夺。美国最高法院于1883年宣布国会通过的旨在保障黑人权利的民权法违宪，之后又宣布黑人与白人"隔离但平等"，种族隔离合法化，这实际上从法律上剥夺了黑人浴血奋战获得的胜利果实。同时，通过"大迁移"移居到北方的黑人也遭受种族隔离之苦，种族分子通过私刑、暴力等手段对黑人进行威慑规训，北方种族暴力不断升级。对新生活满怀希望的黑人迁移到北方之后，发现北方的生活受到种种限制，在各级政府的纵容下，白人种族主义暴徒肆意横行，采取威胁、恫吓、放火、投掷炸弹甚至枪杀等野蛮手段，把黑人逐出白人区。从美国内战到世纪之末对于非裔美国人而言是"一个短命的政治自由和长期的奴役偿债，镇压的法律，囚犯式的劳动和私刑的时期"[②]。

处于社会转型时期，黑人精英阶层走在时代的前沿，对非裔美国人的未来发展与民族解放问题有进行了深入的思考。面对日益恶化的黑白种族关系，伴随黑人民族主义思潮的发展，为了获得平等的黑人公民权利，实现由他者到主体的转变，建立国家的要求呼之欲出。埃德加·莫兰（Edgar Morin）认为国家是一个现代保护性实体，它能让人民在一个压迫性殖民帝国的范围内得以有效解放[③]。非裔美国人重建失败后备受奴役的历史境遇

---

① 中国人民解放军五二九七七部队理论组，南开大学历史系美国史研究室及七二届部分工农兵学员.美国黑人解放运动简史[M]. 天津：人民出版社，1977: 170.
② 伯纳德W.贝尔. 非洲裔美国黑人小说及其传统 [M]，刘捷，潘明元，石发林，译. 成都：四川人民出版社，2000: 74.
③ 埃德加·莫兰. 现实主义与乌托邦[J]. 周云帆，译. 第欧根尼，2007(1): 27-38. p.29.

产生了对国家的普遍需求，他们迫切需要一个现代化的国家来实现和保护自己的权益。非裔美国作家为了实现种族解放而对民族国家进行想象式构建，通过对集体记忆、风俗民情、符号象征和民族历史等进行择取，借助具有具象的标志来唤醒黑人民众的民族意识，构成了黑人民族国家想象的基本方式。20世纪早期非裔美国乌托邦中有强烈的民族国家诉求，大量地融入了民族国家想象的内容。本尼迪克特·安德森（Benedict Anderson）认为，一个新的民族国家在兴起之前，都会有一个想象的过程，是一个"想象的政治共同体——并且被想象成天生拥有边界和至高无上"[1]，两个非常重要的媒体即小说与报纸参与了构建。

黑人精英分子积极创办黑人报刊，充分发挥其社会观察和政治喉舌的功能，形成了具有一定公共性质的批评空间，据《底特律自由新闻报》称，"到1940年，全国共产生374家黑人报纸"[2]，成为"黑人在美国社会的代言阵地"[3]。很多黑人作家利用这些报刊传媒的传播力量促进黑人身份意识的萌发与民族意识的形成。某些黑人作家兼任报刊编辑或评论员，其作品往往先在报刊上发表，之后被编辑成书出版。《同一血统》是作家霍普金斯担任《美国有色人种杂志》（*The Colored American Magazine*）撰稿人及编辑期间刊载在该杂志上的一部小说。黑人作家利用报刊平台抒发乌托邦情怀和政治观点。"民族国家叙事，借由国族化的历史、文学、媒体与通俗文化，不断地被重述。"[4]黑人民众通过报刊、书籍的文本想象能产生相同的感知和体验，实现一种"根基性的、本质的、统一的、连续的"[5]民族自我认同，从而铸造民众的国民意识，引领民众参与到政治运动中来。

---

[1] 本尼迪克特·安德森. 想象共同体：民族主义的起源与散布[M]. 吴叡人, 译. 上海：上海人民出版社, 2005: 6.
[2] 底特律自由新闻报. 美国黑人社会生活[M]. 李延宁, 译. 北京：新华出版社, 1987: 176.
[3] 黄虚峰. 美国南方转型时期社会生活研究（1877—1920[M]. 上海：上海人民出版社, 2007: 80.
[4] MACCRONE D. The sociology of nationalism: tomorrow's ancestors [M]. London and New York: Routledge, 1998: 52.
[5] MACCRONE D. The sociology of nationalism: tomorrow's ancestors [M]. London and New York: Routledge, 1998: 52.

第一章　20世纪初的非裔美国乌托邦书写

在南方重建失败，黑人构建自己美好家园的政治理想破灭之后，内战之后成长起来的一代非裔美国作家积极关注同时期美国黑人的生存状态，利用小说构建不同的乌托邦想象。由于此时期的这些文学作品具有鲜明的政治维度，传达出强烈的政治乌托邦主题。以爱德华·A.约翰逊（Edward A. Johnson）的科幻小说《黑人的光明前程》（*Light Ahead for the Negro, 1904*）为代表的作品走向未来，畅想未来大同的政治乌托邦世界，以保琳·霍普金斯（Pauline Hopkins）的《同一血统或，掩盖着的自我》（*Of One Blood: Or, the Hidden Self, 1902-03*），萨顿·E.格里格斯（Sutton E. Griggs）的《国中国》（*Imperium in Imperio, 1899*）为代表的作家构想了不同的民族国家类型，对何处安放自己的民族国家及采用何种手段达成民族解放与现代国家提出了种种设想，构成了黑人民族国家乌托邦想象的基本内容。这个阶段的非裔美国乌托邦以构建"新黑人民族国家"，彰显"新黑人"形象为政治目标，乌托邦式形象塑造以服从民族国家大叙事和黑人种族地位提升为目标。下面笔者就从几部作品中的"民族国家乌托邦"想象进行深入探讨。

第二节　《同一血统或，掩盖着的自我》与"非洲故国"

保琳·霍普金斯的《同一血统或，掩盖着的自我》（以下简称《同一血统》）基于民族情感，重塑民族尊严，激发民族自豪感，属于这个时期黑人民族国家想象的第一个类型。非裔美国人虽然在地理空间上被剥离了故土，但始终没有停止过对非洲乌托邦精神家园的执着追求。18世纪以菲莉斯·惠特莉诗歌为代表通过向后看的方式塑造的非洲伊甸园意象和哈莱姆文艺复兴时期黑人文学作品中传达的高尚原始主义都表现出非洲情结，蕴含着"浪漫的乌托邦色彩"[①]。《同一血统》是1902年到1903年期间发表在《有色美国》杂志上的一部奇幻浪漫小说，其发表正值非裔美国历史上

---

① 刘彬. 原始主义与非裔美国文学——评20世纪前及哈莱姆文艺复兴时期的非裔美国文学 [J]. 外语教学, 2011(6): 87-90. p. 90.

的"低谷"期间。社会转型时期的霍普金斯依托埃塞俄比亚，构筑了世界文明史上一个逝去的时代，一处神化了的乌托邦之地，一处铭刻在被压迫者心灵深处的家园。通过精神上逃遁到非历史的过去并想象一处其社会秩序不由种族等级所决定的另外空间而构筑起对民族解放和个体自由等方面的美好想象。

《同一血统》集神秘、科学与浪漫于一体，尽管乌托邦描述只贯穿小说的几个章节，但故事较为全面地呈现了一个全新的秩序，一幅迥异的社会面貌。黑白混血儿布里格斯是一名哈佛医学院的学生，"新黑人"的杰出代表，他继承了黑人母亲的神秘力量，能利用催眠术将假死之人救活，因此被同学们另眼相待，被誉为医学行业的新生力量。但他的混血身份（父亲是白人奴隶主，母亲是黑奴）让他在白人社会漂泊无根，他否认自己的黑人母亲，摒弃自己黑人身份，试图在白人社会里冒充白人以求生存，因无法找到身份认同而产生了身份危机，如同"流浪狗、猫"[①]，成为"人种混杂的忧郁型人物，徘徊在两个种族之间，犹如处于地狱的边缘"[②]。由于种族歧视，布里格斯找不到体面的工作，迫于生计离开新婚妻子以随从医生的身份踏上了埃塞俄比亚古都麦罗埃的考古寻宝之旅。小说的一部分以北非为背景，利用"失落的文明"为主题，将小说的中心从西方转到非洲，描述了逃离美国历史、种族主义，回到埃塞俄比亚，寻找一个过去的充满物质财富和智力优势的历史时代的故事。以下以乌托邦切入社会历史，分析小说中的"非洲故国"乌托邦表征，结合美国种族问题分析作品如何借助埃塞俄比亚主义来传达政治理念。

一、埃塞俄比亚主义

空间和时间是乌托邦文学叙事的两个基本要素。通过时间上逃逸现在，在空间上逃离现世，乌托邦希望通过人为的力量在现实之外的某个过去或未来营造一处理想之所。然而，随着乌托邦文学的发展，小说描绘的

[①] HOPKINS P E.Of one blood; or, the hidden self. 1902-03 [M]// CARBY H V. The magazine novels of Pauline Hopkins. New York: Oxford University Press, 1988: 449.

[②] 陈华. 美国文学中的混血人形象评述[J]. 外国文学研究, 2000(4): 128-133. p.130.

第一章 20世纪初的非裔美国乌托邦书写

乌托邦世界与现实世界的距离越来越近，非裔美国乌托邦书写尤其如此，将目光投向了现实问题的出路或解决方案，有的甚至以现实中的物质空间为原型。埃塞俄比亚主义是早期黑人民族主义的一个组成部分。埃塞俄比亚是非洲古老的文明古国，是独立的基督教国家。自19世纪以降，欧洲列强开始了对非洲的殖民入侵，短短几十年之内将非洲瓜分殆尽，但埃塞俄比亚两次成功抵御意大利的进攻，成为未被欧洲人殖民的相对独立的非洲国家。埃塞俄比亚在非洲独立运动中发挥了至关重要的作用，1896年，埃塞俄比亚在国王孟尼利克率领下击败意大利侵略者，埃塞俄比亚独立运动历史上的达到了鼎盛时期。如霍普金斯的小说所展示的那样，成功抵御意大利进攻，证明埃塞俄比亚在当今社会的卓越地位。埃塞俄比亚由此成为泛非主义的诞生地。

因此，埃塞俄比亚国家首先成为非裔作家非洲乌托邦想象的具体场域。19世纪末20世纪初，美国文坛上出现了大量以埃塞俄比亚为主题的文学创作。保琳·霍普金斯作为一名黑人女作家，利用高度惊人的想象，用独特的虚构笔触展开了对非洲家园的追怀与展望，对非裔美国人的另类生存状态展开了乌托邦书写。霍普金斯选择把她的冒险故事地点选在埃塞俄比亚，有以下原因。原因之一，对于众多去教堂做礼拜的黑人来说，今天的埃塞俄比亚就是圣经中奇妙的埃塞俄比亚，从宗教意义上来说，这比他们大多数祖先来自的西非大陆要真实得多。埃塞俄比亚是全世界黑人国家独立梦想的楷模，这个国家历史悠久，有关神话传说、考古发掘和历史遗迹等都证实它是古老的非洲国家。埃塞俄比亚在非洲文明中的地位主要源于它与圣经的关系，由此衍生出的埃塞俄比亚主义聚焦于埃塞俄比亚辉煌的过去与未来的复兴。一方面，埃塞俄比亚是示巴女王（the Queen of Sheba）的祖国，示巴女王是圣经记载的第一位女王，圣经中记载她不远千里觐见所罗门的事迹，"当审判的时候，南方的女王要起来定这世代的罪，因为她从地极而来，要听所罗门的智慧话；看哪！在这里有一人比所罗门更大！"示巴女王的出生地"俄斐"就在埃塞俄比亚地区。从宗教文本看，示巴女王统治下的王国在当时也是一个文明古国。另一方面，埃塞俄比亚在圣经中能直接找到援引，《圣经·诗篇》中有这样的字句："埃及的公爵要出来朝见神。古实（埃塞俄比亚人）

25

要急忙举手祷告。"埃塞俄比亚人在圣经中是上帝的选民,将来某一天会统治整个世界,黑人文明终将复兴而白人文明则会衰落。

无疑,埃塞俄比亚的这些文化遗产成为黑人自由和黑人民族国家独立的历史基础。"基于圣经经文和西方经典"①的埃塞俄比亚主义极大地激发了非裔美国作家的乌托邦想象。埃塞俄比亚为非裔美国人提供一个可用的、宜居的过去,一个想象中的完整统一的过去。

二、《同一血统》中的埃塞俄比亚乌托邦书写

《同一血统》遵循了经典乌托邦的游记形式和时空位移模式:某旅行者踏上旅行,遭遇危难,流落到一个陌生的地方,见到迥异于现实的人物,通过交流了解当地的风土人情和政治制度,并通过对比乌托邦社会的要义和原则来反思自己文化的缺陷或不足,伴随着主人公行为上的旅行,主人公的思想意识形态也发生巨大的变化。在考察非洲大漠的金字塔时,布里格斯无意中掉入一个地洞,这里曾经是一个乌托邦式的社区②。苏醒后,"惊讶地看着四周,全然没有了之前的废墟和衰败景象,取而代之的是眼前的绚丽景色,令人眼花缭乱,自己身处一个宽大的房间,正依靠在丝垫沙发上,房间的大理石石柱纯白且饰有凹槽纹,拱形屋顶上装饰玫瑰状的灯,透过灯罩投下柔和的光芒"③。布里格斯俨然进入了童话世界,但一切又是那么熟悉,仿佛来过这个城市,过去的场景如影子般闪现于脑迹。他来到了一座地下城市——特拉萨,时间定格在了古代非洲,"前种族的过去"④,小说引导读者进入了一个"乌托邦王国和神秘的非洲过

---

① GEBREKIDAN F N. Bond without blood: a history of Ethiopian and new world black relations, 1896-1991[M]. Trenton, NJ: Africa World Press, 2005: 37.
② REID M A. Utopia is in the blood: the bodily utopias of Martin R. Delany and Pauline Hopkins [J]. Utopian studies, 2011, 22 (1): 91-103. p.96.
③ HOPKINS P E.Of one blood; or, the hidden self. 1902-03 [M]// CARBY H V. The magazine novels of Pauline Hopkins. New York: Oxford University Press, 1988: 545.
④ DANIELS M A. The limits of literary realism: Of one blood's post-racial fantasy by Pauline Hopkins [J]. Callaloo, 2013, 36(1): 158-77. p.170.

去"①。理论家路易斯（Lewis）认为，乌托邦文类里的旅行者是乌托邦社会的"观察者"（observer），是作家用来展现乌托邦世界而特设的人物②。作品通过布里格斯这个观察者，利用浪漫化的语言和细致入微的细节描写，呈现了一个多姿多彩的乌托邦。特拉萨是一座鲜为人知的地下城市，城市所在的峡谷被群山瀑布环绕，这里土地肥沃，遍地是芳香四溢的葡萄园，俨然圣经中的伊甸园。内城墙和外城墙镶嵌其间，形成两道屏障，有效地保障了此处不受外人的入侵，符合乌托邦的封闭性特征。城里所有的东西都由大理石、黄金、丝绸和珠宝制成，巨大的雕像、宫殿和公共浴场坐落在天堂般的花园中。城中精美的雕塑、壮观的喷泉、宽敞的广场、庄严的大道和雄伟的建筑让人目不暇接，市民讲文明有礼貌，热情好客，待人大方。在乌托邦主人阿伊的引导下，布里格斯领略了这个有着几千年历史的古非洲文明古国的风采和魅力，过去的历史逐渐浮出地表。这里科学技术非常先进，甚至现代科学也无法企及，完美地保留着远古时代流传下来的先进防腐技术，逝去的女子放置在玻璃棺材中，经过特殊防腐处理后仍然美貌依旧。这里也有能窥见过去、预见未来的圆盘，而圆盘制作这项古老的技术只为几个世纪前的古埃塞俄比亚、埃及和阿拉伯所掌握。③现代世界也比不上特拉萨的成就，如阿伊所说，"所有使你们现代荣耀的艺术和巧妙的发明都来自埃塞俄比亚。埃塞俄比亚的艺术和发明造就了现代的文明，最强大的民族都臣服于我们，向我们的国王致敬，所有的国家都因我们的力量、荣耀、财富和智慧而竭尽与我们的皇室联姻"④。这里不仅科学技术发达，更重要的是没有种族歧视与种族隔离。当阿伊了解到美国黑人血统被视为耻辱，"埃塞俄比亚的后代被贬低为次人类，会讲

---

① WALLINGER H. Pauline E. Hopkins: a literary biography [M]. Athens: University of Georgia Press, 2005. p. 201.

② LEWIS A O. The utopian hero// ROEMER K M. America as utopia. New York: Burt Franklin&Company, 1981: 133-147.p.145.

③ HOPKINS P E. Of one blood; or, the hidden self. 1902-03 [M]// CARBY H V. The magazine novels of Pauline Hopkins. New York: Oxford University Press, 1988: 551.

④ HOPKINS P E. Of one blood; or, the hidden self. 1902-03 [M]// CARBY H V. The magazine novels of Pauline Hopkins. New York: Oxford University Press, 1988: 560.

话的狒狒"时①，他诧异不已，因为黑色血统在这个王国是骄傲的标志。黑色是美丽的颜色，女王坎达丝那"古铜色的皮肤、浓密的眉毛和黑色眼睛"②，犹如一件"出自伟大雕刻家之手的青铜维纳斯雕塑"艺术品；从"从油色到纯黑色"肤色各异，从"柔软到卷曲"③头发各异的人们安宁和谐地生活在一起。

埃塞俄比亚被描绘成一个救赎的乌托邦，象征一个逝去的非洲黄金时代，一个未来的天堂。霍普金斯认为埃塞俄比亚是比欧洲更早的古代学术、文明和权力的所在地。当布里格斯前往隐藏的城市特拉萨时，他发现了这个国家的惊人的历史。他了解到埃塞俄比亚有着古老而自豪的文化遗产；正如导游阿伊所说的，"她的巨大纪念碑比埃及还要古老；她的智者垄断了整个时代……所有现代荣耀的艺术和巧妙发明都来自埃塞俄比亚"④。与霍普金斯写小说时西方征服和教化的非洲"黑暗大陆"相比，霍普金斯认为埃塞俄比亚是欧洲文化、社会和智力优势之所。作为旅程收获的一部分，布里格斯发现了自己的真实身份，深刻认识到不应该试图抹去自己的非洲血统身份："他现在敏锐地感觉到，他在隐藏自己的出身中扮演了懦夫的角色"⑤。布里格斯在经过埃塞俄比亚之旅后，决定留在那里，将他的美国和非洲自我融为一体，创造一个种族包容的未来世界，实现叙述者在小说结尾表达的对上帝的承诺，"我用一种血创造了所有种族"⑥。

通过乌托邦之旅，布里格斯不仅见证了异域乌托邦的奇观和文明，更重要的是找到了自我，发现了隐藏的、种族及文化身份。城市的居民正等

---

① HOPKINS P E. Of one blood; or, the hidden self. 1902-03 [M]// CARBY H V. The magazine novels of Pauline Hopkins. New York: Oxford University Press, 1988: 538.

② HOPKINS P E. Of one blood; or, the hidden self. 1902-03 [M]// CARBY H V. The magazine novels of Pauline Hopkins. New York: Oxford University Press, 1988: 568.

③ HOPKINS P E. Of one blood; or, the hidden self. 1902-03 [M]// CARBY H V. The magazine novels of Pauline Hopkins. New York: Oxford University Press, 1988: 545.

④ HOPKINS P E. Of one blood; or, the hidden self. 1902-03 [M]// CARBY H V. The magazine novels of Pauline Hopkins. New York: Oxford University Press, 1988: 15.

⑤ HOPKINS P E. Of one blood; or, the hidden self. 1902-03 [M]// CARBY H V. The magazine novels of Pauline Hopkins. New York: Oxford University Press, 1988:15.

⑥ HOPKINS P E. Of one blood; or, the hidden self. 1902-03 [M]// CARBY H V. The magazine novels of Pauline Hopkins. New York: Oxford University Press, 1988: 24.

待着他们国王的归来，根据古老的预言，国王的再次降临将重振他们的帝国，让帝国的光芒再次荣耀世界。布里格斯惊讶地发现自己正是这个古老非洲帝国的继承人，身上的莲花胎记证明自己就是被期待已久的国王。小说中的旅行成为布里格斯种族觉醒的途径，他身上流淌着的竟然是埃塞俄比亚皇家血统，他担负着恢复古老民族威望的使命，布里格斯的回归标志着"家庭与民族的再生"①。小说"隐藏的自我"指的是布里格斯的黑人身份，也是神秘的家庭历史，要是隐藏的黑人文明和被遗忘的非洲传统，由此自发现我也即发现了黑人的文化历史，进入王国等于进入了历史。按照乌托邦文学传统，"观察者"或者"外来入侵者"（outsider）在了解了乌托邦社会的要义之后，会退出乌托邦回到故乡，将乌托邦的核心原则带到现实社会。但小说不同于传统乌托邦的结局，布里格斯在妻子遇害之后毅然决定回归非洲故土，一起带上了自己的黑人外祖母。他摒弃了白人的种族观，融入当地生活并与女王结为伉俪。他把美国社会的科学文化知识传授给当地人，由于糅合了古代文明与现代技术，王国成为一个独具特色的乌托邦。小说的结局预示着世界将进入一个"黑肤色统治的时代"②，体现了作家的后种族幻想。当然，王国不是一个自然乐园，布里格斯"神情忧虑，担心列强的铁蹄践踏这片黑色神秘的森林"③，小说最后，主人公的忧虑为这个乌托邦蒙上了一层阴郁的色彩。小说对20世纪初帝国主义包围埃塞俄比亚发出了不祥的警告。

三、黑人历史与黑人形象的另类书写

埃塞俄比亚乌托邦写作驳斥了黑人没有自己历史和文明的论断。以黑格尔为代表的文化决定论认为非洲处于理性发展的幼年阶段，没有自己的文明和历史，在《历史哲学》一书中黑格尔系统阐述了他的非洲无历史

---

① ROHY V. Time lines: Pauline Hopkins' literary history [J]. American literary realism, 2003, 35 (3): 212-232. p.225.
② HOPKINS P E. Of one blood; or, the hidden self. 1902-03 [M]// CARBY H V. The magazine novels of Pauline Hopkins. New York: Oxford University Press, 1988: 570.
③ HOPKINS P E. Of one blood; or, the hidden self. 1902-03 [M]// CARBY H V. The magazine novels of Pauline Hopkins. New York: Oxford University Press, 1988: 621.

论。受自然因素的影响，撒哈拉沙漠以南的非洲处于极热地带，黑人不能自由活动，从而影响人类意识的觉醒，使非洲人处于蒙昧状态，成为"完全野蛮和不驯"状态的自然人，崇拜巫术、死人和迷信物[1]，没有上帝观念和道德信仰。非洲由于地理位置的原因造成闭关状态，被排斥在世界历史发展之外，真正的历史舞台在北温带。由此，欧洲民族是世界历史的中心和光芒的焦点，非洲不属于世界历史的部分，没有任何动作或发展可以表现，只是欧洲历史的延续，并没有自己的文化与文明[2]。对美洲大陆的奴隶来说，从贩卖奴隶的船只登陆美洲大陆的那一天起，取而代之的是白人的历史，黑人被抛向蛮荒与野蛮的一边，沦为原始与危险的代名词。虽然黑格尔承认对非洲历史的无知，但他作为哲学大师的影响力加深了种族偏见。种族主义者认为非洲在漫长的历史进程中没有显示出任何变化和发展的轨迹，以此作论据将非洲文明排除在世界历史之外。黑格尔将非洲分为三大部分：撒哈拉沙漠以南是非洲本部，以北附属于欧洲，以及埃及所在的尼罗河区域，将埃及视为非洲唯一的文明所在[3]。本小说先以西方白人的眼光刻画出"骆驼、狮子、豹子、蝎子和毒蛇"[4]的荒漠意象，通过"一堆废墟"[5]的描写体现出非洲是文明的荒漠。此后，小说援引了圣经中的埃塞俄比亚，将埃塞俄比亚历史与埃及的历史联系起来。"埃及是19世纪种族思维方面的一个关键词"[6]，霍普金斯利用历史循环论的写法挑战西方的非洲落后话语。小说将埃塞俄比亚雕塑与古埃及进行比较，"圆胖是埃塞俄比亚雕像的典型特征，与埃及雕塑相比，虽然庞大笨拙，但更悦目"[7]，

---

[1] 黑格尔. 历史哲学[M]. 王造时, 译. 上海: 上海世纪出版集团上海书店出版社, 2001: 96-97.

[2] 黑格尔. 历史哲学[M]. 王造时, 译. 上海: 上海世纪出版集团上海书店出版社, 2001: 82-105.

[3] 黑格尔. 历史哲学[M]. 王造时, 译. 上海: 上海世纪出版集团上海书店出版社, 2001: 94-95.

[4] HOPKINS P E. Of one Blood; or, the hidden self. 1902-3 [M]// CARBY H V. The magazine novels of Pauline Hopkins. New York: Oxford University Press, 1988: 514.

[5] HOPKINS P E. Of one Blood; or, the hidden self. 1902-3 [M]// CARBY H V. The magazine novels of Pauline Hopkins. New York: Oxford University Press, 1988: 526.

[6] GILLMAN S. Pauline Hopkins and the occult: African-American revisions of nineteenth-century sciences [J]. American literary history, 1996, 8 (1): 57-82. p.67.

[7] HOPKINS P E. Of one Blood; or, the hidden self. 1902-3 [M]// CARBY H V. The magazine novels of Pauline Hopkins. New York: Oxford University Press, 1988: 537.

具有东方女性的神韵。埃塞俄比亚在宗教、艺术、道德、知识、技术知识方面先进,"埃及从埃塞俄比亚吸取所有的艺术、科学和知识"①,埃及的很多制度规则也是埃塞俄比亚文明的延伸,埃及文明是埃塞俄比亚文明的延续。埃塞俄比亚文明由埃及传到欧洲,成为"西方文明的源头"②。埃塞俄比亚辉煌的文明证实非洲有自己创造的悠久的历史和高度发达的文明。埃塞俄比亚的历史即非洲历史,其文明书写有力地驳斥了非洲无历史的谬论,逆写了黑人无历史的白人言论。特拉萨不仅拥有财富、权力和军事实力,还能跟工业化国家相媲美。对于备受奴役和歧视的非洲黑人及流散黑人来说,这是一种历史遗产,古代文明古国的回望将黑人种族提升到一个很高的位置,黑人只有回归非洲才能享受真正的解放和自由。然而,霍普金斯在小说中赞美黑人的皮肤和头发,展示了古代文明从埃塞俄比亚到埃及,再到古典文明的影响主线,这在文化上具有重要意义,说明人类文明可能源于非洲。阿伊问,"现代世界还没有解决保存植物和人体自然外观这一"简单的过程",这一过程"从埃塞俄比亚最伟大的时代就开始了"③。霍普金斯的观点不仅是要挑战欧洲人优越的神话,也是要推翻传统的高、低种族等级制度。阿伊与布里格斯关于神秘学的"技术对话"揭示了这位受过西方训练的医生已经"精通"古埃塞俄比亚的"无限知识"④。布里格斯的神秘主义继承自他的美国奴隶母亲和白人父亲,在哈佛大学,他在动物磁性和心理研究方面得到了训练,让他在众多的医学院学生当中脱颖而出。

  埃塞俄比亚乌托邦写作修正了白人凝视下的黑人他者形象。埃塞俄比亚乌托邦书写是世纪之交的非裔美国人对种族政治偏见的逆写。汤姆·莫

---

① HOPKINS P E. Of one Blood; or, the hidden self. 1902-3 [M]// CARBY H V. The magazine novels of Pauline Hopkins. New York: Oxford University Press, 1988: 520.
② BERGMAN J A.The motherless child in Pauline Hopkins' s Of One Blood [J]. Legacy, 2008, 25(2): 286-298.p.294.
③ HOPKINS P E. Of one Blood; or, the hidden self. 1902-3 [M]// CARBY H V. The magazine novels of Pauline Hopkins. New York: Oxford University Press, 1988: 561-562.
④ HOPKINS P E. Of one Blood; or, the hidden self. 1902-3 [M]// CARBY H V. The magazine novels of Pauline Hopkins. New York: Oxford University Press, 1988: 574.

伊兰（Tom Moylan）认为，乌托邦书写是复杂又矛盾的，"实质上乌托邦源于特定历史语境下特定阶级、团体和个人未被满足的需要与要求"，乌托邦反对主导意识形态，通过设想一个理论上或实践上未被实现的愿景来否定现存社会体制①。类似地，通过埃塞俄比亚乌托邦回眸，《同一血统》书写了一部反对种族偏见与歧视的乐章。《同一血统》虽然成书于奴隶制度结束之后，但种族性暴力的阴霾一直笼罩着黑人女性。霍普金斯同时期的白人文学作品中大多将黑人女性描述成"超凡、被动、悲剧"悲惨的混血儿形象。软弱病态的黑白混血儿表明黑人女奴被白人奴隶主强奸玷污所造成历史创伤始终在延续，但白人种族主义者却声称黑白血统结合是违反自然的非正常行为，进而为种族隔离和黑人劣等提供有力支撑。《同一血统》这部作品有力逆写了黑人女性的这种刻板形象，在古埃塞俄比亚王国，从未存在黑人女性被强奸的情况，这里的黑人女性不再是强奸和性奴役的客体。贞洁的女王形象有力地证实了黑人女性"不仅有能力从政，还能担当祖先和文化知识传播的重任"②，坎迪丝女王的名声丝毫不逊于所罗门和大卫等国王。古埃塞俄比亚王国还拥有"母亲般的特质"③，其王室由母系血统来延续，也就是说，母性是过去、现在与未来的联结纽带。黑人女性在白人写作中一直处于被边缘化、被排斥或被规训的境地，混血儿形象到女王形象的转变表明霍普金斯试图恢复被遮蔽的自主话语，实现黑人女性话语权书写的转变。

另外，霍普金斯的埃塞俄比亚古老的、持久的传统和文明遗产成为治疗诸如强奸、乱伦等种种美国社会罪恶的疗方，小说弘扬了非洲道德的优越性，传达出"种族复兴与种族提升"④的主题。埃塞俄比亚乌托邦书写反

---

① MOYLAN T. Demand the impossible: science fiction and the utopian imagination [M]. New York: Methuen, 1986: 1-2.
② DANIELS M A. The limits of literary realism: Of one blood's post-racial fantasy by Pauline Hopkins [J]. Callaloo, 2013, 36(1): 158-77. p.171.
③ BERGMAN J A. The motherless child in Pauline Hopkins' sOfone blood [J]. Legacy, 2008, 25(2): 286-98. p.294.
④ ALJOE N N. Aria for Ethiopia: the operatic aesthetic of Pauline Hopkins' sOfone blood [J]. African American review, 2012, 5(3): 277-290.p.286.

第一章 20世纪初的非裔美国乌托邦书写

抗西方中心主义话语，颠覆了黑与白、理性与愚昧、文明与野蛮、秩序与混乱的二元对立，对西方的逻各斯主义和基督教文化提出了挑战，解构了中心与边缘的等级关系，消解了西方文明的霸权地位，激发了黑人的历史意识，也增强了他们的历史责任感。埃塞俄比亚历史自豪感能有效地对抗美国黑人经历的二等公民身份。

当然，霍普金斯笔下的埃塞俄比亚代表的非洲不是流散黑人得以返回的真实地方。相反，霍普金斯的跨文化"非洲"是一个虚构的再现①。她的埃塞俄比亚书写和"非洲故国"想象并不是真实的记忆书写，更多是一种理想化了的文学虚构想象或诗意乌托邦书写，是身份归属之所和自由的象征，为流散黑人提供了一种"跨个人、跨大陆的身份"②，是20世纪初黑人中产阶级知识分子的主观臆想，是精英黑人知识分子将种族提升学说与古代非洲文化回归主题相结合的产物③。霍普金斯没有以牺牲当前的问题和未来的解决方案为代价，将非洲的假想过去奉为神圣，而是通过这种"替代性的可能"，对"乌托邦过去"④进行书写，对现存社会的弊端与不公提出了强有力的讽刺和挑战。通过充分利用埃塞俄比亚过去的成功，包括在圣经历史中的角色，埃塞俄比亚书写以一种"补偿"⑤机制对现存模式和体制提供了"对抗性"或"替代性"的可能。小说结尾，虽然布里格斯担心列强的铁蹄会随时践踏自己国家神秘的国土，但乌托邦的真正意义并不在于它对理想社会的具体规划和实际可行性上，而在于它内在的乌托邦精神，即立足于现实又超越现实并不断追求理想的开拓性精神。乌托邦作为一种异质因素，以另类书写的方式传达对一种来自远方（或未来或另一神秘国度）的期盼，对占据主流社会的种族意识形态提出强烈的质疑。

---

① GILLMAN S. Pauline Hopkins and the occult: African-American revisions of nineteenth-century sciences [J]. American literary history, 1996, 8 (1): 57-82. p.66.

② FRASER G. Transnational healing in Pauline Hopkins's Of one blood; or, the hidden self. [J]. Novel: a forum on fiction, 2013, 46(3): 364-85. p. 372.

③ GILLMAN S. Pauline Hopkins and the occult: African-American revisions of nineteenth-century sciences [J]. American literary history, 1996, 8 (1): 57-82. p.66.

④ REID M A. Utopia is in the blood: the bodily utopias of Martin R. Delany and Pauline Hopkins [J]. Utopian studies, 2011, 22 (1): 91-103.p.92.

⑤ DANIELS M A. The limits of literary realism: Of one blood's post-racial fantasy by Pauline Hopkins [J]. Callaloo, 2013, 36(1): 158-177.p.171.

第三节 《黑人的光明前程》《彗星》与未来"甜蜜的自由之乡"

20世纪早期的非裔美国乌托邦书写大多延续了对黑人民族国家乌托邦的书写，爱德华·约翰逊（Edward A Johnson）的科幻小说《黑人的光明前程》（*Light Ahead for the Negro*，1904）是一部为数不多的关于未来种族和谐的乌托邦小说。小说作者约翰逊深受白人作家爱德华·贝拉米的畅销小说《回顾：公元2000—1887年》（1888）的影响，从白人先驱那里汲取灵感，进行了未来乌托邦创想。《黑人的光明前程》采用了科幻小说中穿越到未来世界的时间旅行模式，描写了一位黑人进入未来，来到一个种族平等的社会主义美国，通过主人公的所见所闻，对比作者所处的时代，对未来乌托邦社会展开了详细描述，从而对作者所在的社会进行讽刺和抨击。通过将当下挪移到一种虚构的未来构建社会，约翰逊试图用和平和善意的方法来解决黑人问题，为解决种族问题提供一种替代性的思考。然而，种族平等和谐的未来大同世界乌托邦愿景能够得以实现吗？杜波依斯的短篇小说《彗星》（"The Comet"，1920）对这个问题进行了有力的回应。

一、未来"甜蜜的自由之乡"（Sweet land of liberty）

1. 灾难与时空穿越叙事

《黑人的光明前程》利用科幻乌托邦书写方式，描述了一个未来乌托邦的大同世界。小说最初交代了故事发生的背景，1906年，黑人大学生吉尔伯特·特切尔从耶鲁大学毕业，受父亲的影响，继承了父亲献身黑人自由事业的精神。吉尔伯特的父亲是废奴主义者，热心支持南方的传教活动，吉尔伯特大学毕业后，决定去南方工作，为黑人解放事业贡献自己的一份力量。为此，他向联邦传教士协会提出申请，想在乔治亚州埃比尼泽镇的一所黑人私立学校里担任教师。临行之前，吉尔伯特应朋友的邀请，乘坐飞艇前往墨西哥城，准备在那里度过一个愉快的周末，然后前去报到。不料，途中飞艇的发动机突然发生爆炸，飞艇遇到气流，改变了航程，慌乱中朋友不幸遇难，吉尔伯特自己也失去知觉。小说接下来以主人公第一人称叙事的方式讲述了他在2006年醒来之后，在异乡土地上的政治见闻。

小说符合乌托邦小说灾难叙事模式，主人公经历某种自然灾难之后无意中来到异乡，发现不同于自己所处社会政治制度的地方。吉尔伯特苏醒过来后，发现自己是"异乡的陌生人"[1]，他的脑子一片混乱，再次陷入恍惚状态。当完全恢复意识时，发现自己舒舒服服地躺在一个通风房间里的床上，显然，他被一个富有的人家救起，房间的家具和装饰是他以前从未见过的式样。"我好像从一场梦中醒来"[2]。当吉尔伯特环视屋子时，他看到一个普通日历，发现世界已斗转星移，时间转移到了2006年，而他口袋里教师任命书的时间则是1906年。从被任命南方教师到现在，时间已经过去了一百年，美国社会风潮涌动，发生了巨大的改变，吉尔伯特整整活了一百年，只不过岁月没有在他身上留下任何痕迹。照顾他的是一位受过专业训练的白人护士——艾琳·戴维斯小姐。自从他意外地落到异乡，艾琳小姐就一直照顾着他，艾琳是主人公在异乡遇到的乌托邦主人（utopian hero）。通过她，吉尔伯特了解到很多新世界的变化。

吉尔伯特睡了一个世纪，当他醒来后发现美国进入了一个新时代，美国的"种族问题"得到彻底解决，美国成为一个"平等主义和后种族主义国家"[3]。通过问题解决前后的强烈对比，小说抨击了一个世纪前美国社会存在的严重的种族问题，谱写了一首种族和谐畅想曲。

2. 种族问题现状

《黑人的光明前程》对比了主人公的生活现状和在未来他乡的所见所闻，通过前后差异的对比，畅想未来黑白种族问题的解决办法。19世纪奴隶制的废除使黑人获得了人身自由，但广泛存在于南部各州的吉姆·克

---

[1] JOHNSON E A. Light ahead for the negro [M]. New York: The Grafton Press, 1904: 6.
[2] JOHNSON E A. Light ahead for thenegro [M]. New York: The Grafton Press, 1904: 7.
[3] ELI A. W.E.B Du Bois's proto-afrofuturist short fiction: "The comet" [J]. Il Tolomeo, 2016, 18: 173-186. p. 176.

劳法（Jim Crow Laws）则延续了白人对有色人种的种族歧视。美国重建时期，美国南方为了压制自由黑人，制定了《黑人法典》。"黑人法典规定自由民没有选举权，不能充当陪审员，禁止黑人与白人通婚，不准保有和携带武器，不得担任教士，未经召唤不得走近白人。"黑人法典还编造种种罪名，奴役黑人。如'欺诈罪'惩罚条例规定："'凡佃农违约，或是不管因任何理由未能履行合同上所订的义务，而使雇主遭到损失或损害者……均视作普通'欺诈罪'，一经查明属实，即应按轻罪法办。"《流浪者法》也规定："法院可以拘讯任何一个'桀骜不驯、游手好闲'的人，并处以'游惰罪'；凡经法院判定有罪而又无力付出罚金者，则可由法院拘捕，租给地主，以所得工资抵偿罚金。"《学徒法》授权县政当局，把所有"没有明确生活来源"，或父母"不愿抚养"的十八岁以下的儿童，统统交给雇主作"学徒"。南部各州纷纷把《黑人法典》写入州宪法，将广大黑人在内战期间所赢得的一些权利一笔勾销。其中以1865年11月密西西比州议会通过的法案最为臭名昭著，它"不准黑人租地和租房；不准随便辞去工作；除黑人军人外，不准黑人保有或携带武器；在公共交通设备方面实行隔离。"[1]。在《黑人法典》的庇护下，黑人失去了革命的胜利果实。

《黑人的光明前程》通过吉尔伯特的个人陈述，呈现了美国20世纪初严重的种族歧视和种族隔离问题。"吉姆·克劳"制度就像蚂蟥一样，吞噬着南方的黑人。白人利用报纸的宣传手段，对整个黑人种族进行诋毁，媒体新闻大肆抹黑黑人的群体形象。诸如，"又有一只浣熊被抓住了""那只粗壮的黑色野兽被挫败了""鸡舍里的一个火腿色的黑鬼"[2]。三名白人男子和两名黑人之间的争斗以"种族骚乱"[3]的标题被报刊大肆报道。报纸对黑人的抹杀完全是一种政治上"战争措施"[4]，目的在于将黑人

---

[1] 中国人民解放军五二九七七部队理论组，南开大学历史系美国史研究室及七二届部分工农兵学员. 美国黑人解放运动简史[M]. 天津：人民出版社，1977: 151.

[2] JOHNSON E A. Light ahead for the negro [M]. New York: The Grafton Press, 1904: 21.

[3] JOHNSON E A. Light ahead for the negro [M]. New York: The Grafton Press, 1904: 22.

[4] JOHNSON E A. Light ahead for the negro [M]. New York: The Grafton Press, 1904: 23.

永远置于劣等种族的境地。

白人不仅制造舆论声势，还采取了一系列法律措施压制黑人，剥夺黑人的就业权利。重建失败以后，没有获得平等公民权利和土地所有权的南部黑人，为了维持生存，不得不耕种种植园主的土地，忍受着分成制和分益制的残酷剥削。在南部790万黑人中，就有85.6%是分成制佃农和分益制雇农[1]。不管他们终年如何辛劳，除去交付地租和偿还青黄不接时所借的高利贷之后，大多数连生计都难以维持。在偿债劳役制的奴役下，他们过着非人的生活，负债黑人被迫以全部劳动所得来偿付所欠的债务。《黑人法典》规定雇佣黑人是"一种社会犯罪"[2]，600万解放的黑人像先前南方奴隶制度下黑奴一样，继续保留着奴隶身份，被压制在南方土地上，不停地压制自己的意志。"在奴隶制度下，白人是思想家，黑人是劳动者"[3]。黑人逐渐磨没了意志，慢慢变成一台机器，成为保持南方资本主义经济发展的一颗齿轮，沦作"佣人、佃农、技工"[4]。很多黑人妇女为了维持生计，被迫以当"嬷嬷"为生，南方的"黑人嬷嬷"已成为广为接受的刻板印象，满大街到处都是黑白混血儿，成群结队地在富裕的南方家庭里劳作，不仅遭受身体之苦，有的还沦为白人男主人的性奴隶。另外，有的黑人男性虽然接受过高等教育，尤其是南方各种公立学校以及由北方慈善家建立的高等教育机构培养起来的黑人，但除教书之外，没有什么其他机会对他们敞开大门，从事法律、制药、医生和商业等工作的黑人微乎其微。黑人被剥夺了就业机会，正如"关上马厩的门，却对马一顿鞭打，嫌马不往前跑"[5]。

黑人还以各种形式被剥夺公民权。南北战争结束后，黑人成为自由的公民和选民，在法律上获得了前所未有的权利，但是尝试运用这些权利却遭到了当地白人的抵制。黑人以各种方式被剥夺选举权，白人采用各种手

---

[1] JOHNSON E A. Light ahead for the negro [M]. New York: The Grafton Press, 1904: 170.

[2] JOHNSON E A. Light ahead for the negro [M]. New York: The Grafton Press, 1904: 24.

[3] JOHNSON E A. Light ahead for the negro [M]. New York: The Grafton Press, 1904: 55.

[4] JOHNSON E A. Light ahead for the negro [M]. New York: The Grafton Press, 1904: 39.

[5] JOHNSON E A. Light ahead forthe negro [M]. New York: The Grafton Press, 1904: 24.

段恐吓威胁黑人,使黑人不敢去投票。南方还通过了《剥夺公民权法》,剥夺黑人的公民权。白人颁布各式各样的剥夺黑人选举权的法令,用文化测验、人头税、宪法知识测验、居住年限等规定剥夺黑人的选举权。此外,黑人还遭受种族分子的恐吓,尤其是三K党的恐怖报复。南方社会的种族主义分子兴风作浪,私刑是三K党杀害黑人最凶狠的手段之一,杀人方法极其残忍,有挖眼、割舌、烧死、绞死、分尸,等等。小说中白人种族主义分子对黑人实施私刑,"吊死、烧死,有时当着乘火车前来观赏的众人的面","观看者有时能斩获点获利品,如死刑人的手指关节、牙齿或一点心脏"①。"三K党的党徒不断增加,恐怖活动日益猖狂。根据1916年统计,其人数已超过十万。"②在这些反动势力的摧残下,黑人的选举权几乎完全丧失,黑人选民大幅度下降。"到1910年所有南部各州黑人选举权尽被剥夺。到1915年所有南部各州确立了白人预选制,在南部建立了民主党的一党专政。"③

黑人的教育问题遭到白人种族主义者质疑,有的白人认为黑人的教育启蒙会导致社会犯罪。黑人越聪明,就越能了解各种族之间的真正关系和分歧。受过良好教育的有色人种选民和无知的有色人种选民一样令人反感,甚至由于他们的黑肤色更加令人反感。政客们不仅没有提出任何措施来减轻黑人中间广泛存在的无知和贫困,反倒从黑人那里榨取了原本就很少的学校经费,公共图书馆也不对黑人开放。"1885年南部大多数州又都制订了在公立学校中实行种族隔离的法律,1895年佛罗里达州制订法律,要求在私立学校中也实行种族隔离,并规定要对实行黑人白人合校的校长和教师实行惩罚。黑人儿童不能进入白人学校,而单独为黑人儿童建立的学校又数量极少,设备简陋,教室不足,教师缺乏,根本不能满足黑人儿童入学的需要,大批黑人学龄儿童被排斥在学校的大门之外。这种剥夺黑

---

① JOHNSON E A. Light ahead for the negro [M]. New York: The Grafton Press, 1904: 42.
② 中国人民解放军五二九七七部队理论组,南开大学历史系美国史研究室及七二届部分工农兵学员. 美国黑人解放运动简史[M]. 天津: 人民出版社, 1977: 195.
③ 中国人民解放军五二九七七部队理论组,南开大学历史系美国史研究室及七二届部分工农兵学员. 美国黑人解放运动简史[M]. 天津: 人民出版社, 1977: 193.

人受教育权利的法律,也得到了美国最高法院的确认。"①

对于如何处置南方的黑人,政客们各持己见。约翰·邓波儿·格雷夫斯(John Temple Graves)在芝加哥的一次演讲中,指出要仁慈地、人道地把黑人赶走,把黑人驱逐出境作为解决黑人问题的唯一办法。甚至黑人种族的主要机构之一,高级非洲卫理公会主教派教会的主教特纳也倡导把美国黑人移民到非洲,理由是一个奴隶种族在前主人的土地上是不会获得自由的,征服的种族和被征服的种族不可能和平共处,移民才是解决问题的唯一办法。

上面描述的黑人问题只是冰山一角,黑人问题长久以来得以存在,究其原因,部分是因为它给政党带来了好处。在北方,黑人问题的存在能保障黑人对共和党的投票,而在南方,民主党也利用黑人问题为自己拉选票。因此,两党都不愿意通过任何实质性的立法来解决黑人问题,都想利用黑人问题谋求各自的政治资本。这些政客是黑人前进道路上的可怕绊脚石。

3. 后种族主义下的"甜蜜的自由之乡"

百年之后,理智终于战胜了党派之争和蛊惑人心的伎俩,美国人民下定决心采取措施,黑人问题得以彻底解决,吉尔伯特了解到美国社会已经发生了翻天覆地的变化。

作家约翰逊认为美国的政治体制是导致种族问题迟迟无法解决的关键,只有消除了现有的政治体制,黑人才能共享美国文明发展的成果,因此小说中的美国废除了总统制,废除了政府,废除了国会,整个国家按公司的运作方式运营。没有了总统,总统的空缺由专门的行政部门来填补,负责持续跟进国家需求,制定新计划。政府事务也由专门的部门负责,其工作人员通过完备的公务员制度选拔录用。没有了国会,节省了很多自由辩论时间,大大减少了必要立法出台的阻力,也抑制了很多煽动家以牺牲大众为代价谋求个人野心或利益的企图。政府掌握在人民手里,公众利益大于政治家的利益,使得国家摆脱了政治家的影响或左右。这种新的政治

---

① 中国人民解放军五二九七七部队理论组,南开大学历史系美国史研究室及七二届部分工农兵学员. 美国黑人解放运动简史[M]. 天津: 人民出版社, 1977: 190.

体制快速解决了黑人问题，吉尔伯特不禁赞叹："在我所知道的之前的政治体制之下，这种结果是一千年也无法实现！"①

政府成立了专门的公共事业局，负责处理公共事务，公共事业局为国家做出了巨大的贡献。在它的支持下，黑人得到了分配的土地，大多数州的地主发现将大片土地交给年轻黑人毕业生管理大有可图，于是很多农场被分配给了年轻的黑人，高手由黑人管理，建立了小型农场。事实证明，这些黑人是科学种田的高手，带来不菲的农业收入。公共事业局还利用公共资金缓解种族歧视的严重后果。主要是公众对种族问题存有偏见，压制这种偏见则意味着对黑人产生更多的仇恨，对国家造成更多的危险。因此，最好的解决办法是公共事业局采取措施，利用公共资金进行宣传，减少种族仇恨，就像利用公共资金来疏通河流和改善港口一样，服务于大众，惠及全体公民。

在各方面努力之下，黑人获得了平等的公民权利，各种公共场所消除了种族隔离。百年前，在公共场所，黑人不小心踩到一位白人的脚，会被打倒在地，一群旁观者上去就对这位黑人拳打脚踢。百年之后，黑人作为公民已经在美国获得了平等地位，黑人和白人在法律上一律平等。黑人不再让南方这块土地蒙羞，黑人可以在南方城市的大街上与白人谈生意，而双方都不必因为实行"社会平等"而成为公众批评的对象②。公园成为大众的娱乐场所，以前公园大门上看到过的"禁止黑人和狗入内"的标志不见了。公园的动物学、植物学部也免费向公众开放，讲解最新的发明和进步，提高全体人们的思想和观念③。主人公惊讶地发现黑人也可以使用图书馆借阅图书，阅读各种各样不同类别的图书，拥有图书不再是一种犯罪。

针对黑人犯罪率高的问题，未来国家采用了新方法，建立一套消除罪恶的训练制度，创力起了寄宿学校。种族问题的解决不能仅靠对话，也不能仅靠不计其数地花费公共资金，最重要的是依靠国家对儿童进行良好公民形象的教育。公立学校在培养良好公民方面起到了重要作用。在青春

---

① JOHNSON E A. Light ahead for the negro [M]. New York: The Grafton Press, 1904: 101.
② JOHNSON E A. Light ahead for the negro [M]. New York: The Grafton Press, 1904: 106.
③ JOHNSON E A. Light ahead for the negro [M]. New York: The Grafton Press, 1904: 110.

期到21岁诱惑最强烈的危险时期，也是性格形成时期，对黑人种族的年轻人进行引导，让其远离罪恶，直到危险期过去。如果有色人种的年轻人受到本能或环境影响，或两者兼而有之，他们应该待在家里，免得受社会的伤害，接受训练，慢慢长大。公立学校虽然能够塑造儿童的心智和灵魂，但在现有公立学校不足的情况下，先让黑人学生在公立学校接受四年的培训，然后从这些学校升入"寄宿和工作学校"。寄宿学校的理念是公立学校体系的一种补充，它的价值得到证实。黑人女孩和男孩在寄宿学校优雅的影响下接受教育，接受头脑、心灵和手方面的训练，从事有用的工作，直到养成正确的行为习惯。寄宿学校的学生是种族的光荣、国家的好公民，勤劳正直，积累财产，是真正的"社会中坚分子"[1]。这种黑人教育新体制取得巨大的成功。部分黑人在农业、采矿、制造等方面成为能手，更高地提升了黑人公民的层次。

更可喜的是，社会公众普遍消除了对黑人的偏见，从意识形态上认识到奴隶制是一个巨大的错误，自愿为解放奴隶的事业而疾呼。戴维斯小姐虽然是一个有着南方贵族血统的女人，但她没有南方妇女的偏见，这种偏见在主人公生活的那个时代是很普遍的。戴维斯小姐是自愿为青年妇女协会工作，为黑人妇女谋福利。当主人公意识到戴维斯小姐的观点代表着整个南方的观点时，他很欣喜地看到这种奇妙的变化，他意识到黑人不再是隐形人，他默默地祈祷："上帝保佑新的南方!"吉尔伯特的内心是充实的，他遇到了一个与之灵魂相对应的灵魂——"每颗心都应该寻找自己的同类，紧紧地抓住它，就跟曾经以前一样。"[2]

2007年，吉尔伯特与戴维斯小姐结为夫妻，他终止了自己的乌托邦之旅，永远留在了21世纪，留在了未来的乌托邦世界。两人的婚姻具有重要的象征意义，二人之间存在着一个明显的二元对立：戴维斯小姐代表着变化中的新美国社会，她是新南方女性的代表；吉尔伯特则代表着旧南方社会，他是旧南方黑人男性的代表。在根深蒂固的美国社会，白人女子和黑人男子之间的性关系、黑白种族之间的通婚现象是美国主流社会的禁忌。

---

[1] JOHNSON E A. Light ahead for the negro [M]. New York: The Grafton Press, 1904: 128.

[2] JOHNSON E A. Light ahead for the negro [M]. New York: The Grafton Press, 1904: 118.

尽管一些黑白混血儿在包括肤色在内的生理特征上与白人相差无几，但根据"一滴血法则"，只要身体内有一滴黑人的血统，就被归入黑人的行列，遭受同黑人一样的种族歧视。混血儿既是白人又非白人，既是黑人又不是黑人，是一个带着黑色面具的白皮肤存在。在一些维护种族纯洁的白人种族主义分子看来，黑白混血儿身体中流淌着黑人种族的血液，被视为种族污点。然而，在新世纪，两者的结合不再是违法的，这意味着美国摒弃了旧的种族传统观念，实现了白人和黑人不同种族之间的和谐共存，体现了一种平等友爱的种族关系。

约翰逊深信，在南方社会的底层存在着一种对黑人同情和帮助的情感，应该培养和滋养这种情感，使之更加强烈，从而最终取代更为严酷的情感。拥有这种情感，美国南方将成为白人和黑人共同的"甜蜜的自由之乡"[①]。因而，可以看出，他对南方政治抱有很大的幻想，带有浪漫的乌托邦色彩。约翰逊的社会设想是建立在基督教基础之上的，他以乐观主义精神相信南方黑人一定会有无限美好的未来，对南方未来充满了信心。

二、后种族乌托邦的幻灭

《黑人的光明前程》通过科幻书写的方式传达出一个实现了种族自由通婚的未来乌托邦，呈现了一个种族问题得以解决的未来乌托邦社会。小说以黑白肤色主人公的浪漫结合而告终，体现了对种族问题消融的真情呼唤，那么种族和谐的后种族乌托邦构想真的能够实现吗？杜波依斯的科幻短篇小说《彗星》（"The Comet"，1920）是对这个问题的有力诠释。自然灾难能够对人类生活产生巨大的影响，因而成为小说家不断使用的创作模式。

《彗星》作为一个"后启示录故事"[②]，利用彗星横扫地球的自然灾难来探究在一个只有两名幸存者的世界里能否摆脱种族主义的问题。吉姆是一位才华横溢的年轻黑人，但他的黑肤色决定了他只能在纽约一家大型

---

① JOHNSON E A. Light ahead for thenegro [M]. New York: The Grafton Press, 1904: vi.
② ELI A. W.E.B Du Bois's proto-afrofuturist short fiction: "The comet" [J]. Il Tolomeo, 2016, 18: 173-186.p.173.

银行做卑微的跑腿工作。吉姆很清楚自己在白人社会里所扮演的边缘角色,故事开头吉姆坐在银行的台阶上,有些愤愤不平。他被命令下到地下室里,从一个废弃的地下保险库中取回一些旧文件,这种差事对身价高贵的白人来说太危险了,只能委派黑人去做。当吉姆完成任务上来之后,惊讶地发现银行职员全部死亡。原来他在地下室时,彗星的尾巴横穿整个纽约城,发生了大爆炸,银行全部人员遇难,这"危险"的差事反而救了他一命。当吉姆沿街走时,发现了一户人家楼上窗户里传来一名幸存者的呼声,声音来自一位富有的白人年轻女子——朱莉亚。彗星横扫地球时,她恰好在地下室工作,得以幸免于难。"朱莉亚是白人上流社会女性的活生生的化身,她是一个大概二十五岁的女人,少有的漂亮,穿着华丽的衣服,有着金黄色的头发,佩戴着珠宝。"[1]吉姆对朱莉亚来说是个无足轻重的人,她从没正视过黑人,在她想象着所有来救她的男人中,她做梦也没想到会是一个像他这样的人。"并不是说他不是人,但他住在一个离她那么远、那么无限远的世界里,她的脑海里从来没有想过会有这么个人。"[2]朱莉亚请求吉姆带她去找父亲,她的父亲在哈莱姆区的一家银行工作。一想到要去哈莱姆这个黑人聚居区时,她哭了,但在身后成堆的尸体面前,死亡的恐惧战胜了种族歧视,她同吉姆前去寻找父亲。到了哈莱姆的银行里,找不到存活着的人,他们又拨打长途电话试图与外界取得联系,但毫无回应。两人跑遍了整个城市,发现他俩是唯一的幸存者。

朱莉亚对吉姆的心理和态度是矛盾的。虽然她对吉姆颇为感激,但是骨子里接受了白人至上的思想,对吉姆存有偏见,她把吉姆当成是危险的外星人。种族主义思想萦绕着她,她想要逃离。"她独自一人在这个世界上,跟一个陌生人在一起。这个陌生人有着异族血统和异族文化。这是可怕的!"她必须逃走——她必须飞走;不能再让他见到,谁知道有什么

---

[1] DU BOIS W.E.B. The comet [M]// THOMAS S, SIMMONS M. Dark matter: the anthology of science fiction, fantasy and speculative fiction by black writers. New York: Warner Books, 2000: 9.
[2] DU BOIS W.E.B. The comet [M]// THOMAS S, SIMMONS M. Dark matter: the anthology of science fiction, fantasy and speculative fiction by black writers. New York: Warner Books, 2000: 9.

可怕的想法。"[1]在发现其他幸存者之前，她倍感孤独，不知所措，吉姆对她来说仍然是一个"隐形"的"黑鬼"[2]。当她意识到他俩可能是在地球上重新繁衍生息后代的幸存者时，她慢慢开始摆脱种族和阶级偏见，厌恶情感很快转化，她似乎意识到吉姆并没有那么危险，甚至慢慢喜欢上了吉姆。吉姆变成亚当，变成一位跟白人享有同等权利与尊严的新型人类，朱莉亚甚至开始憎恨人类对黑白种族进行区分的愚蠢行为。朱莉亚将吉姆描绘成"亚当"，她看着旁边的那个男人，除了他的男子气概，忘记了其他一切，"她看到了他的荣耀。他不再是一个受排斥的东西、一个低等的生物、一个来自另一个地方和血统的奇怪的弃儿，而是她兄弟般人性的化身、上帝之子和伟大的所有种族之父"[3]"他们默默地、一动不动面对面看着对方。他们的灵魂赤裸裸地躺在黑夜里。这不是欲望，这不是爱——这是一种更广阔、更强大的东西，既不需要身体的接触，也不需要灵魂的震颤。这是一种神圣而美妙的思想。"[4]彗星横扫地球的灾难对黑人英雄而言是一件幸运的事，让他快速进入一个没有种族观念的新世界。

但是，消除了种族偏见的后种族乌托邦未来注定是一场幻境。就在吉姆和这位白人年轻女子的爱情马上开花结果时，救援队伍找到了他们。原来彗星尾巴横扫地球，只影响到了纽约，美国其他地方一切正常。朱莉亚的未婚夫及时赶到，妄图以吉姆接触白人女性为由将他处以私刑。尽管朱莉亚及时进行了干预，挽救了吉姆的生命，当她与自己富有的白人未婚夫团聚之后，她很快对吉姆失去了兴趣，对吉姆表现出跟以前一样的偏见。"我——谢谢他——非常感谢。但是她再也没有看他一眼。当这对夫妇转

---

[1] DU BOIS W.E.B. The comet [M]// THOMAS S, SIMMONS M. Dark matter: the anthology of science fiction, fantasy and speculative fiction by black writers. New York: Warner Books, 2000: 9.

[2] DU BOIS W.E.B. The comet [M]// THOMAS S, SIMMONS M. Dark matter: the anthology of science fiction, fantasy and speculative fiction by black writers. New York: Warner Books, 2000: 12.

[3] DU BOIS W.E.B. The comet [M]// THOMAS S, SIMMONS M. Dark matter: the anthology of science fiction, fantasy and speculative fiction by black writers. New York: Warner Books, 2000: 15.

[4] DU BOIS W.E.B. The comet [M]// THOMAS S, SIMMONS M. Dark matter: the anthology of science fiction, fantasy and speculative fiction by black writers. New York: Warner Books, 2000: 16.

身离开时，父亲从口袋里掏出一卷钞票。"①父亲用金钱买断了吉姆救女儿的救命之恩。至此，杜波伊斯的故事戛然而止，杜波依斯暗示在美国消除种族主义需要一场自然灾难。没有这样的灾难，美国黑人不可能有任何未来可言。杜波依斯对美国的社会现实进行了深刻批判，揭示了种族歧视不可磨灭的烙印。

杜波依斯将《彗星》视为一个"寓言"②，通过彗星坠落的超自然现象，让读者对种族歧视做出有趣的推测，对人类起源的故事进行了重新的叙述和改写，重新想象非裔美国人的未来和过去。在这个重新想象起源故事的过程中，世界末日后的环境造就了一种"乌托邦式的平等观"③。杜波依斯让吉姆成为人类先祖，重新塑造了人类的起源和救世主的故事。彗星陨落的超自然元素，展现了一种处理旧问题的新方式，一种非洲未来主义对流散黑人状况的创新视角。杜波依斯重新想象非裔美国人的过去和未来并修正历史。

然而，平等乌托邦的愿望只有在后世界末日的背景下才能出现。《彗星》揭露了美国根深蒂固的种族偏见，诉说了不可言说的社会现实，揭示了种族平等仍然是一种虚假幻象。在跨种族之间的性爱和婚姻是禁忌的美国社会，并没有消解对异族通婚的恐惧。非裔美国人不能沉湎于历史，也不能沉迷于未来想象，需要正视历史现实。

---

① DU BOISW.E.B. The comet [M]// THOMAS S, SIMMONSM. Dark matter: the anthology of science fiction, fantasy and speculative fiction by black writers.New York: Warner Books, 2000:17.
② ELIA A. The Languages of Afrofuturism [J]. Lingue E Linguaggi, 12, (2015): 83–96. p.91.
③ ELI A. W.E.B Du Bois's proto-afrofuturist short fiction: "The comet" [J]. Il Tolomeo, 2016, 18: 173-186. p.180.

本章小结

南北战争至20世纪初期，随着黑人资产阶级的崛起，民族意识逐渐觉醒。当黑人要求争取政治自由和平等民权的愿望得不到实现时，黑人积极寻求政治解放之路。非裔乌托邦作家采取了向前看、向后看和正视当下三种方式，构建了不同的黑人民族国家乌托邦类型，表达了诉诸政权力量实现平等民权的乌托邦构想。霍普金斯的《同一血统》采取了向前看的方式，逃遁到黑人历史中，回溯了一个位于非洲大漠的"非洲故国"，具有浪漫的乌托邦色彩。小说以黑人民族情感和民族意识为基础，用黑人过去的辉煌鞭挞白人种族主义者的意识形态和规训，在历史中构建黑人的民族国家想象，直击白人种族主义者的"黑人劣等论""非洲无文明"等论调。小说激发黑人对非洲文化的归属感和对本民族的认同感，表达了黑人对没有种族差异与种族隔离的民族国家的乌托邦想象。

约翰逊的科幻小说《黑人的光明前程》则采用了向后看的方式，通过穿越到未来的科幻书写，塑造了一个"甜蜜的自由之乡"，在这个未来国度里，完全消除了种族歧视和经济压迫，实现了黑人种族自由和种族通婚。然而，杜波依斯的短篇小说《彗星》则将未来的乌托邦想象拉回了残酷的现实，体现了杜波依斯对种族问题的深邃思考。本故事也是采用科幻乌托邦的形式，重写了科幻灾难之后的美国黑白种族问题，利用彗星穿过地球大气层的自然灾害来探究美国社会是否能摆脱种族主义的问题，对灾难过后国家的种族现状进行了乌托邦想象。然而，科幻未来乌托邦想象对未来黑白种族通婚进行祛魅，揭示了自然灾难根本无法消除白人意识里根深蒂固的种族歧视思想。

如果说作家霍普金斯将黑人种族与非洲历史之根进行自觉的联结构建一个逝去的黄金时代的乌托邦，约翰逊立足未来，通过未来科幻书写构建一个未来乌托邦国度，格里格斯则立足当下，设想了一个地处美国南部、独立于美国政府的"国中国"新黑人民族国家。《国中国》以美国民主政治为参照系，描摹了一个独立于美国政府的黑人民族乌托邦组织，传达了黑人对自由平等现代民族国家的热切渴望。不过，这个国家在实现民族国家的方式和手段上存在分歧，采用分离还是融合策略，采用武装暴力还是和平推进，不同方式之间的矛盾成为导致这个乌托邦国家破裂的致命因素。

可见，这个时期的黑人民族国家想象体现了黑人民族主义分离思想，黑人试图通过建立自己的民族国家实现种族自由。不过，分离主义和融入主义、革命主义和改良主义的思想之间存在着彼此相互斗争，反映了黑人体内一个美国人和一个黑人两个灵魂、两种思想之间不能调和的矛盾。分离还是融合两条路线道路上的选择反映了南北战争至20世纪初黑人资产阶级的困惑和矛盾心理，一方面不能放弃自己的黑人种族身份，另一方面无法割舍自己的美国身份。非裔美国政治乌托邦想象在效忠美国和忠实于黑人种族之间不停地游移，反映了非裔美国黑人知识分子与政治精英在谋求种族解放与自由时的矛盾心理。

第二章

20世纪二三十年代的非裔美国乌托邦书写

第一节 世界民族国家乌托邦想象

20世纪二三十年代,黑人资产阶级民族主义运动和无产阶级左翼运动蓬勃开展,同时,"一战"后亚非民族解放运动出现了高涨局面,促进了黑人民族意识和阶级意识的合流,在非裔美国乌托邦文学书写中,呈现出一股世界民族国家想象的潜流。

一、黑人民族主义思潮

20世纪二三十年代,黑人民族主义思潮不断涌动。随着北方城市贫困黑人聚居区的形成,黑人民族主义进入蓬勃发展的时期,种族分离主义、泛非主义等各种社会思潮与社会运动不断涌现。种族分离运动思潮中,最知名的当属黑人积极活动分子马库斯·加维掀起的黑人民族主义解放运动,也称"加维运动"。加维是牙买加人,早年阅历丰富,游历在底层黑人中间,对殖民统治下的黑人境遇深有了解,对非裔美国黑人的遭遇感同身受。第一次世界大战期间，大批美国南方黑人由农村涌入城市寻求新生活，然而，涌入北方大城市的黑人聚居区内的黑人并没有摆脱种族歧视和压迫。加维认识到，要真正实现黑人的彻底解放，需要把世界上所有的非洲民族及其后裔联合成一个整体。首先，为了提高黑人的自尊感和自信心，他大力宣传黑人祖先的光荣历史，批驳"白人至上""黑人劣等种族"等种族主义谬论，从思想上解除套在黑人身上的精神枷锁。其次，加维用一系列行动践行黑人民族主义思想，他创建了"世界黑人进步协会"和"非洲社团联盟"，试图以此来团结世界各地的黑人，在非洲建立黑人自己的国家和文明。加维还提出了民族自决的要求，以"回到非洲去"为口号，宣扬放弃黑人在美国正在展开的争取平等权利的斗争，在非洲建立一个由黑人资产阶级统治的国家，建立一个以利比里亚为胚胎的"非洲帝国"来保护散居在世界各地的黑人同胞。为推进移民运动，他特地派代表团到利比里亚考察，组建了武装部队，制定了国旗和国歌，还成立了"黑星轮航线"公司准备运送美国黑人到非洲。他多次派代表前往利比里亚，商谈遣返黑人的工作，但利比里亚政府在欧洲几个帝国主义国家授意下，下令禁止世界黑人进步协会的成员在该地居住，谈判因而中断。1921年，加维集资经营黑十字航运贸易公司，组织美、欧、非三洲间的航行，试图通过商业冒险活动积累资本，为返回非洲奠定经济基础，结果因经营不善，公司宣告破产。加维运动表达了黑人对土地和自由的向往，激发了黑人民族自豪感。然而，"加维运动"只从种族的观点出发而不是从阶级的观点出发，逃避了现实斗争，反映了黑人中小资产阶级的动摇性和妥协性，运动最终以失败告终。1927年，加维被美国政府驱逐出境；1935年，加维把进步协会总部迁往伦敦，力图重整旗鼓，最终未能成功；1940年，加维卒于伦敦，"加维运动"随之结束。"加维运动"虽然失败了，但他所倡导的"加维主义"是黑人运动史上的宝贵财富。

如果说加维的"返回非洲"反映了"黑人逃跑主义"[①]，由杜波伊斯倡导的泛非主义则采取了积极的路线，宣传种族团结，也构成了黑人民族

---

① 中国人民解放军五二九七七部队理论组，南开大学历史系美国史研究室及七二届部分工农兵学员. 美国黑人解放运动简史[M]. 天津：人民出版社，1977：237.

主义的重要内容。"一战"之后，国际上民族解放运动如火如荼地开展，在资本主义为主导的世界殖民体系中，世界范围内被奴役的民族都在寻求自由解放之路。俄国的十月革命为殖民地的民族带来了一线曙光，鼓舞了一切被压迫民族的斗志。对于亚洲、非洲和拉丁美洲的民族解放运动产生了深远的影响，随着帝国主义国家加紧瓜分非洲，美国黑人非洲和黑人都面临着受压迫被宰割的命运，散居世界各地的黑人和非洲黑人联合起来，共同反对帝国主义，实现黑人的民族自决。非裔美国知识分子积极寻找民族解放之路，其中最突出的是杜波伊斯，以他为代表的美国黑人将黑人的"泛非主义"社会乌托邦构想从北美大陆扩展到全世界范围内的黑人以及被压迫的有色人种。这个时期的泛非政治运动主要是指杜波依斯领导的"泛非大会运动"。1909年，杜波依斯成立了全国有色人种协进会，取名特意使用有色人种一词，而不是取名黑人协进会，也是一种姿态，表明自己没有狭隘的种族观念。杜波依斯还组织、参加过其他各种国际种族会议，包括1900年在伦敦举行的泛非大会，1911年在伦敦举行的世界种族大会，1915年的尼亚加拉运动大会，1919、1923、1926和1945年的泛非大会。这些会议的宗旨是激励美国黑人、散居在各地的非洲人及全世界所有有色人种去争取在国际社会上的平等权利。"泛非主义"把反对殖民主义、反对帝国主义战争与反对种族歧视结合起来，成为全球黑人反抗殖民主义和种族主义的一种政治思潮。

二、黑人左翼主义思潮

20世纪二三十年代，随着美国黑人运动的不断深化，许多进步人士开始接触到马克思主义和列宁主义。黑人城市化进程加速了黑人民族意识的觉醒，纽约市的哈莱姆地区成为黑人的文化首府，催生了大量文化机构和黑人报刊，如《危机》(The Crisis)、《机会》(Opportunity)、《信使》(Messenger)等具有社会主义性质的刊物。哈莱姆文艺复兴的发展为黑人左翼文化运动孕育了力量。随着无产阶级队伍的壮大，部分黑人激进分子迅速接受马克思主义和共产主义，促进了美国黑人左翼运动的发展。

黑人左翼运动的产生符合非裔美国民族内在追求，也是历史发展的大势所趋。"一战"中的欧洲战场，大约有400万有色人种参加了战斗或者相关的军事生产劳动，但黑人被英法美视为战争中的消耗品，成为战场上的炮灰。在战后，美国又掀起了新一轮"肤色主义浪潮"，忽略黑人士兵在战争中的贡献。1929—1933年美国大萧条期间，迁移至北方工业区的黑人率先成为下岗工人，经济、政治上都无法得到自由与平等待遇。贫富差距的扩大、黑人社区白人极端主义的盛行和一系列社会动荡，使得美共开始浮出水面。随着美国共产党领导的工人运动日渐兴起，加速了黑人左翼运动的发展，大萧条期间，很多美国黑人开始思考其他政治制度的可能性。俄国十月革命的胜利鼓舞了一切被压迫人民的斗志，给他们的斗争指明了正确的方向。重视阶级斗争的共产党本来就擅长组织工会，于是美国共产党大批进入由底层无技术工人组成的产业工会联合会，负责起了许多工会的发展和运营工作，促进了黑人左翼运动的进一步发展。美国共产党不断挑战美国的种族隔离政策，支持黑人的合法权益。一方面，对社会不公、种族歧视与资本主义经济危机下的阶级压迫予以深刻揭露与批判，另一方面，对底层人士给予更多的人文关怀，获得了广泛支持。

美国黑人左翼主义者还将共产主义与泛非民族主义结合起来，积极探索民族解放之道。1922年"共产国际第四次代表大会"指出种族主义是民族压迫的工具，强调在殖民地开展社会主义的反帝国主义运动，把美国黑人定义为一个自决而奋斗的民族。1928年美共明确指出黑人工作是党的中心任务。受斯大林和苏维埃社会主义思想的影响，美国国内左翼主义者开始了联合阵线的建设。非裔美国人是整个社会基础建设的重要主体，尤其是南方各州，在物流、运输、采矿、纺织乃至日常生活服务各领域，非裔美国人都是主要劳动力，尤其是30年代美国经济危机期间，全社会为了保持正常运转，必须依赖非裔美国人的辛勤劳作，然而非裔美国民众却受到白人既得利益集团的不断压榨和欺凌。目睹这种情况，黑人左翼为黑人种族受害者辩护，美国共产党积极组织工人和失业者，为黑人的种族和经济的正义而积极活动。国内黑人左翼者把黑人的生存问题普适化，上升到人类命运的高度加以体察。这种具有普适价值的左翼视角受到黑人的大力拥护，大萧条让美国共产党和黑人左翼的影响力飞涨，大批黑人参与到左翼运动中来。

受民族主义思潮和左翼思潮的双重影响，这个时期的非裔乌托邦思想将阶级问题和种族、民族问题结合起来，将黑人乌托邦思想推到一个历史高度。非裔美国人把种族意识提升到阶级意识的高度，在"泛非运动"和"泛亚运动"中彰显无产阶级的国际意识，突破哈莱姆文艺复兴的局限性，实现与马克思主义的接轨[①]。20世纪初的"世界有色阵线"在发展过程中逐渐从美国扩展到中国、日本和印度，在世界范围内掀起了反压迫、反殖民斗争，即"泛非运动"和"泛亚运动"[②]。两种运动的融合实际上是一种"有色世界主义"。"有色世界主义"是杜波伊斯为实现黑人种族解放而做出的积极探索，具有反对帝国主义、殖民主义和种族主义的强烈愿望。

乔治·斯凯勒的《黑色帝国》和杜波伊斯的《黑公主》是这个时期的两部代表作品。两部作品延续了《国中国》中有关革命方式和实现途径的想象，以现实的乌托邦实践为摹本，在对未来世界的乌托邦想象中构建理想社会，传达黑人对民族解放和国家独立的无限向往，构成了黑人乌托邦家园的世界想象。本章接下来的两节将分别阐释20世纪二三十年代非裔美国乌托邦想象，即乔治·斯凯勒《黑色帝国》中实现非洲自治与世界黑人自由的乌托邦构想，以及杜波依斯《黑公主》中实现世界各地有色人种联合的乌托邦想象。

第二节 《黑色帝国》与"黑色帝国"

《黑色帝国》传达了黑人对民族解放和国家独立的无限向往。一战以后，随着城市化进程加快，北方黑人的社会和政治觉悟不断提高，黑人民族意识进一步加强，黑人民族运动也不断高涨，很多黑人作家以小说为媒介表达自己的民族情感。

---

① 王予霞. 美国黑人左翼文学消长的历史启示 [J]. 国外文学, 2014(03): 48-56. p. 48.
② 王予霞. 20世纪美国左翼文学思潮研究 [M]. 北京: 中国社会科学出版社, 2014: 133.

第二章　20世纪二三十年代的非裔美国乌托邦书写

乔治·斯凯勒就是其中一位，斯凯勒是一位黑人杂文家、专栏作家、评论员、编辑兼记者，曾担任《匹兹堡信使报》的记者，游历于美国南部、非洲、欧洲、南美和西印度群岛等地，对世界黑人的生存处境有着深刻的认知。20世纪初，非洲被西方列强瓜分殆尽，埃塞俄比亚和利比里亚成为非洲唯一保持独立的两个国家，然而，意大利法西斯于1935年入侵象征黑人自由家园的埃塞俄比亚，这激起了世界范围内黑人的强烈愤慨。斯凯勒具有强烈反殖民主义倾向，他利用战地记者的身份发表檄文强烈谴责意大利的侵略行为，引起强烈反响。但是，随着意大利进攻连连告捷，斯凯勒无法再用真实的新闻来报道埃塞俄比亚的顽强抵抗。为了继续鼓动全世界黑人大众的愤慨之情和革命情绪，他用笔作为武器，于1936—1938以新闻稿的形式在《匹兹堡信使报》刊登连载小说，以跌宕起伏、扣人心弦的故事情节和气势磅礴的革命叙事讲述了一个非裔美国黑人地下组织在激进民族主义者亨利·贝尔席德斯医生的带领下联合全世界的黑人精英，用以暴制暴的手段将意大利连同其他欧洲殖民国家一并赶出非洲，最终实现非洲自治和世界黑人自由的乌托邦图景的故事。

《黑色帝国》将黑人种族历史、新闻报道和社会叙事巧妙地糅合在一起，融合了惊悚、传奇、浪漫、战争、科幻甚至苏联现实主义小说的写作特征，开创了集"乌托邦、滑稽剧、传奇剧、阴谋论和政治寓言"[1]于一体的写作范式，内容涉及种族、心理、历史、战争、科技、健康等方面的议题。这部被称作"讽刺笑话""异想天开想象"[2]的小说以基于现实的非洲帝国政治乌托邦想象构成了"对白人统治和当时社会历史条件的虚构式报复行为"[3]。小说重新审视了美国乃至世界范围内黑人种族的政治状况和社会现实，为想象与实践自由和平等的替代性生活方式开辟了另一个乌托邦空间。以下将通过黑色帝国缔造过程与加强统治的手段入手展开研究，探讨小说蕴含的政治乌托邦内涵。

---

[1] GOYAL Y. Black nationalist hokum: George Schuyler's transnational critique [J]. African American review, 2014, 47(1): 21-36. p.21.

[2] SCHUYLER G S, Hill R A. Black empire [M]. Boston: Northeastern University Press, 1991: 260.

[3] SCHUYLER G S, Hill R A. Black empire [M]. Boston: Northeastern University Press, 1991: 280.

一、后殖民乌托邦的创建

《黑色帝国》整体上遵循了乌托邦文类的写作范式，故事的叙述者黑人卡尔·史莱特是一位受雇于纽约某家报社的年轻记者，小说以他的冒险经历展开，呈现了他的所见所闻。他在哈莱姆的街头目睹黑人地下组织的头目贝尔席德斯医生掐死一位白人女性后，在恐吓和胁迫手段之下被迫加入该组织，成为贝尔席德斯医生的私人秘书。小说以他的视角逐步开展，以一个局外人的身份向读者呈现了该黑人国际地下组织的运营原则和方式，以及该组织步步为营将非洲从欧洲殖民统治中解放出来，成功抵制了白人殖民者的反攻并建立一个黑色帝国的历程。随着故事的推移，卡尔了解到自己是贝尔席德斯医生招募的二百万黑人精英中的一员，因自己杰出的才干而被选中。贝尔席德斯富有而聪慧，集结了散落在世界各地来自非洲、欧洲、拉丁美洲和加勒比海地区的众多知识分子、科学家和工程师，组成了"黑人国际"，发起了一场全球性的战斗。这些黑人精英同白人一样聪慧，更有精力和活力，"更知情、知晓过去，了解现在，不怕未来"[①]，"新黑人更具有士兵而不是艺术家的秉性，更确切地说，融合了两种性情"[②]。虽然他们没有共同的历史或文化，但这些未来的世界领导人却因为无法在种族主义世界取得成功而陷入困境，他们积极投身于世界各地黑人的解放运动，投身创造新未来。贝尔席德斯怀揣黑人自由和解放的信念，鼓动黑人追求自决权，向白人发起了种族战争，誓将"白人赶出非洲、印度、西印度群岛和南海"[③]。贝尔席德斯是"新黑人"的杰出代表，他的典型形象抨击了黑人劣等论，抨击着"暴力新世界秩序"[④]。作为乌托邦访客（visitor）的卡尔起初持质疑、反感和抗拒态度，内心充满着各种复杂激烈的思想斗争，一方面对该组织的激进和暴力行为不能苟同，另一方面又被贝尔席德斯医生的个人魅力和黑色帝国景象所折服，"在两种欲望

---

① SCHUYLER G S, Hill R A. Black empire [M]. Boston: Northeastern University Press, 1991: 35.
② GILROY P. Black fascism [J]. Transition, 2000, (81/82): 70-91. p 75.
③ SCHUYLER G S, Hill R A. Black empire [M]. Boston: Northeastern University Press, 1991: 31.
④ GILROY P. Black fascism [J]. Transition, 2000,(81/82): 70-91. p 76.

之间被撕扯着"①。但后来他慢慢接纳并参与到这个伟大乌托邦工程的建设中去。

革命暴力是乌托邦非洲黑色帝国制胜的基石。贝尔席德斯医生是黑色帝国乌托邦的总设计和规划师,贝尔席德斯(Belsidus)这个人物形象是作家斯凯勒根据两个现实人物杜撰而来的:贝利萨留(Belisarius),公元6世纪古代罗马军事家、拜占庭帝国统帅,他勇武能战,懂得用兵,不跟敌人正面交锋,善于通过外交计谋不战而胜,曾率军征服了非洲和罗马。威廉·詹姆斯·席德斯(William James Sidis)是斯凯勒同时代的一位天才人物,拥有极高的数学和语言天赋②。斯凯勒创造的贝尔席德斯医生身上兼具两位真实人物的优点,拥有天才般的智慧,并且善于用计,对革命事业运筹帷幄,是一位"神话人物"③。这位具有神话色彩的医生是作家塑造出的一位弥赛亚式人物。医生成为黑人运动的革命领袖和领导人物,这有着深刻的历史和社会根源。自重建时期以来,黑人大学及职业学校开设了多种医学课程,但毕业后的黑人大学生饱受种族歧视的影响,大多只能从事护士职业,很少有黑人毕业生能真正给白人诊断看病。虽然医术精湛,但无处施展,现实的遭遇让他们更具叛逆性。"现存秩序产生乌托邦,乌托邦反过来又打破现存秩序的纽带,使它得以沿着下一个现存秩序的方向自由发展。"④种族歧视的社会现状催生了对没有偏见与压迫的另类社会的乌托邦想象。小说赋予一位医生以无所不能的天赋和革命能力,这本身就是对现存社会秩序的鞭挞与否定。不过,行医只是这位黑人领袖的幌子与副业,他"多年前就委身于自由非洲的理想"⑤,致力于"毁掉白人的至高无上""将白种人从圣坛上拉下来,提升有色人种"⑥的伟大事业,二十多年以来一直为实现这个目标孜孜不倦。小说对医生的身世背景语焉不详,给这位弥赛亚蒙上了更加神秘的色彩,唯一清晰的是,他是个"狂热的革

---

① SCHUYLER G S, Hill R A. Black empire [M]. Boston: Northeastern University Press, 1991: 254.
② SCHUYLER G S, Hill R A. Black empire [M]. Boston: Northeastern University Press, 1991: 309.
③ SCHUYLER G S, Hill R A. Black empire [M]. Boston: Northeastern University Press, 1991: 286.
④ 卡尔·曼海姆. 意识形态与乌托邦[M]. 北京: 九州出版社, 2007: 203.
⑤ SCHUYLER G S, Hill R A. Black empire [M]. Boston: Northeastern University Press, 1991:134.
⑥ SCHUYLER G S, Hill R A. Black empire [M]. Boston: Northeastern University Press, 1991: 10.

命者"①，将一大批有"种族意识的忠诚青年"②围拢在周围，通过偷盗、抢劫、杀人等各种暴力血腥手段聚集起巨额财富，为革命事业奠定了坚实的经济基础。他组织国际黑人大会，为了统一革命思想和行动，实行严格的纪律，使用暴力和恐吓等手段，对背叛者格杀勿论，之后扔在硫酸池毁尸灭迹。他利用医生的身份和个人魅力吸引大量白人女性为他们革命事业服务，完成任务者免于一死，出师不利者必死无疑，他身上体现了"激进的、革命的意识形态"③。发起大革命之前，他避免与白人正面冲突，采用养精蓄锐、伺机而动的策略，手下的黑人国际组织在欧洲、亚洲、非洲、南美和新印度群岛的分支机构负责在白人中间制造事端，挑起白人矛盾摩擦，为回归非洲做准备。

科技是黑色帝国获得胜利的法宝。《黑色帝国》充斥着大量的科技元素，科幻书写是小说创作的一大特色，这与20世纪二三十年代科学技术日新月异，不断冲击着人们生活的现状密不可分。时代对科技改变社会的乐观态度催生了大量的科技杂志。同时，电影银幕上也出现大量科幻主题的作品，表现战争、大灾难、人与机器、人与未来、人与环境、人与宗教关系等主题。受大众传媒的影响，该小说迎合大众读者的口味需求，借助文学的表现形式，将科学技术改变世界的力量表现得淋漓尽致。小说塑造的技术乌托邦世界预见了20世纪后半期才出现但对于当时的读者来说无异于天方夜谭的众多技术，在黑人势力弱小的情况下成为革命取得胜利的基本保障。他理直气壮地说出这样的话：

> 我们要出去思考并超越白人……我已经把这个组织分散在世界各地；年轻的黑人是知识分子、科学家、工程师，他们在精神上等于白人。他们拥有超强的能量、超强的生命力，他们有优越的，或者我应该说更激烈的仇恨和怨恨，这是用作征服巨人的燃料……你将在你的时代看到非洲一个全能的伟大黑人国家指挥白人的世界。④

---

① SCHUYLER G S, Hill R A. Black empire [M]. Boston: Northeastern University Press, 1991: 18.
② SCHUYLER G S, Hill R A. Black empire [M]. Boston: Northeastern University Press, 1991: 10.
③ SCHUYLER G S, Hill R A. Black empire [M]. Boston: Northeastern University Press, 1991: 287.
④ SCHUYLER G S, Hill R A. Black empire [M]. Boston: Northeastern University Press, 1991: 105.

该医生笼络了一大批黑人天才,他相信,年轻的黑人,像知识分子、科学家和工程师在智力上毫不逊色于白人,同"白人一样聪慧","更有精力和活力"①,"所需要的只是金钱、仪器、新的科学工具"②。小说中描述了诸多黑人电气技师、工程师、化学家、冶金家等人物形象,他们不仅能制造手枪、炸弹和飞机,还能发明瞬间毁坏机器的死亡射线等大规模杀伤性武器,也能制造给欧洲统治者带来死亡与恐慌的老鼠霍乱或毒气。一位化学家发明制造的硫酸能瞬间消融人体,一名物理学家发明了一种可怕的机器,这是一个原子光速战机与遥控无线电传输器的结合体,能将英国航空舰队、法国海军和意大利航空舰队一举歼灭。此外,还建有"世界上最好的广播和电视站"③,实现了远程视频。帝国还建有自己的飞机生产基地和飞机库,为革命提供飞行员及其他后备科技人才,帝国定期选拔年轻黑人到美国高校接受技术教育培训。在用生物战摧毁美国之后,黑人国际组织将非洲从欧洲殖民者手中解放出来,宣布新的黑人帝国诞生。当欧洲人抗议时,贝尔席德斯的女助手帕特里夏·吉文斯将军策划了一系列空袭,这些空袭很快让欧洲集体垮台。

在小说刻画的帝国乌托邦世界里,科学和革命的绝对力量得到彰显,成为推翻殖民统治、解放黑人和改造世界的有力保障,以及实现"后殖民乌托邦"的必要手段,有些手段甚至是惨忍和不义的。以科技为依托,以暴力革命为途径,将民族解放事业与反对殖民主义、反对帝国主义的斗争结合在一起,用独裁强权和武装手段暴力建立政权。帝国以风卷残云之势在非洲建立起了一个世界黑人的"避难所"④,让非洲成为"一个民族、一个灵魂"⑤,寄托了黑人的自由之梦。

---

① SCHUYLER G S, Hill R A. Black empire [M]. Boston: Northeastern University Press, 1991: 10.
② SCHUYLER G S, Hill R A. Black empire [M]. Boston: Northeastern University Press, 1991: 15.
③ SCHUYLER G S, Hill R A. Black empire [M]. Boston: Northeastern University Press, 1991: 157.
④ SCHUYLER G S, Hill R A. Black empire [M]. Boston: Northeastern University Press, 1991: 166.
⑤ SCHUYLER G S, Hill R A. Black empire [M]. Boston: Northeastern University Press, 1991: 166.

二、黑色帝国乌托邦工程

贝尔席德斯医生领导的乌托邦革命取得了非洲独立,在革命过程中及之后提出了一系列改造社会的整体计划,称之为黑色帝国乌托邦工程。黑色帝国以树立黑人自立、自尊、自强为目标,从政治、经济、日常生活等方面对乌托邦图景进行了具体的设想和规划。

政治上,贝尔席德斯医生领导的国际精英组织以利比里亚为滩头阵地长驱直入创建一个非洲黑色帝国,致力于打造无可比拟的黑色文明,创建一个"后殖民乌托邦"[①]。如小说所言,贝尔席德斯医生要带领黑人"创造一个更高的文明"[②]。《黑色帝国》是一次返回非洲并实现非洲解放的乌托邦实践,反映了非裔美国人对土地和自由解放的向往。早期殖民地时期,就曾有人设想将黑人遣返回非洲,美国独立后,新英格兰海员保罗·卡费在1815年组织过一批黑人返回非洲。美国政府也曾在1816年特地在非洲建立了美国殖民协会,打算把那些被视为对南方奴隶制构成威胁的自由黑人从美国国土上清理出去。该协会于1822年在非洲西海岸建立了一个自由黑人殖民地,一部分奴隶的后裔得以移居非洲,按照美国的政治制度和理念将殖民地发展成为一个秩序井然的国度,成为后来利比里亚的雏形[③]。1852年,自由黑人马丁·德莱尼鼓吹黑人移居到东非并建立自己的国家,后来随着美国内战的爆发,黑奴获得解放,返非运动随之结束。与加维运动不同的是,《黑色帝国》中的非洲运动如火如荼地开展,以胜利告终,最终建立了一个以利比里亚为核心并囊括整个非洲大陆的"非洲帝国"。

经济发展方面,黑色帝国大力发展黑人经济,为实现黑人独立提供强有力的物质保障。小说故事类似于"苏联乌托邦主义",尤其在"强调经济

[①] AHMAD D. Landscapes of hope: anti-colonial utopianism in America [M]. Oxford: Oxford University Press, 2009: 177.

[②] SCHUYLER G S, Hill R A. Black empire [M]. Boston: Northeastern University Press, 1991: 258.

[③] SIDBURY J. Becoming African in America: race and nation in the early black Atlantic [M]. New York: Oxford University Press. 2007: 168-179.

发展上"①，大搞经济发展，实现自立自主。首先，黑色帝国大力发展基础设施。建设了发电站，利用非洲阳光充足的天然有利条件，使用太阳能进行发电，解除了非洲对国外煤和石油的依赖；还修建了水泥厂，每周出产五十吨水泥，用于支持道路等基础设施建设。其次，黑色帝国利用高科技进行农业生产，建立了化学农场；大力发展水耕农业，对农作物施液体化肥，新的耕作技术不仅免除了土壤侵蚀、虫害的困扰，还大大地提高了产量。通过高科技培育的农产品生长速度更快，味道更佳，一英亩出产二百吨，出产的草莓有李子般大，西红柿有葡萄柚般大。贝尔席德斯医生在得克萨斯、新泽西等州拥有十个类似的种植园，每个庄园都配备最先进的农业生产技术。利用先进的耕作方式和高科技带来丰厚的福利和效益，贝尔席德斯医生有望解决非洲人民的基本温饱问题，如他所说，"我们要建工厂，经营大型集体农场、牧场、矿场、工厂，实现自给自足"②，消除世界范围内的饥饿问题。

医疗保健方面，帝国进行严格的健康控制，保证人们拥有健康的体格。根治蔓延非洲大陆的各种疾病是黑色帝国首先面临的问题，黑色帝国采取特殊措施来治疗关节炎、疟疾、哮喘、淋病、梅毒等西方殖民者带来的疾病。不过，小说叙述人卡尔惊讶地发现，黑色帝国处理疾病和健康问题的方法不是建设更多的医院和购置先进的医疗设备，而是除掉不适应环境者。当卡尔游览黑色帝国的医疗设施时，他看到的是一个"简单、高效、清洁"的办公室，这里"没有一件多余的物品"③。此诊所是黑色帝国在非洲建造的上万所诊所中的一个，每个诊所配有四名或五名专家，六名或八名护士。他们对每位黑人进行严格的体格检查，如果检查结果证实病人无药可救，则病人直接被施以安乐死。对于这种残酷行为，卡尔得到的是这样的解释：无法治愈的人不仅浪费黑色帝国的资源，还给亲人带来莫大的焦虑和压力，病人自身也陷入无尽的痛苦之中。对于能治愈的病人，

---

① VESELÁ P. Neither black nor white: the critical utopias of Sutton E. Griggs and George S. Schuyler [J]. Science fiction studies, 2011, 38 (2): 270-287. p.282.
② SCHUYLER G S, Hill R A. Black empire [M]. Boston: Northeastern University Press, 1991: 142.
③ SCHUYLER G S, Hill R A. Black empire [M]. Boston: Northeastern University Press, 1991: 150.

提供的治疗方法不是用药，而是调节饮食，其中的理念是病人营养不够才导致抵抗力下降，致使体内的毒素和有害细菌无法排除，所以，要除病，必须注重营养均衡。本着预防为主的理念，帝国大力普及健康常识，尤其是饮食与健康的知识，提高黑人的身体素质。相应地，在日常饮食方面，为了改善黑人的健康状况，提高黑人免疫力，黑色帝国极其注重食物的营养价值，严格执行饮食方案。为了不让食物的营养价值遭受破坏，主要吃新鲜的未经烹饪的食物，因为经淬火做的食物，其营养价值会大打折扣。帝国所谓的厨师不是做饭高手，而是一些饮食营养专家，他们准备的鱼肉、牛肉都是生的，蛋糕是用阳光烘烤出来的。对于剩下的食物，为了最大限度地保留食物的营养价值，营养师采取冷冻的方式进行保存。由于黑人在公共厨房就餐，饮食受国家控制，黑人只能适应这种饮食。

思想意识形态方面，为了培养积极狂热的民族主义情绪，建立民族认同感，帝国创建了自己的宗教，建立了自己的信仰之地，形成了以"爱之神殿"为中心的黑人社区。帝国利用新的宗教，向崇拜者灌输个人尊严和种族自豪感。贝尔席德斯医生建立了几百个神殿，进行法西斯宣传，对被压迫的黑人提供一种基于黑人信念和心理的宗教。贝尔席德斯认为，虽然黑人教堂培养了第一批黑人领袖，但是之后黑人教堂慢慢失去了其功能，催生出的是黑人种族中最卑鄙的吸血鬼。基于对黑人教堂的这种批判，他创建了"爱之神殿"，给黑人群众他们想要却没能得到宗教，带有音乐跳舞，没有募款，有些许花哨，再实实在在地加入一点撩人的劲爆动作，民众就会趋之若鹜[1]。帝国创建的这种宗教是一种类似埃及宗教的异教，所建的教堂是一种类似埃及宫殿的宏大建筑，一个削掉了顶部的金字塔形状[2]。这种宗教将黑人跟古埃及、古巴比伦人相联结，将黑人视为埃及文明和欧洲文明的祖先，凸显黑人的历史优越性和种族自豪感。贝尔席德斯医生通过对民族传统文化的挖掘、再认识和再创造获得了对黑人民族传统文化的重新理解，借以建立起了黑人的自我认同和民族集体主体性的自我关照，从而为革命提供了精神支柱。他在全球范围内建立了几百家这种"爱之神

---

[1] SCHUYLER G S, Hill R A. Black empire [M]. Boston: Northeastern University Press, 1991: 58.
[2] SCHUYLER G S, Hill R A. Black empire [M]. Boston: Northeastern University Press, 1991: 57.

殿",呼吁黑人摒弃自卑,增强黑人的民族意识和民族自豪感。新的宗教解放了被奴役的黑人的心灵,提高了黑人的民族自信心,满足了黑人大众的精神需要,实现了马尔库塞所说的"爱欲"。不仅如此,大殿还为黑人提供了物质支撑,它集餐馆、食杂店、药店、理发店、体育馆、服装店和银行等于一体,成为人们"日常生活、活动、娱乐与学习中心"[①]。帝国投入大量的物力建设殿宇,培训年轻牧师、唱诗班歌手和伴舞者,目的就是使大殿成为人们生命的中心,成为号召群众运动的基础。

在小说中,贝尔席德斯医生建立了一个以利比里亚为胚胎的非洲黑色帝国,用科学主义和未来主义充实他的非洲乌托邦,通过大力发展农业和基础设施建设,将非洲引向现代化,还从思想上树立黑人的自尊意识和自豪感,实现真正的非洲复兴。

三、黑色帝国的反乌托邦转向

乌托邦思想家曼海姆在《意识形态与乌托邦》一书中指出,乌托邦与意识形态之间的界限是模糊的,乌托邦一旦现实化和对象化,必然沦为固化的意识形态,从而成为新的乌托邦所反抗的对象。这就是乌托邦与意识形态之间的悖论。黑色帝国将建设一个乌托邦工程的理念具体化,并且事无巨细地给予细节化,这本身就造成了背反,走向了乌托邦的反面。

其一,帝国的思想控制导致了专制。贝尔席德斯医生非常清楚黑人大众对于群体的情感诉求,于是利用非理性的宗教手段抓住黑人群众的心理,根据群体接纳的特点,积极宣传他的帝国理念。作为黑人领袖,他掌握着驾驭辞藻的艺术,善用手段去控制群众,将群体从理智的世界带入想象世界,用强烈的情感唤起群体的联想,给他们造成一种心理暗示。在宗教集会上,他利用催眠术和药物将群众置于无意识状态下,让民众产生幻觉,失去了个体的意识和意志,屈从于他的暗示。"服从黑人国际组织,遵从它的命令,整个世界就是你的了"[②]。宗教集会上,他将自己神化为爱神,所谓的"爱神雕像"只不过是医生的一个幻影,一个用心智控制民

[①] SCHUYLER G S, Hill R A. Black empire [M]. Boston: Northeastern University Press, 1991: 58.
[②] SCHUYLER G S, Hill R A. Black empire [M]. Boston: Northeastern University Press, 1991: 65.

众，灌输医生政治计划的政治机器。这种催眠装置没有逃过叙述人卡尔的法眼，卡尔知道那纯粹是胡说八道，也大概知道其运作原理，尽管如此，也不自觉地被攥住。乌托邦的向导帕特里夏·吉文斯（后来成为卡尔的妻子）指出帝国的思想操纵手段："教会在思想上牢牢控制着群众，我们的经济组织持续控制着那些影响群众观点的人士，我们的特工组织对付那些持不同政见的人，我们的宣传组织告诉人们应该怎么想怎么做。这就是干革命的方式。"[①]在这种操控下，黑人丧失了自由的本性，失去了支配自己意志的能力。即使叙述人卡尔，也有困惑、不解和质疑，但还是渐渐地被扭曲，成为一个小零件，随着黑色帝国的机器高速运转，为黑人帝国建设添砖加瓦。

其二，黑色帝国的理性专制统治促使其走向了极权的一端。极权是一种将权力凌驾于一切事物之上的统治方式，能摧毁多样文明。极权主义的理论根源可以追溯到柏拉图、卢梭等人的集体主义政治理论。《理想国》中就有极权主义的描述，设计一套完整的制度、价值观和生活方式，让品格高尚、学识渊博、心忧天下的智者来统治和管理国家。贝尔席德斯医生一手掌控黑色帝国，奉行非裔美国例外论，认为非裔美国人接受了西方的思想教育和先进科技，在思想和技能方面优于其他黑人，最适合领导世界黑人，非洲只是个天真无邪的孩子，必须由美国黑人来实行独裁统治。贝尔席德斯医生凌驾于整个黑人群体之上，奉行领袖崇拜政策，他的照片散落在非洲丛林各个角落。他不仅控制着所有政治事务，用"适度消费主义"，即西方商品如舒适的椅子、电风扇、冰饮料、杜松子酒、雪茄和完整的剃须刀等控制着非洲土著居民的经济活动，还竭力控制黑人的生活、日常饮食和宗教信仰等方方面面。在他构筑的未来美好蓝图中，严格的理性压制将帝国的方方面面纳入精确的控制范围之内，制度化的管理规范着黑人的行为，约束着黑人的情感和个性。他试图用一种完美的意识形态替代现实社会，强调黑人的整体价值，强调为了整体而牺牲个体，个体要绝对地服从于他的命令。这本身消弭了国家、政府与个人之间的区别，无疑

---

① SCHUYLER G S, Hill R A. Black empire [M]. Boston: Northeastern University Press, 1991: 47.

是以黑人自由平等的名义施行暴力，以集体的名义实现对非洲大陆黑人的统治。

其三，贝尔席德斯医生采用非道德的手段，造成了伦理上的困境。他虽然是成功的黑人革命背后的杰出策划者，但他通过谋杀富有的白人妇女，用枪胁迫的方式招募有才华的年轻黑人，为他的革命筹集资金，这些做法都是不道德的。失去了正义和善意，帝国的根基遭到撼动。小说结尾描述了贝尔席德斯的白人女朋友哭泣的场面，这是为贝尔席德斯医生创造新世界秩序而丧失的所有生命发出的哭声。小说竭力打破白人的旧秩序，冲出政治压迫和种族歧视的牢笼，却不自觉地诉诸武力，包括压制、消灭一切对立面等手段，从而又跳入了另一个陷阱。贝尔席德斯医生的乌托邦工程以暴力和理性为基础，建立在浪漫主义的癫狂之上，最终激发了独裁、极权等非理性因素，原本以理性和宏伟计划为初衷，却预示着专制和混乱。他以种族解放和黑人自由的乌托邦旗帜来组织动员黑人知识分子，背离了他曾经提出的乌托邦蓝图。实际上，当他在将乌托邦的各种细节精确规划之后，乌托邦本身就丧失了自由的原则。

斯凯勒是一位思想复杂的思考家，"忠实的泛非主义者""反资本主义分子"[1]"种族理想主义者"[2]"埃塞俄比亚之友"[3]等各种身份使得"对他的不同声音比其他任何黑人作家都多"[4]。他思想的复杂性源于他对人性、对社会和对历史的深刻思考。斯凯勒以冷峻的历史眼光回望20世纪早期的那一段乌托邦冲动历史，写出了充满非洲情结和革命浪漫主义色彩的非洲乌托邦，表达了非裔美国人对土地和自由的向往。当然，小说蕴含着浓厚的乌托邦冲动，但是也描摹了一幅反面乌托邦图景。非洲黑色帝国只是一个幻影，看似美妙无比，实则隐藏着巨大的危机。斯凯勒笔下的非洲不是加维的祖国，也不是哈莱姆文艺复兴所讴歌的故乡非洲，他的反面乌

---

[1] SCHUYLER G S, Hill R A. Black empire [M]. Boston: Northeastern University Press, 1991: 261.
[2] SCHUYLER G S, Hill R A. Black empire [M]. Boston: Northeastern University Press, 1991: 262.
[3] SCHUYLER G S, Hill R A. Black empire [M]. Boston: Northeastern University Press, 1991: 270.
[4] RAYSON A. George Schuyler: paradox among "assimilationist" writers [J]. Black American literature forum, 1978, 12 (3): 102-106. p.105.

托邦思想是对以往乌托邦实践的关照，二者之间形成了巨大的张力，为读者提供了广阔的思考和阐释空间。加维的乌托邦实践以失败终结，斯凯勒则以虚构的形式对加维的乌托邦工程予以肯定，同时，作者也对政治乌托邦实现之后的图景提出了否定性的阐释，对充盈着暴力、血腥和谋杀，人性被扼杀的极权社会给予了批判。小说道出了乌托邦冲动内部的裂隙和矛盾，体现了斯凯勒对革命胜利后的道路的思考及对黑人独裁领袖的忧虑。

第三节 《黑公主》与"有色世界主义"想象

如上节所述，《黑色帝国》设想了一个全世界黑人联合起来，通过强权、暴力和非理性手段建立一个后殖民乌托邦的方式，来实现共同解放的愿景。《黑公主》同《黑色帝国》中联合世界黑人的思想一脉相承，只不过，《黑公主》中的联合对象略有不同。《黑公主》（1928）是20世纪初非裔美国历史上颇富影响力的黑人思想家和活动家杜波依斯的一部作品。杜波依斯是一位人道主义者，一生致力于黑人的解放事业，为追求黑人的平等地位做出不可磨灭的贡献。

《黑公主》主要讲述了一位美国黑人和一位印度公主之间的跨种族、跨国际恋情和两人为黑人解放事业所进行的一系列努力。全书共由四个章节组成。第一章"流亡"中，小说男主人公马修·汤斯是纽约曼哈顿大学医学院的学生，是"新黑人"的杰出代表，以优异的成绩修完了两年的医学课程。然而，就在步入三年级之际，学校董事会决定黑人学生不能注册做产科医生。面对马修的疑问，教务长抛了一句，"你认为白人妇女肯要一个黑人医生为她接生吗？"[①]种族歧视经历是20世纪初黑人高等教育状况的缩影。马修怒不可遏，愤然离去。在白人种族主义阴影的笼罩之下，马修对个人禀赋和努力勤奋不再抱有幻想，选择只身离开纽约，流亡至柏林。在柏林期间，在一家咖啡馆里，他阻止了一个白人男子对一位有色人

---

① W.E.B杜波依斯. 黑公主 [M]. 谢江南, 等, 译. 北京: 中国对外翻译出版公司, 1998: 2.

种女性的性骚扰。为了表达感激之情，该女士邀请他参加晚宴。晚宴上，马修发现他搭救的不是一位普通的女子，而是一位出身高贵的印度布旺德普邦的公主——考蒂利亚，她是反对殖民主义和帝国主义的世界有色人种委员会的领袖。饱受种族歧视之苦的马修对她一见如故，深深爱上了这位漂亮高贵的公主，立刻感觉到自己就是这个团体的一员。不过，委员会成员中针对美国黑人是否有能力和资格参与有色种人国际联盟存有质疑，公主决定委派马修回国考察美国黑人的社会进步情况。第二章"普尔曼卧车上的服务生"讲述了马修回国之后，在铁路担任搬运工期间，与一位革命者交往，参与了一项秘密罢工，策划了一个恐怖计划，决定炸毁一辆三K党高级官员的火车，然而，当马修知道考蒂利亚公主也在同列火车上时，他破坏了这一爆炸计划，被抓捕后，他拒绝交代革命者信息，于是因妨碍司法被判入狱10年。第三章"芝加哥政客"描述了芝加哥黑暗腐败的政坛和马修政治理想主义的破灭。马修被黑人政客莎拉救出来，不幸卷入政治漩涡当中并与莎拉成婚。芝加哥对马修来说是炼狱，"一个已经存在的反乌托邦"[①]。有一天考蒂利亚公主神秘地出现，将他从腐败的政治生活和无爱的婚姻中解救出来，两人承认彼此之间的深厚的精神联结，并有一段短暂而浪漫的相聚。小说的最后一章"布旺德普邦邦主"，马修和考蒂利亚终成眷属，公主召唤马修去他从小长大的美国南方的弗吉尼亚农场，在那里，马修发现公主生下了他们的儿子马度。布旺德普邦需要一位男性继承人，马度被加冕为布旺德普邦的邦主，继续母亲的民族解放和整个黑人解放大业。

可以看出，《黑公主》是社会现实主义、政治宣传、阿拉伯故事和离奇浪漫[②]的结合，尤其是第二章和第三章对黑人底层状况和芝加哥政坛现状的描述细致入微，具有鲜明的"社会现实主义"[③]风格。但这部小说同时是

---

① KOHLI A. But that's just mad! Reading the utopian impulse in Dark Princess and Black Empire [J]. African identities, 2009, 7 (2): 161-175. p. 167.

② ARNOLD R. The art and imagination of W. E. B. Du Bois [M]. Cambridge: Harvard University Press, 1976: 204.

③ AHMAD D. "More than Romance": genre and geography in Dark Princess [J]. ELH, 2002, 69(3): 775–803. p. 775.

一部"浪漫的、有启示录性质的黑人理想主义作品"[①],由于浪漫具有"通过解决叙事张力来描绘和解决社会、历史和政治冲突"[②]的独特能力,可以逃避严格的政治审查,所以小说利用了浪漫作为策略[③],描绘了杜波依斯的种族解放计划,宣扬了他的"有色世界主义"(colored cosmopolitanism)的政治理念,体现了他对种族进步的思考。小说借助马修与公主之间的浪漫爱情想象一个跨种族、跨国际的亚非联盟,勾勒出作家对"亚非团结"[④],以及黄种、黑种和棕色种族人种大联合的设想[⑤]。"有色世界主义"开创了黑人自决未来的种种可能性,体现了作家"对未来的种族乌托邦式的憧憬"[⑥]。

可见,《黑公主》借用"西方浪漫主义传统","混合了寓言和政治评论""弥赛亚预言"[⑦],在虚构中实现了杜波依斯"伟大的抱负、梦想和愿望"[⑧]。小说通过想象一个"由有色人种组成的国际泛种族联盟来打破种族等级制度"[⑨],预言了西方帝国主义的衰亡和世界黑人的最终解放,体现了杜波依斯积极乐观的态度,对黑人的前途充满了信心。以下将深入剖析《黑公主》中所体现出的"有色世界主义"思想。

[①] W.E.B杜波依斯. 黑公主[M]. 谢江南, 等, 译. 北京: 中国对外翻译出版公司, 1998: XIV.

[②] WEINBAUM A E. Interracial romance and black internationalism [M]// Gillman S K, Weinbaum A E. Next to the color line: gender, sexuality, and W.E.B Du Bois. Minneapolis: University of Minnesota Press, 2007: 96-123. p.100.

[③] FISHER R R. The anatomy of a symbol: reading W. E. B. Du Bois's Dark Princess: a romance[J]. CR: the new centennial review, 2006, 6 (3): 91-128. p.91.

[④] HAIDARALI L S. Browning the Dark Princess: Asian Indian embodiment of "new negro womanhood" [J]. Journal of American ethnic history, 2012, 32(1): 24-69. p.25.

[⑤] DOKU S O. Cosmopolitanism in the fictive imagination of W.E.B Du Bois: toward the humanization of a revolutionary art [M]. Lanham: Lexington books, 2015: 59.

[⑥] KOHLI A. But that's just mad! Reading the utopian impulse in Dark Princess and Black Empire [J]. African identities, 2009, 7 (2): 161-175. p.161.

[⑦] AHMAD D. "More than Romance": genre and geography in Dark Princess [J]. ELH, 2002, 69(3): 775–803. p.775.

[⑧] W.E.B杜波依斯. 黑公主[M]. 谢江南, 等, 译. 北京: 中国对外翻译出版公司, 1998: 2.

[⑨] BHALLA T. The true romance of W.E.B. Du Bois's Dark Princess [J/OL]. [2021-04-22]. http://sfonline.barnard.edu/feminist-and-queer-afro-asian-formations/the-true-romance-of-w-e-b-du-boiss-dark-princess/

一、杜波依斯的"有色世界主义"

杜波依斯是"有色世界主义"的先驱[①]。杜波伊斯是哈佛大学历史学博士,非裔美国人当中"杰出的十分之一"。然而,即使是黑人中的精英,也未能逃脱遭受种族歧视,加上他的早期欧洲留学经历,让他重新审视美国的种族歧视[②]。20世纪初,非洲绝大部分沦为帝国主义列强的殖民地,西方列强对亚洲和拉丁美洲等国家也展开殖民。白色人种视亚非拉国家的有色人种为劣等人种,美国和欧洲的殖民大国运用卑劣的手段对亚非拉国家进行残酷的剥削、奴役和掠夺。亚非拉民族遭受种族歧视、经济剥削和军事征服,政治权利和公民权利也被肆意践踏,这些国家深陷贫困、落后的泥潭而难以自拔。针对这种现状,杜波依斯对种族问题提出了自己的独特见解。他将20世纪头几十年影响美国社会和文化的本土主义、种族主义情绪与非洲、亚洲非白人经历的问题联系起来,从社会历史的角度对种族重新定义,扩展了种族的定义,指出"种族是人类的一个大家族,通常拥有共同的血统和语言,总是具有共同的历史、传统和冲动,自愿和不自愿地为了实现某种具体化的生活理想而共同奋斗"[③]。他将亚洲、非洲、美洲和海岛上黑人的共同遗产联系起来,将种族剥削的点点滴滴联系起来,认识到非白人种族是一个"情感共同体"[④],指出"在非洲,黑色的脊背被鞭打的鲜血染红;在印度,一个棕色皮肤的女孩被强奸;在中国,一个苦力挨饿;在亚拉巴马州,七名黑人被处以私刑;而在伦敦,白

[①] SLATE N. Colored cosmopolitanism[M]. Harvard University Press, 2012: 4.

[②] LENZ G H. Radical cosmopolitanism: W.E.B. Du Bois, Germany, and African American pragmatist vision for twenty-first century Europe [J]. Journal of transnational American studies, 2012, 4(2): 65-96. p.74.

[③] DU BOISW. E.B. The conservation of races [M]// Writings: the suppression of the African slave trade, the souls of the black folk, dusk of dawn, essays and articles. The Library of America, 1986. p.817.

[④] KOHLI A. But that's just mad! Reading the utopian impulse in Dark Princess and Black Empire [J]. African identities, 2009, 7 (2): 161-175. p.164.

人妓女身上披挂着珠宝和丝绸。"[1]他将殖民主义、资本主义和阶级链条相结合,在杜波伊斯看来,美国国内的黑人问题不是一个孤立的国内问题,奴隶、中国苦力和印度劳工命运相同。他超越了僵化的种族界限,基于肤色分类扩展了种族的概念,提出了一个更加流动和国际化的种族概念,指出受压迫的"世界黑人"不仅包括非洲裔美国人,还指世界各地的黑人和其他有色人种[2]。种族主义、殖民主义和帝国主义构成了世界范围内的问题,要消除美国的种族主义,必须同时争取消除世界范围的种族主义、殖民主义和帝国主义。

杜波伊斯在对全球地缘政治和经济变化的认真研究中,认识到种族关系和种族压迫在一个使经济和社会不平等永久化和持续存在的全球力量矩阵中的运作方式。随着杜波依斯对种族概念的深入了解,他转向了更广泛的世界主义,就像那个时代的其他非裔美国思想家和实干家一样,融入了更世俗的种族集体意识。杜波依斯越来越多地使用颜色语言,指出大多数"被剥削的人是有色人种,包括黄色、棕色和黑色人种"。"黑人""有色人种"和"人类"是互补的身份。为此,在同国内种族主义抗争的同时,他坚持不懈地对殖民主义和帝国主义口诛笔伐。受种族压迫的非裔美国人需要将自己的政治跟当地、国内和国际上其他受压迫的有色人种联系起来,致力于将地方、国家和世界事务联系起来,团结全世界被压迫的有色人种,从而使世界有色人种摆脱长期贫困、长期受伤害和被忽视的状况。杜波依斯亲自参加了三场政治运动,即印度的民族主义运动、美国的黑人民权运动和亚洲的民族解放运动,有色世界的理念初步形成。

为了赋予他长久以来想象的有色世界以合法性,杜波伊斯提出了"有色世界主义"的概念。这个概念囊括了"黑暗"和"有色"民族之间团结一致的观点,预示一个远远超越非洲裔的有色世界的跨种族和跨国之间的

---

[1] 转引Gregg R, Kale M. The Negro and the Dark Princess: two legacies of the universal races congress [J]. Radical history review, 2005(92): 133-152. p. 148.

[2] SLATE N. W.E.B Du Bois and race as autobiography [M]// SLATE N. The prism of race: W.E.B Du Bois, Langston Hughes, Paul Robeson, and the colored world of Cedric Dover. New York: Palgrave Macmillan Publishers, 2014: 31-55. pp. 35-36.

联盟，也体现了"美国黑人知识分子与国际无产阶级政治"①的结合。可以看出，杜波依斯的"有色世界主义"是一种将白人排除在外的"局部世界主义"，整体目的是消除美国乃至世界范围的种族主义，争取美国黑人、世界范围的黑人以及其他有色种族和民族的平等权利和独立发展的机会。"有色人种"之间的国际团结，尤其是亚洲和非洲的联合，有助于形成一个所有肤色和种族的真正联盟，共同瓦解白人全球统治。同时，"有色世界主义"将"无产阶级国际主义与民族主义"②结合起来，展示出国际共产主义运动与亚非民族独立运动的联合过程。

二、"有色世界主义"表征："亚非有色阵线"

《黑公主》中，杜波依斯利用具有"革命潜力"③的浪漫作为体裁，将浪漫理论化为小说乌托邦未来的一部分，并通过小说的形式结构加以实现。小说呈现了"乌托邦式的世界上黑暗民族团结的梦想"④，展现了"世界性的幻想"⑤。

《黑公主》利用浪漫传奇缔造了一个亚非政治联盟，重新想象了一个全球秩序。小说基于亚非国家受压迫的共同情感经历构筑了一个"情感共同体"。在亚非政治联盟中，印度被浪漫化，是亚洲的主体部分，是反对帝国主义和种族主义的斗争场，为小说中全球有色人种的解放提供了种子。故事中的布旺德普是一个受英国殖民统治的印度邦国，考蒂利亚是布旺德普的公主，一名"独立的、高贵的、积极的"⑥女性，早年在欧洲游

---

① 王予霞. 20世纪美国左翼文学思潮研究[M]. 北京：中国社会科学出版社，2014：136.

② 王予霞. 20世纪美国左翼文学思潮研究[M]. 北京：中国社会科学出版社，2014：134.

③ BUFKIN S. "The true and stirring stuff of which romance is born": Dark Princess and the revolutionary potential of literary form [J]. Journal of modern literature, 2013, 36 (4): 62-76. p.68.

④ KOHLI A. But that's just mad! Reading the utopian impulse in Dark Princess and Black Empire [J]. African identities, 2009, 7 (2): 161-175. p. 163.

⑤ VERMONJA R A. Cosmopolitan fantasies, aesthetics, and bodily value: W. E. B. Du Bois's Dark Princess and the trans/gendering of Kautilya [J]. Journal of transnational American studies, 2011, 3(1):1-26. p.1.

⑥ HAIDARALI L S. Browning the Dark Princess: Asian Indian embodiment of "new negro womanhood" [J]. Journal of American ethnic history, 2012, 32(1): 24-69. p.32.

历，在父亲去世之后，勇敢地选择了印度的反英事业，肩负起了将王国从英帝国主义手中拯救出来的重任。她"内外兼修，胸怀天下"，是位"名副其实的领导者"[1]，是印度实现家园独立的活的象征，是新印度权力看得见的象征。她的形象挑战了亚洲印度女性文盲、依赖和贫困的观点[2]，"理想的、浪漫的、美的化身"[3]形象批判了对阶级和种族身份性别化的观念。为了实现布旺德普的独立，她实施了一系列改革。政治上，召集了一大批训练有素的青年男女，形成一股联合抗英的力量，在王国内实施改革，削减特权阶级的特权，努力把政府收入花在公共福利上，建立公立学校，输送优秀学者出国学习。经济方面，努力实现经济的现代化，抵制英国工业品，力图扭转英国抢占了国内手工业市场的局面。

杜波依斯笔下的"亚非政治团结"局面非一日促成，而是始于有色人种委员会。考蒂利亚公主组织了一场由殖民世界代表组成的宏大的世界性运动和组织，反对白人种族主义、殖民主义和帝国主义。先是成立了一个有色种人委员会，这个委员会由所有受白人奴役民族的代言人组成，以公主为领袖，计划推翻全球白人贵族统治，建立黑暗种族联盟。当马修第一次参加宴会时，马修被震惊到了，参加委员会的人员当中，除了印度人，还有日本人、埃及人、中国人、阿拉伯人，"有所有的深色种人，只是没有黑人"[4]。来自不同国家、种族和阶级立场的有色人种走到一起，反对白人压迫，共同探寻种族、民族解放之策。他们当中的大多数人都能流利地使用几种语言轻松自如地进行交谈，"他们用法语讨论艺术，用意大利语讨论文学，用德语讨论政治，又都会说一口清楚的英语"[5]。这些委员会成员了解世界大事，关心各国政治，"当马修还在思索的时候，他的同伴已经轻松随意地又跳到一个个他不熟悉的话题上。他们什么都懂，懂各国

---

[1] 张静静,谭惠娟.杜波伊斯的黑人女性观[J].求索,2014(5): 173-177. p.175.
[2] HAIDARALI L S. Browning the Dark Princess: Asian Indian embodiment of "new negro womanhood" [J]. Journal of American ethnic history, 2012, 32(1): 24-69. p.32.
[3] SCHLABACH E. Du Bois' theory of beauty: battles of femininity in Darkwater and Dark Princess [J]. Journal of African American studies, 2012, 16(3): 498-510. p.509.
[4] W.E.B杜波依斯.黑公主[M].谢江南,等,译.北京:中国对外翻译出版公司, 1998: 18.
[5] W.E.B杜波依斯.黑公主[M].谢江南,等,译.北京:中国对外翻译出版公司, 1998: 18.

第二章　20世纪二三十年代的非裔美国乌托邦书写

的艺术、书籍、文学和政治，不仅限于报纸上的政治新闻，还了解核心动态，小道消息，内幕真相"[1]。他们广泛讨论欧洲艺术，讨论"表现主义、立体主义、未来主义、漩涡主义"[2]等。这些成员具有广阔的全球视野和为本民族解放而奋斗的精神，马修不自觉地参与到日本、中国、埃及和阿拉伯"黑暗民族"的"贵族""大使"所代表的世界文化中去，为黑人种族解放而斗争。

杜波依斯的亚非政治联盟由"泛非联盟"和"泛亚联盟"组成。其中，亚非联盟中的"泛非联盟"是实现黑人解放的核心。黑公主极力推动新的世界黑人的大联合，为此，她周游有色人种的国家，考察过许多国家。第一次黑人国家的大会在埃及的一个小城秘密召开。"我们有千余人，亚洲、非洲和一些岛国都派出了最强大、最有经验、最有智慧的代表"，"有埃及黑人、土耳其黑人、印度黑人，但是没有纯粹代表非洲的黑人"[3]。后来在伦敦聚会，很多国家的黑人代表出席了会议，"非洲黑人和美洲黑人也第一次出席了会议"[4]。公主经过不懈努力，将全世界的黑人团结在周围。公主告诉马修，"刚果河、尼罗河、恒河连成一条黑带，把我们所有的黑人联合在了一起，它像一支红色的箭，飞过几内亚、海地、牙买加，射入白人统治的美国的心脏，这意味着一个非凡的组合：只要你在这条黑带里工作，你在美国工作也就是在亚洲和非洲工作"[5]。非洲不再是一个被排斥的"前现代"的地方，而是被视为当代"现代"世界的一部分[6]。黑公主的政治版图中不仅包含"泛非联盟"，还包含"泛亚联盟"。应公主之命，一些来自全世界受压迫的人民聚集一堂，秘密筹备会议，参加的代表有"一位伊斯兰阿訇和一位信仰印度教的印度自由党领导人代表

---

[1] W.E.B杜波依斯. 黑公主[M]. 谢江南，等，译. 北京：中国对外翻译出版公司，1998：19.
[2] W.E.B杜波依斯. 黑公主[M]. 谢江南，等，译. 北京：中国对外翻译出版公司，1998：19.
[3] W.E.B杜波依斯. 黑公主[M]. 谢江南，等，译. 北京：中国对外翻译出版公司，1998：260.
[4] W.E.B杜波依斯. 黑公主[M]. 谢江南，等，译. 北京：中国对外翻译出版公司，1998：236.
[5] W.E.B杜波依斯. 黑公主[M]. 谢江南，等，译. 北京：中国对外翻译出版公司，1998：302.
[6] LENZ G H. Radical cosmopolitanism: W.E.B. Du Bois, Germany, and African American pragmatist vision for twenty-first century Europe [J]. Journal of transnational American studies, 2012, 4(2): 65-96. p.79.

印度；日本代表是一位手工匠人，他是幕府将军之后裔；一名年轻的中国人和一名西藏喇嘛也出席了会议。还有波斯人、阿拉伯人和阿富汗人；来自苏丹、东非、西非和南部非洲的黑人；来自中南美洲的印地安人；以及来自西印度群岛的棕色人种，……美国黑人也有代表出席。"①泛非和泛亚洲之间的"逻辑"联盟形成。黄色、棕色以及黑色种族结成联盟，共同反帝国主义和反白人至上主义者的全球权力重新组合，重新构想未来的政治实体。随着联盟所从事的运动越来越多样化，所实施的路线对全世界的推动也越来明朗。亚洲和非洲成为战斗的中心，如公主所言，"只有亚洲和非洲，也只有亚洲和非洲，才能打破美国和欧洲的霸权统治，彻底改变这个世界"②。"中国必须实现统一和独立。日本必须停止效仿西方和北方，而应把她的命运与东方和南方各国连在一起。埃及必须停止向北方寻求声望和游客的小费，而应与南部的苏丹、乌干达、肯尼亚和南非一起形成热带地区的经济联合体。"③

考蒂利亚公主主张奉行和平主义和无产阶级主义路线。她坚持种族解放之路不崇尚暴力革命，不怀疑理性，而是坚持温和的斗争路线。强硬派怀疑理性，否定与所有被压迫者的联合斗争，不信仰任何自由思想和宗教精神，主张通过流血奋斗，战胜世间的白种人。公主不认同强硬派做法，"坚守和平与理性之路，精英与赤贫者合作之路，逐步解放，实行自治和在世界范围内清除种族界限、贫富和战争之路"④。她坚持暴力决不是首选之策，只能作为最后手段。黑公主还坚持国际无产阶级主义的运动路线。虽然公主有古代皇室血统优势，但她认为精英与赤贫者并不是对立面，两者的结合才是革命成功之路。虽然之前有过只利用精英阶层的想法，但她身体力行地去感受人民群众的生活。她选择艰苦的劳动，主动去了劳动大众的困境。"仆从、烟草工、侍女"，在纸箱厂工作，在地下室里工作，一天工作10到12个小时，做"代理人，组织者，工会领袖""研究工业和

---

① W.E.B杜波依斯. 黑公主[M]. 谢江南, 等, 译. 北京: 中国对外翻译出版公司, 1998: 314.
② W.E.B杜波依斯. 黑公主[M]. 谢江南, 等, 译. 北京: 中国对外翻译出版公司, 1998: .301.
③ W.E.B杜波依斯. 黑公主[M]. 谢江南, 等, 译. 北京: 中国对外翻译出版公司, 1998: 271.
④ W.E.B杜波依斯. 黑公主[M]. 谢江南, 等, 译. 北京: 中国对外翻译出版公司, 1998: 313.

法律。我旅行,演讲,组织活动"①,历经磨炼后的公主头发剪短,双手长满老茧,指甲折断,失去了之前的柔美,但她以劳动者和自由斗士的新形象出现。马修也曾是医学院的学生和政坛要人,后成为一名劳工,在芝加哥挖掘地铁隧道。劳动对他们而言是一种了解黑人大众的教育方式,"劳动就是上帝"②,劳动就是艺术,"一门深厚而令人满足的艺术"③。这样实实在在的体力劳动产生出思想,体现了投身于无产阶级运动中去的路径。

黑公主的救世计划最终落到儿子身上,小说以马修和黑公主婚礼、新救世主马度受洗和加冕的庆典仪式而终,马度成为布旺德普邦的邦主,继承母亲的职责,担任起拯救国家、解放世界有色人种的重任,"在全世界形成一个有色人种的乐园"④。马度的出生"提供了乌托邦的希望"⑤,他既是奴隶的后裔,也是皇室的后裔,美国黑人马修和印度考蒂利亚公主之间的姻缘产生的爱情结晶实现了奴隶制和王权后裔的结合。他将父母已经取得的种族成就和政治遗产联系在一起,将世界有色人种的希望联系在一起,美国的黑人散居者和"黑人印度"联合起来,推而广之,"美国南部、拉丁美洲、非洲和亚洲土地上长期受苦的美国南方黑人与浪漫化的印度将融合在一起"⑥,实现了国际、种族间的政治联盟。世界黑暗民族将团结起来,形成一个反对全球白人霸权的象征性政治联盟,共同反抗帝国主义和殖民主义。这种通过乌托邦式的结合而产生的综合体引领有色人种联合起来,共同追求平等的社会、经济和政治秩序,实现国际共产主义,并最终引导有色人种走向全面解放。

马度的加冕仪式象征着"亚非联盟"在宗教上的深度融合。印度的

---

① W.E.B杜波依斯. 黑公主[M]. 谢江南,等,译. 北京:中国对外翻译出版公司, 1998: 234.
② W.E.B杜波依斯. 黑公主[M]. 谢江南,等,译. 北京:中国对外翻译出版公司, 1998: 281.
③ W.E.B杜波依斯. 黑公主[M]. 谢江南,等,译. 北京:中国对外翻译出版公司, 1998: 285.
④ W.E.B杜波依斯. 黑公主[M]. 谢江南,等,译. 北京:中国对外翻译出版公司, 1998: 317.
⑤ KOHLI A. But that's just mad! Reading the utopian impulse in Dark Princess and Black Empire [J]. African identities, 2009, 7 (2): 161-175. p.165.
⑥ KOHLI A. But that's just mad! Reading the utopian impulse in Dark Princess and Black Empire [J]. African identities, 2009, 7 (2): 161-175. p.165.

宗教情况复杂，印度教、佛教、穆斯林与基督教并存，矛盾冲突不断。小说结尾以所有宗教和谐共处而终，结尾有类似东方三博士拜访新生的基督孩子的描述，他们都穿着东方服装，除明显的基督教传统外，还看到各种各样的非西方宗教。在加冕仪式上，耶稣基督、安拉、梵天、毗湿奴、湿婆、佛陀全部出现，赞美有色种人的信使和救世主的降临。考蒂利亚将儿子高高举起，面向东方，高呼"梵天、毗湿奴和湿婆！天空、光和爱的主！我身为百代之后，请按上帝的意志从我这里接受马度·C.辛格陛下做布旺德普和辛德拉巴德的邦主"。马度被奉为"高里三喀峰雪国之王！""神圣的恒伽的保护者！""佛陀之子的化身！""一切有色人种的使者和救世主"①。小说最后的收场将基督教、佛教、伊斯兰教和印度教融在一起，各个宗教之间曲调一致，引领深肤色种族反殖民化、反帝国主义，体现了杜波依斯"有色世界主义"深度融合的乌托邦理念。小说塑造了"亚非政治大团结"②，"泛非主义"和"泛亚主义"相互构成全球性的斗争，共同反对殖民主义和帝国主义的局面。

三、"有色世界主义"的局限性

《黑公主》选择了一种不那么严肃的体裁来设想了一个未来种族解放的乌托邦。但是小说更多的是一部"亚非幻想曲"，"远没有它的情节那么国际化和反殖民化"③。

首先，有色世界内部存在种族、阶级和性别的不平等，存在另外一种形式的种族主义和精英主义意识形态。亚非联盟中，埃及、中国、印度、日本和阿拉伯成员声称非白人文明的优越性，"我们这些天生的贵族对世界的统治更长久一些。我们有几千年悠久的历史，而欧洲只有几百年。我们有自己的缜密的哲学和文明，而欧洲却仍在寻找契机去适应世界文化不

---

① W.E.B杜波依斯. 黑公主[M]. 谢江南, 等, 译. 北京: 中国对外翻译出版公司, 1998: 329.
② MULLEN B V. Afro orientalism[M]. Minneapolis and London: University Of Minnesotta Press, 2004. p.87.
③ VERMONJA R. A. Cosmopolitan fantasies, aesthetics, and bodily value: W. E. B. Du Bois's Dark Princess and the trans/gendering of Kautilya [J]. Journal of transnational American studies, 2011, 3(1):1-26. p.4.

良的融合。""现在世界上的白人霸权是荒谬的,而有色人种是最好的人种——是天生的规则,是一切艺术、宗教、哲学、人生等的缔造者。"①有色世界在解构白人中心主义的同时,又陷入了另一种形式的中心主义。同时,国际有色人种不同成员之间也存在相互歧视,来自埃及和日本等地的成员反对将非裔美国人纳入他们的有色世界,"无论非洲黑人还是其他地方的黑人,他们的能力、资格和前景,才是需要进一步深入讨论的问题"②。由于内化西方种族主义和帝国意识,埃及人和阿拉伯人鄙视这些国际有色种人,认为黑人是原始的、未受教育的和被动的前奴隶后代,永远不会起来反对美国白人的种族主义和压迫,体现了联盟内部之间根深蒂固的种族主义。对精英主义的仰视和对普通大众的蔑视,这实则是偏见中的偏见。

其次,《黑公主》中,亚非联盟中的印度被浪漫化和东方化为西方想象中的亚洲他者形象。印度是个欲望之地,从古老的时代开始,人们就渴望这片神奇土地上的宝藏,渴望如珍珠、钻石、香水、大象、狮子等大自然珍宝。小说塑造了"一个理想化、乌托邦式的印度",将印度想象为一名"感性的情人、有教养的母亲"③,还"将印度对英国殖民主义的反抗浪漫化和审美化"④。小说的东方主义还体现在对考蒂利亚公主这个人物形象的刻画上。小说有大量关于公主光滑的皮肤、透明长袍、佩戴的珠宝等描述,将公主描述为具有异国情调的东方主义女性形象、一个色情对象的政治实体。对公主肤色、服装的描述"注入了一种神秘的色彩"⑤,这体现了跨种族联盟与父权制、东方主义联结中公主作为顺从合作者的地位,满足

---

① W.E.B杜波依斯. 黑公主[M]. 谢江南, 等, 译. 北京: 中国对外翻译出版公司, 1998: 24.
② W.E.B杜波依斯. 黑公主[M]. 谢江南, 等, 译. 北京: 中国对外翻译出版公司, 1998: 21.
③ VERMONJA R. A. Cosmopolitan fantasies, aesthetics, and bodily value: W. E. B. Du Bois's Dark Princess and the trans/gendering of Kautilya [J]. Journal of transnational American studies, 2011, 3(1): 1-26. p.5.
④ VERMONJA R. A. Cosmopolitan fantasies, aesthetics, and bodily value: W. E. B. Du Bois's Dark Princess and the trans/gendering of Kautilya [J]. Journal of transnational American studies, 2011, 3(1): 1-26. p.3.
⑤ SCHLABACH E. Du Bois' theory of beauty: battles of femininity in Darkwater and Dark Princess [J]. Journal of African American studies, 2012, 16(3): 498-510. p. 503.

了作家希望印度在亚非联盟中处于顺从地位的心理[1]。

最后，小说并没有提供一个关于未来乌托邦或第三世界解放将如何实现的具体描述，只是提供了一个关于种族解放未来的"梦幻般的盛会"。虽然在公主的宏伟蓝图中，黄色、棕色以及黑色种族中央委员大会即将召开，届时将选出最高首脑，"从这以后，经过10年的认真筹备，10年的周密计划，再加上5年的不懈斗争，到1952年，这个黑暗的世界必将挣脱枷锁，走向光明。"[2]但小说中并没有提及相应的政治变革措施，公主预言的结果能否实现也无法知晓。小说中间部分描述考蒂利亚作为一名女服务员、家庭佣工和工会官员的工作状况。小说将黑人解放斗争的源泉和基础的无产阶级经验"浪漫化"，没能真正了解劳苦大众的生活。

总之，《黑公主》利用浪漫体裁，通过身体和精神将亚非联系的概念浪漫化，想象了非洲人和亚洲人后裔之间的精神联系，展望了一种世界黑暗民族大团结的全球社会秩序，创造一个具有全球劳工意识的反殖民主义和反帝国主义联盟，体现了杜波伊斯的"有色世界主义"思想。虽然乌托邦的愿景在小说中未能实现，但作为一部"独特的政治干预作品"[3]，小说展示了亚非团结抵抗白人统治的潜在力量，超越了纯粹的非裔美国人或泛非洲人的范畴。小说提出的"有色世界主义"是反对帝国主义、殖民主义和种族主义的有力策略，也修正了黑格尔关于黑人没有历史、文化或能力的历史哲学，是"乌托邦或革命愿景的一种强有力的表达方式"[4]，具有极大的批判和政治力量。杜波依斯的"有色世界主义"是对非裔美国乌托邦思想的重要贡献。

---

[1] BHALLA T. The true romance of W.E.B. Du Bois's Dark Princess [J/OL]. [2021-04-22]. http://sfonline.barnard.edu/feminist-and-queer-afro-asian-formations/the-true-romance-of-w-e-b-du-boiss-dark-princess/

[2] W.E.B杜波依斯. 黑公主[M]. 谢江南, 等, 译. 北京: 中国对外翻译出版公司, 1998: 313.

[3] GREGG R, KALE M. The Negro and the Dark Princess: two legacies of the universal races congress [J]. Radical history review, 2005, (92):133-152.p. 142.

[4] BUFKIN S. "The true and stirring stuff of which romance is born": Dark Princess and the revolutionary potential of literary form [J]. Journal of modern literature, 2013, 36 (4): 62–76. p.62.

第二章 20世纪二三十年代的非裔美国乌托邦书写

本章小结

曼海姆指出，"乌托邦与现存秩序之间的关系表明是'辩证的'关系：每个时代都允许不同地位的社会集团提出一些观点和价值，它们以概括的形式包含了代表每一时代需要的未被实现和未被满足的倾向。这些思想因素然后变成打破现存秩序局限的爆破材料。现存秩序产生出乌托邦，乌托邦反过来又打破现存秩序的纽带，使它得以沿着下一个现存秩序的方向自由发展"[①]。经过20世纪初的发展，非裔美国人在美国国内建立民族国家的愿望化为乌有。20世纪二三十年代，随着黑人资产阶级运动的发展，部分黑人激进分子迅速接受马克思主义和共产主义。在黑人左翼运动和世界民族解放运动大潮的影响之下，这个时期的非裔乌托邦思想将阶级问题、种族和民族问题结合起来，将黑人乌托邦思想推进到一个历史的高度。非裔美国人展开"世界民族国家"的乌托邦想象，试图建立黑人自己的国家或建立世界有色人种联合政权，实现黑人自身的解放和世界有色人种的整体解放。

《黑色帝国》和《黑公主》都延续了《国中国》中有关革命方式和实现途径的想象，以现实的加维运动的乌托邦实践为摹本，在对未来世界的乌托邦想象中构建理想社会。在实现民族国家的方式和手段上，武装暴力还是和平推进，团结全世界的黑人还是联合世界上一切可以团结的力量，构成了这时期乌托邦探讨的重要方面。如果说《黑色帝国》通过民族革命和暴力手段将全世界黑人联合起来，以"泛非主义"的方式实现了黑人种族的解放，《黑公主》则诠释了世界主义的乌托邦理念，憧憬一个凌驾于黑人民族主义之上的世界民族国家。《黑公主》通过亚非有色阵线，"泛非运动"与"泛亚运动"的结合，团结全世界被压迫民族，联合起来，实现有色人种大团结，共同反抗白人的种族主义，传达黑人对民族解放和国家独立的无限向往。另外，政治乌托邦的革命实现手段多样化，科技等构成了乌托邦国家的经济基础，也成为贯穿此时期世界民族国家乌托邦想象始终的主要内容。

[①] 卡尔·曼海姆. 意识形态与乌托邦[M]. 北京：九州出版社，2007：199.

第三章
20世纪四五十年代的非裔美国乌托邦书写

第一节 "黑人美国梦":"对更加美好的生存方式的欲望"

一、"黑人美国梦"的乌托邦内涵

"美国梦"一词由詹姆斯·亚当斯（James Adams）在他的著作《美国史诗》(*The Epic of America*, 1931) 中被首次提出。这个专有名词产生于美国大萧条时期，反映了美国民众对美国生活的向往。"美国梦"的提法虽然在20世纪30年代才出现，但作为美国人集体想象的产物，"美国梦"理念在美利坚民族尚未形成的时候便已经萌芽了，它源于清教徒对理想国度的想象，萌生于旧世界的宗教压制与政治束缚。当清教徒离开旧大陆，在一个脱离了旧教会、旧贵族、旧特权的新世界追求新生活，这就是"美国梦"的第一次政治实践。后来的美国独立战争冲破了英国的殖民束缚，《独立宣言》和美国宪法宣扬人人生而平等，平等享有生存、自由和追求幸福的权利,这些美国标榜的立国精神奠定了"美国梦"的基石。

然而,"美国梦"是"一个易变而无常态的概念"[①],它的具体内涵一直在发生演变。在不同的历史阶段有不同的表现形式——平等机会、无限可能、更好更幸福的未来、属于自己的家宅等,不一而足,但万变中,其核心保持不变,始终是"一种激进的理想化愿景"[②]。其中,"个人自由"和"机会均等"是"美国梦"的灵魂,是自我价值实现的保障;勤奋与坚忍是"美国梦"实现的必要条件,借助"积极向上""甘于奉献"和"勇往直前"等精神,通过不懈的努力,攀上胜利的阶梯,达到更高的社会和经济地位。"改变命运""改善生活"是在这个国家生活的全部意义,大幅度的社会阶级纵向流动,尤其是下层阶级向上层阶级的社会流动是"美国梦"最为显著的特征。"美国梦"渗透在美国生活的方方面面,让人们相信,只要遵守规则,拥有非凡的勇气与意志力,任何人在美国这片土地上都可以毫无阻碍地登上最成功的阶梯,实现自己的梦想,性别、种族、国籍、出生状况等都不能阻挡成功的脚步。

"美国梦"在美国黑人群体心里埋下了一粒美好的种子,"黑人美国梦"在美国黑人心目中形成了集体无意识,"人人生而平等"是黑人追求"美国梦"时最期望达到的理想与目标。自从《解放黑奴宣言》颁布以来,奴隶制被废除,大批获得解放的黑人成为美国的合法公民,黑人在制度层面上成了自由公民,跟白人一样享有同等的社会地位和权利,但黑人从未得到过真正意义上的自由平等。在黑人试图纳入正常的社会体系之际,白人不断限制黑人的权利,重建失败以及种族隔离法规的出台,人为地限制黑人个体的发展。享有自由平等的权利、谋求主流文化的接纳和身份的认同成为一代代非裔美国人前仆后继的追求和梦想。"黑人美国梦"的内涵就是消除种族隔离的种种限制,享有美国宪法赋予所有美国公民的政治和社会权利,平等享有"美国梦"所赋予的追求幸福和改变社会地位的权利,实现真正自由平等,简言之,即对更好生存方式的意愿。

---

① 劳伦斯·R.萨缪尔. 美国人眼中的美国梦[M]. 鲁创创,译. 北京:新星出版社,2015:16.
② 劳伦斯·R.萨缪尔. 美国人眼中的美国梦[M]. 鲁创创,译. 北京:新星出版社,2015:17.

二、"黑人美国梦"与黑人乌托邦实践

非裔美国人积极追寻"黑人美国梦",自南北战争之后黑人群体为了实现"美国梦"进行了不懈的努力。奴隶制废除以后,解放后的黑人对新生活充满了憧憬,他们以积极的态度投入自身改造当中,希望以平等的姿态参与美国政治和社会生活。譬如,以布克·华盛顿为代表的黑人领袖在种族问题上用美国主流价值观来塑造自己,提升自身的素质,以换取白人在教育和创业等方面的支持和资助。主张通过勤俭的生活和勤奋的工作来实现自立自强,最终获得美国宪法赋予每个公民的权利[①]。在整体政治氛围的影响之下,黑人积极投身南方重建,参与到乌托邦实践中去。后来很多作家的作品中,尤其是托妮·莫里森等文学巨匠的作品对这段历史进行深入挖掘,充分再现了黑人群体的乌托邦实践史。内战之后,黑人群体的主要目标是融入美国社会,行使"美国梦"所赋予的权利,大量农场、山村社区以及小镇的刻画就是这一历史阶段黑人乌托邦集体家园实践的表征。

首先,南方种植园经济体制崩溃之后,黑人首先要解决的就是基本的生存问题,此时,农场是黑人向往的乌托邦乐园。解放后黑人的首要理想是获得属于自己的土地,白人种植园主的农场是黑人世代劳作生活的地方,因而成为黑人渴望拥有的土地资源。自由黑人希望以白人农场为模式,通过空间实践,创建自己的"诗意农场"。"诗意农场"的理念源于政府"四十英亩土地和一头骡子"的承诺。内战期间,联邦政府为了动员黑奴投入战斗,曾许下诺言,参与解放斗争的黑奴在战争获胜之后将获得四十英亩土地和一头骡子。一些黑人在战后的确获得了部分土地。在托妮·莫里森(Toni Morrison)的《所罗门之歌》(*Song of Solomon*)中,男主人奶娃的祖父就拥有一个以美国总统亚伯拉罕·林肯命名,名曰"林肯天堂"的农场。该农场面积"一百五十英亩",在奶娃祖父的辛勤经营下开发为"诗意农场"。祖父在农场里快乐地劳作着,在种地、狩猎、捕鱼、采摘水果的辛劳中享受着幸福。祖父与农场融为一体,农场是祖父自

---
① 王业昭. 布克·华盛顿思想解析——文化主导权的视角[J]. 世界民族, 2012(6): 74-81. p.74.

我的存在。确实，在"林肯天堂"这个空间里，没有与白人种族秩序的碰撞，它犹如田园式天堂，或"美国黑人从美国处女地中开垦出的伊甸园"①。"林肯天堂"的农业模式与美国建国初期推崇的农业神话如出一辙，体现了黑人集体大力发展农业经济的愿望，也反映了重建时期黑人群体试图在白人社会的框架内构建农业理想，寻求更佳生存方式的愿望。

与"林肯天堂"中的农场乌托邦空间不同，莫里森的小说《秀拉》（Sula）构筑了一个偏安一隅的山村乌托邦空间——"底部"。随着土地自主支配权的扩大，南方黑人不断通过空间实践试图创建自己的理想家园，催生了许多南部黑人社区。"底部"在高高的山峦之上，具有封闭性和隔离性的特点。"底部"的历史源于白人农场主"赐予"黑奴的一片土地。一位白人农场主曾许诺他的黑奴一块"低地"，最终却给了一块高踞山顶的贫瘠荒地。然而，黑奴就是在这块荒芜贫瘠的山地上，秉承勤劳务实的精神，以顽强不屈的毅力把山区开发成一块郁郁葱葱的"画意山村"。"底部"发展成为黑人诗意栖居的生活空间，安静的日子里歌声琴声四起。道路两旁"栽种着山毛榉、橡树、枫树和栗树""孩子们躲在缀满花的枝条后向行人喊叫"②，这些描写寓意着"底部"繁荣昌盛，这里不仅风景优美，邻里之间还走动频繁，相处融洽，是黑人诗意栖居之所。"画意山村"这个乌托邦空间体现了黑人在白人社会认可的物理空间内创建美好生活家园的决心。

西部小镇也是黑人乌托邦空间想象的内容。地广人稀的美国西部荒原为黑人开拓者提供了可耕种的土地，部分黑人迁往美国西部，投身到西部运动的洪流当中，创建黑人小镇。自1879年开始，"黑人为了获得土地和自由，从密西西比、路易斯安那、亚拉巴马、田纳西、北卡罗来纳等州纷纷涌向堪萨斯，一年之内移入的人数估计为六千到二万五千人。"③《天

---

① JONES C M. Southern landscape as psychic landscape in Toni Morrison's fiction [J]. Studies in the literary imagination, 1998, 31 (2): 37-48. p.37.
② 托妮·莫里森. 秀拉[M]. 胡允桓, 译. 海口: 南海出版公司, 2014: 1.
③ 中国人民解放军五二九七七部队理论组, 南开大学历史系美国史研究室及七二届部分工农兵学员. 美国黑人解放运动简史[M]. 天津: 人民出版社, 1977: 177.

堂》(Paradise)讲述了一个位于美国西部荒野的偏远乌托邦小镇。小说主人公摩根的老爷爷在备受白人社会歧视的情况下带领一队自由黑人从白人城镇出走,来到俄克拉何马州这个"应许之地",建立了纯黑人小镇——黑文镇(Haven)。黑文镇发展成为一座拥有"一条街道,还有木板房,一座教堂,一所学校,一家小店"①的小镇,后来又增建了银行及其他店铺。道路、房屋、公共设施等建筑景观反映了黑人驯服自然、创造美好生活的精神面貌。小镇体现了黑人试图走出白人的制度控制,在边缘空间里通过空间实践实现更佳生存方式的要求,展现了黑人要求当家作主、掌握自己命运的欲求。

"诗意农场""画意山村""田园小镇"等景观设计体现了解放后的黑人群体的乌托邦实践。这些空间一般位于白人弃之不用的偏僻地区或白人权力无法企及的隔离性区域,往往比较封闭,与圆圈、同心圆等内向型设计模式相吻合。非裔美国人通过这些空间试图在白人社会的夹缝中构筑美好生活,在美国政治构架内实现经济独立、政治自由和社会平等的诉求。农场乌托邦、山村乌托邦与小镇乌托邦的乌托邦表征空间大多呈现出均质化的特点,以知性与有序为要义,和谐、恬静与富足的蓝图设计体现了黑人乌托邦所要求的公平正义、秩序完美与和谐统一的理想。这些乌托邦空间实践体现了黑人对美国主导价值观的沿袭,对美国主流意识形态尤其是基督教、自立与拓疆精神的继承,对"美国梦"勤俭、勤奋、毅力等特质的因循。

黑人在开垦广阔农场、开发贫瘠山区、开拓偏远小镇的过程中力图在白人社会框架内构建黑人乌托邦,进行乌托邦实践,然而,黑人集体乌托邦终究无法实现。"林肯天堂"引来觊觎,白人利用代表权力的知识欺骗目不识丁的祖父,夺走了农场。"底部"的绿色生态环境引起白人的垂涎,最终瓦解。黑文镇为排除一切可能颠覆乌托邦的因素,采取孤立主义、排他主义等策略,导致小镇乌托邦走向反面。这些乌托邦实践的失败体现了黑人乌托邦家园追寻的道路是崎岖的。在集体乌托邦梦想想无法实

---

① 托妮·莫里森.秀拉[M].胡允桓,译.海口:南海出版公司,2014:16.

现的情况下，黑人希望通过建立民族国家政权的形式来实现自由政治，但由于种种原因，也终归失败。这在前两章里都有详细的论述，在此不再赘述。

三、四五十年代黑人抗议文学与"黑人美国梦"的勾连

"黑人美国梦"是黑人群体乌托邦实践的延续，在民族国家乌托邦远景无法实现的情况下，黑人群体转向了对美国梦的追寻，希望在美国的国家体制内实现民主权利，然而黑人追求美国梦却从来不是一件容易的事。无论生活在南方的黑人还是北迁的黑人，寻找政治平等自由、经济独立和幸福生活的梦想一再延宕。第二次世界大战给非裔美国人的生活带来翻天覆地的变化。"二战"期间，美国作为世界的兵工厂大量生产武器弹药，北方工厂急剧扩大生产，出于劳工的需要，大量黑人继续北迁。由于国防军需工业迅速发展，发生了黑人向工业中心迁移的新浪潮。另外，南方农作物价格持续下跌，大量种植园主驱逐佃农，为了生计，这些黑人被迫离开南方农村。这次黑人迁移的规模，没有第一次世界大战期间那样大，据估计从南部到北部和西部的黑人，总数不超过五十万[1]。大批黑人涌入工业城市后，长期存在的就业、住房、公共场所等领域的种族歧视情况更加恶化。黑人在房屋贷款、工作方面都遭受着无形的歧视，被困在城市的特定区域和特定工作中，被挡在一道无形的种族隔离的大墙之外，无法进入白人的社会圈，只能生活在黑人聚居区。随着涌入城市的黑人数量激增，住宅隔离问题在美国北方城市尤为突出，白人种族主义分子拒绝把房子卖给非裔美国人，白人房地产商将黑人区中破旧不堪的楼房隔成格子间，里面装上煤气灶就按照白人公寓套间的价格租给黑人，黑人只能以高价房租租住这些格子间，被榨取大量的经济价值。战后随着生产的恢复，大批白人回归工作岗位，黑人失业率急剧增长，加剧了美国的黑白种族问题。黑人作为一个种族被排斥在美国主流社会之外，沦为美国社会的局外人和二等公民。另外，一些黑人在战争期间应征入伍，在军队，黑人发现，尽管美

---

[1] 中国人民解放军五二九七七部队理论组，南开大学历史系美国史研究室及七二届部分工农兵学员. 美国黑人解放运动简史[M]. 天津：人民出版社，1977: 290.

国政府在反法西斯战争中标榜为世界民主和平而战，但军队中的种族歧视随处可见，黑人士兵只能做些后勤部门的体力活，在军官任命等方面备受种族歧视。"二战"之后，美国统治阶级对一切进步力量发动猖狂进攻，对美国共产党进行疯狂迫害，在这股法西斯主义的逆流中，广大黑人群众的政治权利没有保障，种族歧视和种族隔离制的迫害与日俱增，黑人在教育、就业和住房等方面受到不公正的待遇。在各方面被挤压的历史境遇下，黑人反对种族歧视的斗争不断高涨。

20世纪四五十年代，黑人要求改变处境的呼声日益高涨，抗议文学主宰美国黑人文坛也就不足为奇了。黑人所遭受的悲惨际遇以及愤怒，美国社会里剑拔弩张的种族关系都成为抗议文学所表现的素材。同时，随着黑人教育水平的提高，战后非裔美国人中的大多数人受过小学或初中教育，种族觉悟和思想觉悟已经大为提高，尤其是从"二战"归来的非裔美国老兵，他们用生命为保卫美国和捍卫世界和平做出了贡献，要求获得民权，要求获得与白人平等的公民权和社会地位，平等享有参与美国政治的权利。

抗议文学与乌托邦梦想一脉相承，"同美国梦的神话保持着共生的关系"[1]。虽然抗议文学的现实主义色彩浓厚，描写了黑人饱受的煎熬和屈辱，对不公平的社会现实提出了抗议，但对社会现实的抗争恰恰反映了非裔美国人对美好生活的憧憬与追求。诚如鲁思·列维塔斯（Ruth Levitas）所言，乌托邦的关键是意愿，"更加美好的生存方式的欲望"[2]。黑人希望成为与白人平等的美国公民，希望最后能以和谐的方式融入美国主流社会。当黑人对完整自我的追求和对融入美国主流社会的渴望遭到白人种族主义者的强烈反对和阻挠时，反抗意识促使黑人挑战现有的法律和社会道德准则，向白人社会发起反击，积极追求"黑人美国梦"。

因此，"黑人美国梦"主题贯穿四五十年代的黑人抗议文学中，出现了不少以讴歌自由、平等为主要内容的作品。非裔美国诗歌在这个阶段继续发展，曾经颇为薄弱的非裔美国戏剧也取得了可喜的进步，均蕴含

---

[1] 劳伦斯·R.萨缪尔. 美国人眼中的美国梦[M]. 鲁创创, 译. 北京: 新星出版社, 2015: 25.
[2] 鲁思·列维塔斯. 乌托邦之概念[M]. 李广益, 范轶伦, 译. 北京: 中国政法大学出版社, 2018: 265.

着一种争取民族自由平等、要求平权的广阔精神气质。以非裔诗人兰斯顿·休斯（Langston Hughes）的诗歌和女剧作家洛琳·汉斯贝瑞（Lorraine Hansberry）戏剧为代表的作品为黑人实现美国梦而摇旗呐喊。作品体现了消除种族歧视，获得民权，实现自由平等和社会公正为核心的黑人美国梦内涵。

第二节 休斯诗歌的乌托邦想象："自由美国梦"

兰斯顿·休斯（1902—1967）是自美国哈莱姆文艺复兴运动涌现出来的最杰出的黑人诗人之一。休斯是非裔美国诗歌史上的一座丰碑，一生著作颇丰，具有"哈莱姆桂冠诗人"的称誉。同惠特曼、桑德堡一样，他有着一颗悲天悯人的诗心，他用作品抒发对非裔美国人的悲悯之心，被誉为一名伟大的民主诗人。同时，休斯一生游历甚广，心怀天下，到过拉丁美洲、加勒比、非洲、西欧等地区，他的诗歌中有一种放眼世界的社会性情怀，激荡着黑人为解放而斗争的愤怒吼声。

一、休斯诗歌的"自由美国梦"

政治诉求是休斯诗歌的一条明线，休斯一生都在探索如何将艺术与政治有机地融合在一起，因而他的作品始终"处于艺术与政治的互动"中[①]。顺应杜波伊斯所谓的"所有的艺术都是宣传，且一直肩负着这一使命"的思想，他的很多诗歌肩负着宣传使命的职责，"将诗人的责任和良知、时代与种族的声音、艺术的各种可能性等有机地结合起来"[②]。在不同的历史时期，休斯诗歌表现的主题各异，但对艺术的坚守没有排斥政治的介入，休斯始终"把诗歌作为翻越'种族山'的登山杖"[③]，将诗歌视为政治表达

[①] 罗良功. 艺术与政治的互动: 论兰斯顿·休斯的诗歌[D]. 武汉: 华中师范大学, 2008: 163.
[②] 罗良功. 艺术与政治的互动: 论兰斯顿·休斯的诗歌[D]. 武汉: 华中师范大学, 2008: 165.
[③] 王卓. 艺术与政治互动诗歌与人生同行——评罗良功《艺术与政治的互动: 论兰斯顿·休斯的诗歌》[J]. 外国文学研究, 2011(1): 163-166. p.165.

的重要工具。休斯秉承这种政治乌托邦理念，部分也是由他的家庭出身决定的。休斯1902年出生于密苏里州，他的家族历史复杂，身带欧洲、非洲和美洲原住民血统，祖先中两位曾祖父是白人，从事过贩卖奴隶活动，他祖母的第一任丈夫是废奴主义者和教育家。混杂的家庭血统让他在种族身份和美国身份之间不停地摇摆，这对他后来诗歌创作中贯穿的双重意识主题产生了重要影响。"黑人总是感觉到自己的双重性：一面是美国人，一面是黑鬼；两个灵魂，两种思想，两个不可调和的奋斗目标"[1]。休斯一生都在从事反对美国白人种族主义的斗争，一直都在进行着与两种文化的斗争，这两种文化都牢固地植根于他的人格和个性当中。

受不同时期政治环境的影响，休斯的诗歌创作分成不同的历史阶段，《艺术与政治的互动：论兰斯顿·休斯的诗歌》一文将休斯的创作分成如下阶段：20世纪20年代的诗歌受哈莱姆文艺复兴的影响，更多地寻求非洲文化认同和黑人身份，含有一厢情愿的唯美理想，属于波希米亚式的种族书写；30年代，受美国大萧条和游历中国、海地、苏联等国家，以及种族歧视引发的事端等多方面的影响，休斯的诗歌思想转入激进的革命暴力理想，寻求社会正义，反抗霸权，呈现出人民性与激进革命性，此时诗歌的内容多关注社会政治现实和大多数底层人民的利益和要求，具有强烈的政治倾向性、批判性、否定性和颠覆性；30年代末期至50年代初期，随着对苏联模式的失望、二战的结束和冷战的来临，休斯创作进入徘徊时期，政治上表现由激进变为含蓄，这一时期创作的诗歌依然是体现反抗不公正待遇、反抗种族隔离与歧视等主题，但休斯诗歌中的政治话语从显性走向隐性，更多的是争取自由、民权；到50年代后期，受麦卡锡主义和冷战思维影响，美国种族之间逐渐开始融合、吉姆·克鲁制开始瓦解，休斯奉行实用的政治理想，将注意力投放到了美国主流社会所关注的社会问题和价值观，积极促进种族相互理解和融合。[2]

回顾休斯的创作阶段，可以发现，休斯积极将政治作为艺术素材，将政治表达注入诗歌之中。20世纪四五十年代，休斯的抗议诗歌在表达抗议

---

[1] DU BOIS W.E.B. The souls of black folk [M]. New York: Bantam, 1989: 3.
[2] 罗良功. 艺术与政治的互动：论兰斯顿·休斯的诗歌[D]. 武汉：华中师范大学, 2008: I-II.

的同时蕴含着社会改良观念，在抗议声中传达抗争思想，积极寻求自由和民权为核心的"黑人美国梦"，促进黑白种族之间的融合。

二、"自由之犁"：为"自由美国梦"佐证

20世纪四五十年代，休斯探讨与种族相关的政治问题，体现了以追求种族自由平等为核心的民主理想，是休斯"黑人美国梦"的集中体现。这个阶段，休斯的政治诉求始终围绕着为黑人大众发声展开，为构建美国黑人身份和消除种族歧视而奋斗。

"自由"和"平等"是休斯理解的美国民族精神的核心所在，也是"黑人美国梦"的组成部分。为了论证非裔美国人的美国的身份和地位，休斯追根溯源，将美国历史追溯到初创时期，在《自由之犁》中，他提到，

> 自由人的手和奴隶的手，
> 契约人的手，冒险家的手，
> 白人的手和黑人的手，
> 握住犁柄，斧柄，锤子把儿，
> 驾船，策马，
> 为美国提供食物、房屋和运输。
> 所有这些手一起劳动，
> 造就出了美国。
>
> ……
>
> 通过劳动——白人的手和黑人的手——
> 产生了梦想，力量，意志，
> 建设美国的途径。[①]

休斯坚持追求非裔美国人的美国身份，因为非裔美国人也是美国历史不可或缺的一部分。历史上，盎格鲁-撒克逊清教徒为了逃避欧洲大陆的宗

---

① 兰斯顿·休斯. 兰斯顿·休斯诗选[M]. 邹仲之, 译. 上海：上海译文出版社, 2018: 197.

教迫害和政治压制纷纷来到美国，追求自由梦想，构筑起了"美国梦"的核心价值观。非裔美国人虽然是被胁迫来到美国土地上，但几百年来，也心怀自由的期盼，通过辛苦劳动，在美国的初创、建设发展过程中发挥了重要作用，他们用血汗和生命筑起了"美国梦"。尽管白人不愿承认，但黑人的确已成为美国社会不可或缺的重要组成部分。这首诗宣称美国最初的黑人为建设美国做出了不可磨灭的贡献，他们是美国的开创者、建设者和拥有者，他们以自己独特的方式参与到美国的经济建设中，以自己独特的文化和智慧丰富了美国的文化。美国是大家共同创造的，属于全体建设者，美国梦是大家共同经营的，不单是白人的梦，更是一个集体梦。黑人是美国社会的有机组成部分，"黑人美国梦"也是"美国梦"不可分割的一部分，没有黑人参与的"美国梦"是不完整的。"黑人美国梦"能否实现，黑人文明程度能否提高，是衡量美国文明进步和社会发展的重要尺度。

> 美国！
> 这国家是共同创造的，
> 这梦是共同营造的，
> ……
> 人人生而平等。
>
> 没有人优秀到足以
> 不经他人的同意
> 而去支配他人。[①]

这首诗渗透了休斯对历史事实的坚持和对黑人美国梦的坚守。休斯没有放弃对美国身份的追求，而是坚守这样一个信念：黑人民族与美国一起成长，为美国的崛起与发展做出了贡献，客观地成为美国历史和现实不可割裂的一部分，这是白人殖民主义者无法否认的历史事实。白人与黑人生活在谁也离不开谁的共生关系中。黑人是美国的一部分，黑人应该坚守美国人的身份，享有美国赋予白人的权利，包括平等权、自由权和追求幸福的权利，没

---

① 兰斯顿·休斯. 兰斯顿·休斯诗选[M]. 邹仲之, 译. 上海：上海译文出版社，2018：198.

有人可以凌驾于他人之上，肆意支配他人。非裔美国人坚持自己的美国公民身份，与白人在政治、经济、文化上取得平等。休斯呼吁人们"用手紧紧握住自由之犁不要松懈……要让自由之树枝更繁叶更茂，要让所有种族所有民众都享受它的阴凉"，抓住自由之犁，为自由不懈努力。

休斯"自由美国梦"的追求也是由"二战"后的社会变化决定的。"二战"为黑人争取民主的斗争提供了良好的社会环境，20世纪40年代，为了动员全体民众一致对抗法西斯，美国政府号召美国人民为捍卫世界自由而战，这为美国黑人争取自由提供了契机。"二战"后，世界范围内争取民主平等的斗争风起云涌，以苏联为代表的社会主义阵营向资本主义制度发起了挑战，号称是"自由世界"领袖的美国遭到激烈攻击。美国为了展示良好的国际形象，迫于压力不得不正视国内的种族歧视问题，在隔离政策方面有所松动。美国政府对民权问题采取了比较积极的态度，美国政府至少在表面上认同自由民主是美国的核心价值观，联邦政府的行政部门改变了以往在民权问题上的立场，并对黑人的民主问题采取了一些积极措施。美国战后社会转型时期的种族问题的变化让非裔美国人对人性力量有了更大的诉求，唤起了非裔美国人对美国自由民主的信念。休斯诗歌保持着"自由美国梦"的向往，体现了对历史正义的信心和对自由美好乌托邦未来的憧憬。

二、"我梦想一个世界"："自由乌托邦"诉求

"自由"是休斯乌托邦政治表达的一个重要方面。尽管《解放黑人奴隶宣言》让黑人从法律上获得了自由，但后继的"吉姆·克劳法"限制了非裔美国人在政治、经济和社会等各个方面的自由。作为一名关注政治的黑人诗人，休斯的作品表达了对自由平等的向往，有的直抒胸臆，有的借梦想抒发强烈情感。

休斯在20世纪四五十年代创作了一些直接表达对自由向往的诗歌。以下三首直接抒发了黑人对自由的强烈渴望。《自由（1）》一诗中，休斯表达了对当下自由的向往。

我听腻了人们这样说，
让事情顺其自然。

> 明天是另一种日子。
> 等我死了我不需要自由。
> 我不能靠明天的面包活着。
> ……
> 我也在这里生活。
> 我和你同样
> 需要自由。①

  乌托邦区别于宗教的一个重要不同就在于对此时此地的关注，对强烈的现世乌托邦的情怀。在美国种族主义社会里，白人在政治、经济、文化等方面剥削和压迫黑人，通过不合理的社会制度让黑人生活在美国社会的边缘，尤其是利用宗教手段。基督教是奴化黑人的有力工具，是白人统治阶级惯用的手段，利用追求来世幸福的宗教思想麻痹黑人此世的抗争意志。此诗表达了黑人不求来世幸福，只求今生自由的强力诉求与渴望。

  在《自由（2）》中，休斯表达了类似的思想。

> 有些人以为
> 他们用私刑处死一个黑人
> 就处死了自由。
>
> 但是自由
> 站起来，面对他们
> 大笑
> 说，
>
> 你们永远杀不死我！②

  自由是美国人民共同遵守的价值观和共同追求的理想，吉姆·克劳制度与自由民主的价值理念和国家理想背道而驰，不仅损害了美国自由民

---

① 兰斯顿·休斯. 兰斯顿·休斯诗选[M]. 邹仲之, 译. 上海：上海译文出版社, 2018: 222.
② 兰斯顿·休斯. 兰斯顿·休斯诗选[M]. 邹仲之, 译. 上海：上海译文出版社, 2018: 223.

主,也阻碍了美国人民实现民族理想的步伐。私刑是白人非法残害黑人的一种暴行。私刑摧毁了法律的尊严和社会的正常秩序,违反了人性和文明性,虽然私刑盛行在19世纪90年代,但私刑的做法一直延续到20世纪。白人种族主义者认为血统纯洁的种族是高尚的,种族的衰落与种族的杂交有必然的联系,他们借维护白人种族血统纯洁性为名,对黑人随意实施私刑。这首诗体现了黑人对私刑的控诉。黑人保持生命的尊严,不会被白人的种种残暴私刑所胁迫,不为邪恶的制度所束缚,他们的反抗意识是一种重要的精神力量,能激起黑人的本族尊严和种族自豪感。他们的反抗就像海明威笔下的桑地亚哥精神一样,可能被摧毁,但不可能会被击败,在黑人争取社会平等、完全融入美国主流社会所进行的斗争中发挥着重要的作用。正是这种不屈不挠的精神激励一代又一代黑人为争取种族平等和社会正义而奋斗,推动着美国社会种族问题的改善和最后解决,对黑人自我意识的形成和发展有积极的建设性作用。

在《自由人》这首诗中,休斯诗歌也表达了对黑人"自由美国梦"的强烈渴望。

> 你能抓住风,
> 你能抓住大海,
> 可是好妈妈,
> 你永远不能抓住我。
>
> 你能驯服一只兔子,
> 甚至驯服一头熊,
> 可是好妈妈,
> 你永远不能把我关进笼子。[1]

该诗控诉了在种族隔离严重的白人社会,黑人所遭受的种种不公正待遇,表达了对自由的向往。"好妈妈"指的是白人种族主义者和美国政府,该诗利用自然意象,利用质疑的口吻,质问白人种族主义对黑人设定

---

[1] 兰斯顿·休斯. 兰斯顿·休斯诗选[M]. 邹仲之,译. 上海:上海译文出版社,2018:187.

的种种限制。种族隔离造成了黑人与白人在心理、情感、文化、政治等诸多方面的限制,但是黑人永远无法被驯服。黑人不满美国社会的种族压迫,形成自己的反抗意识,毅然冲破各种精神束缚,去追求与白人平等的权利。

除对自由直接召唤之外,梦想主题在休斯诗歌中占据重要位置,在《我梦想一个世界》中,休斯直接表达了对自由乌托邦社会的幻想和憧憬。

> 我梦想一个世界
> 那里的人不会遭到别人蔑视,
> 那里爱将赐福大地
> 它的道路充满和平。
> 我梦想一个世界
> 那里人人懂得自由的珍贵,
> 那里贪欲不再腐蚀灵魂
> 也没有贪婪扼杀我们的生活。
> 在我梦想的世界
> 无论你是黑人、白人或者别的种族,
> 都将分享大地的恩赐
> 人人自由自在,
> 那里没有悲惨和不幸
> 欢乐像珍宝,
> 满足全人类的需要——
> 这是我的梦想,我的世界![1]

本诗用描绘梦的形式来表达心愿,借助梦想表达自由乌托邦的构想。梦想是人类对于美好事物的一种憧憬和渴望,梦想是一种有意识的追求,是动力的源泉。这种乌托邦式构想用独白的口吻诉说出来。这首诗可以分为三个小节,不同小节表达不同的乌托邦梦想构建。第一节中,"不会遭到别人蔑视"反映出对消除种族歧视,关注人本身,注重人与人之间的爱

---

[1] 兰斯顿·休斯. 兰斯顿·休斯诗选[M]. 邹仲之,译. 上海:上海译文出版社,2018: 236.

与和平的诉求。第二节中,"那里人人懂得自由的珍贵",自由对于美国白人而言是最基本的权利,自由意味着法律和政治上的公平对待,人身权利得以保障,不再处在被白人上层阶级压榨奴役的非自由状态,本节表达了对更多的政治自由和更多平等机会的希冀。诗歌第三节建构的梦想世界中,"人人自由自在",这里梦想的层面再次被扩大,上升成共产主义的乌托邦理想国的状态,所有人都平等生活在一起,物质生活能够满足每个人所需,世界不再有悲惨和不幸,人人都生活得幸福快乐。从消除种族歧视,到实现政治上自由与平等,到对共产主义世界理想国的向往,休斯将理想上升到近乎终极性的价值追求。同惠特曼一样,休斯将工人和农民、黑人和白人、亚洲人和欧洲人、农奴和自由民的胳膊紧紧扣在一起,将民主的阳光洒向所有人,追求整个人类的自由。休斯的诗歌中透出一种对道德的企盼,对文化平等和种族自由的渴望。

三、"或许它会爆炸?":不排除暴力的"自由乌托邦"实现路径

休斯在诗歌中表达了对"自由美国梦"的向往,展示出对美国民族理想和美国精神核心的深刻理解。种族融合道路是休斯实现政治乌托邦理念的手段之一,他认为只有"种族融合"才能解构"种族隔离",融合是实现民族解放、民族平等的必由之路,希望通过政治斗争实现种族之间的道德融合。休斯的理想是用和平手段建立一个以和谐的种族伦理道德和公正的法规制度为基础的自由民主社会。

然而,美国自由的道路不是一帆风顺的,"黑人美国梦"一再被推迟。黑人到处遭受种族隔离和种族偏见,社会地位低,找不到归属感,被剥夺了作为美国公民的政治权利和社会权利,被迫生活在社会的边缘,成为美国社会局外人,这些都是美国制度化种族歧视之恶的直接后果。休斯在很多诗歌中表达了对美国梦延宕的失望以及愤怒。虽然休斯"这一时期的政治思想的基础是种族融合主义观"[①],但是受20世纪30年代左翼思潮的影响,仍然保留了革命的思想,仍然具有很强的批判意识。以下三首诗体

---

① 庞好农. 非裔美国文学史(1619—2010)[M]. 北京: 中央编译出版社, 2013: 208.

现了不排除暴力的自由乌托邦实现路径。休斯在《警告》中这样写道：
>
> 黑人，
>
> 温和又温顺，
>
> 谦卑又善良；
>
> 当心那一天
>
> 他们会改变思想！
>
>
>
> 风
>
> 吹过棉花地，
>
> 轻柔和煦：
>
> 当心那个时辰
>
> 它会连根拔起大树！①

这首诗表现了贫苦黑人的反抗情绪，以强烈的反抗意识表达了具有叛逆精神的黑人已经不是过去种植园里唯唯诺诺，唯命是从的"汤姆叔叔"，终有一天黑人会武装起来，用革命的手段根除种族压迫与阶级剥削。

在《岛（2）》这首诗中，休斯同样表达了梦想被推迟之后的愤慨和激昂之情。
>
> 黑人和白人，
>
> 金发和棕发，
>
> 哈莱姆是块
>
> 牛奶巧克力派。
>
>
>
> 梦中的梦，
>
> 我们推迟的梦。
>
>
>
> 梦被推迟

---

① 兰斯顿·休斯. 兰斯顿·休斯诗选[M]. 邹仲之, 译. 上海：上海译文出版社, 2018：275.

第三章　20世纪四五十年代的非裔美国乌托邦书写

会发生什么？

早安，老爹！
你没听见？

老爹，你没有听见？①

　　黑人种族自由梦想一再被延宕之后，会发生什么事情呢？这首诗以质疑的口吻质问"老爹"，对白人种族主义者漠视黑人的生存状况发出了强烈的控诉。在美国种族主义社会里，白人对黑人的长期漠视或视而不见导致了黑人的隐形性，让黑人产生深深的身份危机，强化了黑人作为公民的危机感，该诗对此提出了强烈的控诉。
　　《哈莱姆（2）》这首诗同样表达了强烈的革命意识，对白人种族主义发出了警告。

梦被推迟会发生什么？

它会像太阳下的葡萄
晒得焦干？
像块疮
化脓溃烂？
像块腐肉
发出恶臭？
像块腻人的甜点
结了硬壳裹了糖？

也许它只像副重担
把人压垮。

---

① 兰斯顿·休斯. 兰斯顿·休斯诗选[M]. 邹仲之，译. 上海：上海译文出版社，2018：310.

或许它会爆炸？[①]

"或许它会爆炸"，休斯在这里表明，黑人追求自由民主，但不排除暴力革命的可能，暴力是保证美国黑人获得自由民主的一种选择手段，如果继续备受压迫，黑人终有一天会奋起反抗。

"自由"是非裔美国文学中一个永恒的话题。即使到1964年美国通过了民权法案，确立了取消种族隔离政策，给予有色人种平等的选举权和其他基本民权，黑人在美国的政治和社会地位得到提高，种族歧视仍然影响着黑人实现真正的自由与平等。直至今天，种族偏见问题在美国还没有完全根除，非裔美国人也没有实现真正的自由，"自由美国梦"体现了布洛赫"尚未"实现的思想，是乌托邦精神的重要体现。黑人"自由美国梦"的实现还有很长的道路，追求种族和政治上的自由将是黑人群体不懈的使命。

第三节 《阳光下的葡萄干》的乌托邦想象："平等美国梦"

《阳光下的葡萄干》(*A Raisin in the Sun*，1959)是20世纪美国知名黑人女剧作家洛琳·汉斯贝瑞（Lorraine Hansberry）的处女作。故事呈现了租住在芝加哥南部黑人聚居城区的黑人杨格一家在种族歧视的社会漩涡中坚守梦想，追寻美好"美国梦"的故事。《阳光下的葡萄干》的名字取自兰斯顿·休斯诗歌《哈莱姆》中的诗句"What happens to a dream deferred? / Does it dry up/ Like a raisin in the sun? ......Or will it explode?"，即"一个未实现的梦想会有什么样的结局？它会像太阳下的葡萄晒得焦干？……或许它会爆炸？"从题目可以看出，这是一部对"黑人美国梦"不能实现而进

[①] 兰斯顿·休斯. 兰斯顿·休斯诗选[M]. 邹仲之，译. 上海：上海译文出版社，2018: 306.

行抗争的"抗议剧"[1],体现了黑人对"更加美好的生存方式的欲望"[2]。该剧是50年代的时代缩影,由于对黑人平等美国梦的反映极为深入,影响深远,一经在百老汇上演,便在纽约引起轰动,获得广泛好评,为汉斯贝瑞带来众多褒奖和殊荣,让她一举拿下当年的纽约最佳剧作奖,成为第一个获纽约戏剧评论家协会奖的黑人剧作家。

《阳光下的葡萄干》的故事剧本围绕父亲老沃尔特去世后,母亲莱娜获得一万美元人寿保险赔付金,一家就如何使用这笔保险金各持己见而展开的故事。儿子沃尔特受美国主流价值观和机会均等美国梦的影响,不想一直做受人使唤的司机,想把保险金投资到私酒生意上,实现财富梦。妹妹班妮莎想读医学院,打算拿部分保险金作学费,毕业后当一名医生,实现自我价值。母亲莱娜想购买一套体面的房子,实现全家人的住房梦。每个人对保险金如何使用都有自己不同的打算。母亲在白人社区克莱伯恩公园看中一套房子,在预付房子的首付之后,虽然不赞同儿子投资做生意,还是把剩下的钱全部交给了儿子,并嘱咐他一定要留出妹妹读医学院的学费。然而,沃尔特求富心切,将省下的钱全部交给了合伙人用于投资,但合伙人实际上是个骗子,在拿到钱后消失得无影无踪。至此,哥哥的财富梦和妹妹的医生梦遭到破灭,母亲虽然支付了首付,但未来的日子里,不得不为还房贷而操劳,可能再次陷入贫困当中。雪上加霜的是,当白人发现小区搬入一家黑人时,社区委员会派代表林纳上门劝阻,并以丰厚补偿为诱惑,劝其放弃在白人社区的房子,还提醒这家人说"黑人家庭还是住在他们自己的集体里更幸福"[3]。全家人一度动摇,但在母亲的坚持下,还是搬进了白人社区,实现了他们拥有一处私宅的美国梦。他们明确表示,搬到白人社区不是去制造麻烦,而是与白人和平相处,"我们不想跟谁过不去,也不是为什么事业在战斗——我们会努力做一户和蔼可亲的好邻

---

[1] WASHINGTON J C. A raisin in the sun revisited [J]. Black American literature forum, 1988, 22 (1): 109-124. p. 109.

[2] 鲁思·列维塔斯. 乌托邦之概念[M]. 李广益, 范轶伦, 译. 北京: 中国政法大学出版社, 2018: 265.

[3] 洛琳·汉斯贝瑞. 阳光下的葡萄干[M]. 吴世良, 译. 北京: 人民文学出版社, 2020: 118.

居"①。母亲的一番话证明了黑人的自尊心，展现了黑人实现美国梦的决心。

该剧作为一部现实感很强的作品，似乎跟乌托邦相差甚远，但仔细解读，可以发现它反映了20世纪50年代非裔美国人的整体生存困境。"二战"后，由于黑人为保卫世界和平做出了重要贡献，"美国梦"中平等的理念深入黑人内心，他们要求享有平等的权利。然而，将黑人引向北方的军火产业随着战争结束由繁荣走向衰退，"去工业化"和白人的种族歧视给蜂拥而至的黑人带来了日益严重的就业、住房、教育问题。到1959年该剧发表时，平等权利的梦想是否实现了呢？该剧深刻反映了非裔美国人对20世纪50年代所面临的住房歧视、工资差距、教育不平等、工作机会缺乏等问题，以及为了得到体面住房或优质教育，对平等就业权、平等教育权和平等住房权所做的积极努力。《阳光下的葡萄干》表现了这个时期的非裔美国人对"平等美国梦"的渴求，体现了对更好生存方式的意愿。下面将深入分析这部反映时代故事的作品是如何体现黑人"平等美国梦"的。

一、平等就业权

该剧对芝加哥底层黑人工作状况的描述展现了当时黑人男性和女性的就业状况。第二次世界大战爆发后，流向城市的人口继续增长，就业人数也较战前有所增加。但战争一结束，随着军火工业停止，产业调整升级，经济出现萧条，就业困难，对黑人就业方面的歧视也更严重起来，大量裁减黑人。"一九五〇年黑人失业人数已占黑人人口的百分之十四点三；即使侥幸找到工作，工资也远远低于白人。特别是黑人女工，在就业和工资等各方面遭受的歧视更为严重，一九五二年黑人妇女工资约为白人妇女的百分之四十一。"②另外，由于人口再分布和白人种族主义等因素，美国黑人贫困现象加剧，下层黑人的生存状况更趋恶化。大量黑人由于出身贫寒而成为当时美国工商业社会中的底层劳动者，承担着最艰苦、最繁重且收

---

① 洛琳·汉斯贝瑞. 阳光下的葡萄干[M]. 吴世良, 译. 北京: 人民文学出版社, 2020: 156.
② 中国人民解放军五二九七七部队理论组, 南开大学历史系美国史研究室及七二届部分工农兵学员. 美国黑人解放运动简史[M]. 天津: 人民出版社1977: 303.

入最为微薄的体力劳动，由于受教育程度低，从事的多是工厂非技术性工作或者服务性工作。

剧中母亲莱娜只能给白人家庭当用人，儿媳没有上学读书的机会，从事的也是在厨房擦洗地板的工作，每天工作二十个小时，儿子沃尔特从事的是司机工作。20世纪五六十年代的美国城市中，"黑人比任何其他种族群体受到的隔离都要严重得多，虽然移民和其他群体受到的隔离总体上有所减少，但黑人受到的隔离却在增加"①。随着郊区化进程加快，白人迁至郊区，大多数芝加哥人黑人居住在臭名昭著的南区，离白人居住区较远，贫民窟黑人的汽车拥有率相对较低，从黑人居住区到其他某些工作场所的距离给黑人带来很高的成本。低技能的黑人又无法像大多低技能白人那样，搬到离郊区工作场所很近的地方。"住房市场的种族隔离影响了黑人就业的分布，减少了黑人的就业机会。"②因此，黑人女性从事的多是白人家庭的帮佣职业。住房隔离和交通问题影响了黑人女性的选择范围，她们只能在有限的地理范围内选择就业，生活极其窘迫。母亲莱娜和儿媳如丝没有固定的工作地点，收入也不稳定。

就业市场存在歧视，黑人又缺乏技能，黑人男性很难找到高级职位级别的工作，从事的多是收入低的工作。黑人工人是经常被禁止就业的群体，战争期间黑人工人在武器制造产业中获益，但战后转型时期遭到大幅度削减。剧中的父亲老沃尔特在工厂做工，刚刚脱离南方土地，自身的文化水平和技术能力无法适应北方高度发达的工业化技术要求，只能靠出卖力气，他像老马一样劳累至死，"他不到四十岁就老了，瘦得不成样儿……成天干活，干活，就像给主人干活的一匹老马，最后活活儿送了命"③。到了儿子这一代，由于受教育水平较低，遭受雇主歧视，就业机会受限。沃尔特缺乏技能，找不到更好的就业机会，只能给一家白人当专职

---

① KAIN J F. Housing segregation, negro employment, and metropolitan decentralization [J]. The quarterly journal of economics, 1968, 82 (2): 175-197. p. 177.
② KAIN J F. Housing segregation, negro employment, and metropolitan decentralization [J]. The quarterly journal of economics, 1968, 82 (2): 175-197. p. 176.
③ 洛琳·汉斯贝瑞. 阳光下的葡萄干[M]. 吴世良，译. 北京：人民文学出版社，2020：132.

司机。对于这份工作，母亲和妻子比较满意，认为这是一份稳定的工作。但沃尔特讨厌这份卑微的工作，日思夜想的就是如何实现发财梦。看到朋友开干洗店收益不菲，他也盘算着想开一家酒馆，通过做生意快速实现美国梦。母亲不赞同沃尔特的主意，认为有色人种并不适合做生意，沃尔特却一意孤行，将剩下的钱全部交给了合伙人，最终不幸被骗。

  沃尔特的做法体现了对机会均等美国梦的向往。沃尔特接受了美国主流价值观，认为在美国这个机会均等的国度，人人都有机会实现财富梦，实现物质自由。在铺天盖地的电视广告、广告牌广告大肆宣传物质消费品的影响下，在平等主义信念的驱使之下，他在文化移入中也逐渐形成了自己的追求和理想，他想当然地认为没有什么能阻挡他的成功。投资不应该是白人的特权，黑人也能通过商业投资，加以勤奋努力，借以改善经济状况，提高社会地位。充满希望的沃尔特在和儿子的交谈中透露，他希望通过做生意改变全家人的命运，在他的幻想中，他在做"大业务！一笔能改变他们生活的大业务！"[①]。当儿子特拉维斯十七岁时，他们全家已经是中产阶级精英家庭了，这些沃尔特幻想中的画面显然是受当时美国主流价值观和美国梦的影响。沃尔特自小受父母宠爱，在爱的环抱下长大的沃尔特自尊心很强，他在文化移入中已内化了的美国民主思想，努力向美国社会展示黑人也渴望像白人那样获得参与国家管理的公民权。他幻想中的远大抱负是黑人渴望政治权利的自然流露，希望在经商方面获得与白人平等的机会和权利。沃尔特希望实现阶层突破，获得社会认可，过上中产阶级甚至富裕精英阶层的生活，证明黑人的男子气概。他的梦想侧面反映出非裔美国人对机会均等的诉求，以及渴望阶级流动以实现阶层跃升的渴求。沃尔特投资失败印证了更深层次的问题。表面看来，沃尔特被同伙欺骗，失去了资金。然而，仔细深究，可以发现，一方面，沃尔特在没有任何专业知识的情况下就盲目投资酒馆生意，实际上因为他没有文化，教育水平不高缺乏基本的商业知识而被骗。另一方面，母亲极力劝阻儿子做生意不是没有原因的，在宪法赋予黑人的平等权被剥夺的情况下，在亲身经历各种

---

① 洛琳·汉斯贝瑞. 阳光下的葡萄干[M]. 吴世良, 译. 北京: 人民文学出版社, 2020: 132.

种族隔离之后,她意识到做生意将会受到白人设定的种种限制,儿子希望通过小酒馆的成功经营、物质上的充实而彻底改善黑人家庭的做法将充满种种风险。事实也证明,沃尔特希望通过经济上的成功来改善家人生活,证明自己作为一个黑人男性的能力以及维护自己的男子气概的希冀被无情的现实所击碎。

可以看出,对于没有任何技能的黑人中下层阶级而言,在不改变白人中心主义的痼疾之前,很难通过商业上的成功提高经济地位,沃尔特希望实现经济富足的愿望渺茫。只有拥有平等的教育权与公平的商业竞争环境,才有可能获得平等机会,实现"美国梦"中的物质需求和精神需求,从根本上改变黑人的处境。在种族主义盛行的社会环境中,黑人靠勤劳、毅力和智慧获得财富的道路是行不通的。

二、平等教育权

美国的教育不平等一直是个历史性的问题。自从17世纪初黑人被虏往美洲大陆被迫为奴以来,为了更好地让黑人屈服,白人极力控制黑人的教育。内战之前,让非裔美国人受教育被视为大逆不道,"就连教有自由身份的黑人的孩子读书,有时都会被当局逮捕,有文化的奴隶倘被发现教别人读书,往往就会被卖掉以示惩处"[①]。重建失败后,确立了"隔离但平等"的社会制度,让黑人屈从白人文化和白人所设定的社会等级阶梯。为了改善经济状况,提高社会地位并融入主流社会,教育无疑是必要手段。然而,迁移到北方的黑人虽然比南方情况好些,但受教育程度普通不高,黑人教学质量堪忧。由于种族原因,非裔美国人被限制在黑人聚居区,这些聚居区往往处在大城市中心地带最贫穷的社区。美国绝大多数学区50%以上的教育经费来自地方税收,这些黑人地区学校获得的经费很难与白人中产阶级郊区学区相比。在种族隔离的恶劣环境中,黑人教育被忽视,对下一代教育的投入又不够,导致下一代也接受不到高质量的教育,最终导致下一代也不能通过教育改变命运,许多非裔美国人就这样陷入"阶层旋

---

① 盖尔·柯林斯. 美国女人[M]. 暴永宁,何开松,刘智宏,译. 北京:东方出版社,2006:185.

涡"，导致美国的社会阶层逐渐固化，大部分生活在社会底层的黑人永远无法实现自己的美国梦。

　　接受教育是融入美国主流社会的一个条件，对识字和读书的追求贯穿着黑人的历史。该剧对平等教育权梦想的渴望体现在沃尔特对未来孩子大学教育的畅想当中。教育中的种族歧视严重，"不仅黑人不能进州立大学，而且私立大学也不许招收黑人，因此百分之八十五的黑人学生只好进入隔离的黑人学院"[①]。1954年，联邦最高法院对布朗控教育委员一案做出裁决，"隔离但平等"的原则违宪，种族隔离的学校不合法，美国黑人教育史从此翻开了最有决定性的一页，黑人教育进入了取消种族隔离的时代，黑人教育取得了重大的进步。但是在取消种族隔离的头十年中，由于没有得力的措施，加上持有种族偏见的白人的抵制，非裔美国人要求的平等受教育权一直没有得到贯彻。1959年，《阳光下的葡萄干》发表之时，还没有实现完全平等教育，这体现在沃尔特对儿子未来的畅想之中。在未来，十七岁的特拉维斯坐在自己房间的地板上从全美，甚至是全世界最好的学校名单中挑选自己向往的大学，"都是全世界最顶尖的名校！""你想上哪个学校？只要你言语一声，你说上哪个咱上哪个！是！只要你说出来，我会给你整个世界！"[②]。此处的美好梦想反映了以沃尔特为代表的非裔美国人对后代教育的美好憧憬。到那时，黑人学校教学质量普遍提高，黑白居住区域隔离取消，公立学校已经取消种族隔离，他们的后代可以像美国白人中产阶级的后代一样成功地考入大学，并享有选择任何大学的权利，可以在全世界范围内选择喜欢的学校，接受优质的大学教育。黑人与白人一样拥有自由选择学校教育的机会，获得与白人一样的美好未来。沃尔特和儿子特拉维斯的交谈中体现出当时美国黑人对教育公平的愿望。

　　黑人美国梦中对教育平等的愿望还体现在女儿班妮莎的医生梦追求上。班妮莎拒绝接受白人社会对黑人女性的刻板印象，希望自己能成为一位救死扶伤的黑人医生。20世纪50年代，黑人学生毕业后大多从事的是教

[①] 中国人民解放军五二九七七部队理论组，南开大学历史系美国史研究室及七二届部分工农兵学员. 美国黑人解放运动简史[M]. 天津：人民出版社，1977：302.

[②] 洛琳·汉斯贝瑞. 阳光下的葡萄干[M]. 吴世良，译. 北京：人民文学出版社，2020：108.

育、职员或护理工作,黑人女性学生可以当助产士或护理工,但当医生却是白人的特权。班妮莎不为白人的意识形态所胁迫,敢于梦想当医生,希望大学毕业后继续在医学院深造,毕业后当一名医生。班妮莎的举动不符合白人社会对黑人女性的界定,内化了白人价值观的哥哥无法理解她的举动,他希望妹妹遵循传统的家庭角色,结婚成家,相夫教子。当时大部分没有接受教育的黑人女性一般做一些没有技术含量的零工或者直接结婚,依附于丈夫。像沃尔特打击班妮莎时说的那样,"你要是非跟病人凑一块堆儿不可,你就该像别的女的似的,当个护士完了——要不就找个人嫁出去"[1]。这话道出了当时黑人女性受到的不公平对待,不仅有来自白人社会对黑人的歧视,还有内化了白人价值观的男权社会对女性的压迫。班妮莎渴望独立,兄妹冲突不断升级。与此同时,前男友乔治的世俗偏见更是雪上加霜,乔治作为种族融合主义的一分子,内化了白人主流文化价值观,认为大学教育的目的就是找到一份体面的工作,黑人女性作为被动消极的客体,主要满足男性欲望,只需做到温顺、随和、纯洁即可。男性话语对女性身体的造就使黑人女性难以获得平等教育权。班妮莎希望通过教育,通过身体自我控制,践行新时代黑人女性的主体性。但是,医学院学费高昂,班妮莎无力承受。"种族隔离和种族歧视的社会环境中,黑人高校被贬至二三流学校的地位。政府和私人对黑人高校的支持不够。"[2]小说对班妮莎所上的大学没有过多交代,但是可以推断出,在学校种族隔离严重的年代,她上的是黑人高校。由于政府对黑人高校资金支持力度不够,想继续深造的黑人女性往往面临着经济困难。她没有财力实现愿望,即使有财力,受当时社会偏见影响,多数医院不接受黑人医生,毕业后她仍然很难实现医生梦。班妮莎的"美国梦"最终因哥哥挪用了保险金而破灭,她只能选择志同道合的阿萨盖,远走他乡,跟随他到尼日利亚,到非洲行医,实现人生价值。

杜波伊斯强调教育是改善种族问题的重要手段,教育是创造美好世界的力量。对平等教育权的追求是黑人追求机会平等、提高社会地位的重要

---

[1] 洛琳·汉斯贝瑞. 阳光下的葡萄干[M]. 吴世良,译. 北京:人民文学出版社,2020:25.
[2] 屈书杰. 美国黑人教育发展研究[M]. 石家庄:河北大学出版社,2004:263.

手段。教育是个人和群体改善的途径，但种种社会现实使黑人"平等美国梦"不断延宕。20世纪60年代，黑人民权运动以来，虽然黑白教育差距在缩小，但是黑人所追求的平等教育权并没有因为种族隔离制度的废除而彻底实现。相反，新的不平等在以各种新的面目出现。2002年，全国黑人州立法委员会议的一份报告指出，"在布朗案宣布种族隔离违宪50年后，对众多黑人孩子而言高质量的教育依然是遥不可及"[①]。即使法律规定人人平等，可以提供平等的教育机会，但意识形态领域的隐形歧视还将继续存在。

三、平等住房权

非裔美国人对平等住房的强烈渴望与其历史境遇息息相关。自从黑人被掠夺至美洲大陆的种植园，黑人就生活在奴役和压迫之中，失去了独立的生存空间。南方种植园时期，黑人被安排在主人房子旁边的奴隶小屋里，"许多住处小得只有10平方英尺，地面脏兮兮的""多数奴隶的屋里只有睡觉的垫子，里面塞的是稻草或者干苔藓，再就是几口烧饭的锅"[②]，没有完全属于自己的地方，奴隶的一举一动都在主人的监控和掌握之下，没有任何私人空间可言。奴隶制废除之后，严重的种族隔离和种族歧视让黑人沦为"二等公民"，在日常生活的各个领域，尤其是住房方面遭受到极其不公正的待遇。

《阳光下的葡萄干》中，一开始就指明了杨格一家住在芝加哥南部黑人集中区贫民窟的生活状况。随着美国城市化的发展，开发商在城郊修建卫星城，建造了一大批商品房。这些白人中产阶级开始搬出城市中心的种族社区，每天开车进城上班。迁移到北方的黑人备受种族隔离之苦，只能聚集在指定的城市区域，住在狭窄拥挤的多层公寓里，公寓住房环境极差，"黑人住宅在全国各地区都是不合格的、拥挤的、隔离的、普遍低劣

---

① 转引屈书杰.美国黑人教育发展研究[M].石家庄：河北大学出版社，2004：267.
② 盖尔·柯林斯.美国女人[M].暴永宁，何开松，刘智宏，译.北京：东方出版社，2006：188.

的"①。黑人住房受到很多限制，租金是剥削黑人的明显标志，黑人的房租明显高于同等收入水平的白人的房租。"尽管黑人有良好的交租记录，但经常被看作是不负责任的房客"②。住房歧视造成种族关系紧张，种族摩擦冲突加深。白人种族主义分子组成所谓改善联合会，以行凶、爆炸等野蛮手段阻止黑人迁入白人居民区，加深了黑人白人居民之间的对立情绪。

杨格一家居住在黑人生活的贫困、肮脏和恶劣的环境中，黑人集中区的公寓狭窄拥挤，居住条件非常差，房租昂贵。"过度拥挤是黑人住房的特点"③。杨格一家拥挤在一个出租房里，跟邻居共用一个卫生间，每天早上，占卫生间洗漱成了家中每个人争先恐后要做的事情。狭小的生活空间压抑着家中的每一个人，抱怨、指责甚至争吵在家庭成员之间萌生。房里虫子、蟑螂出没，老鼠乱窜，每周六上午是一家人固定的杀虫时间，一家人把杀虫剂喷到墙上的裂缝里，杀灭四处乱爬的虫子、蟑螂。在贫民窟中，虫蝇蟑鼠无处不在，以至于"抓老鼠"是孙子特拉维斯喜爱的娱乐活动之一，他和朋友抓到并杀掉一个个"像猫一样大"的老鼠。蟑螂和老鼠影射城市贫民窟黑人恶劣的居住环境，捕杀老鼠隐喻黑人如同老鼠一般处处遭受歧视和排斥的窘境。虽然这种房子条件极差，但房租极其高昂。对于白人收取不合理的租金，黑人只能被动接受，用剧中儿媳妇如丝的话，"咱们为这个耗子窝付的房租加一块儿，买四套房子也够了"④，体现出当时美国社会对黑人种族隔离和经济压迫的现状。黑人只能居住在隔离区域内，忍受天价房租和恶劣的生存环境，不敢越雷池一步，否则可能付出生命的代价。文中对此有侧面的描写，沃尔特阅读的报纸上常有关于黑人被骚扰、被伤害甚至有的黑人家园遭遇爆炸袭击的报道。可见，无论是身处南方种植园时期还是北方种族隔离时期，黑人被剥夺基本的生存权，遭受种种非正义。

---

① GRONER I N, HELFELD D M. Race discrimination in housing [J]. The Yale law journal, 1948, 57(3): 426-458. p. 426.
② GRONER I N, HELFELD D M. Race discrimination in housing [J]. The Yale law journal, 1948, 57(3): 426-458. p. 431.
③ GRONER I N, HELFELD D M. Race discrimination in housing [J]. The Yale law journal, 1948, 57(3): 426-458. p. 427.
④ 洛琳·汉斯贝瑞. 阳光下的葡萄干[M]. 吴世良, 译. 北京: 人民文学出版社, 2020: 33.

母亲莱娜的梦想体现了黑人的住房"美国梦"。莱娜多年以来就梦想着能拥有一套属于自己的住房。她刚和老沃尔特搬来北方城市芝加哥之后，并没有打算在现在的公寓里住很长时间，而是打算一点点来，在克莱邦公园买个地方，"我们连房子都选定了。……你真该听听我做的那些个梦，怎么把房子买下来，怎么归置，怎么在后院开出个小花园"①。现如今当莱娜拿到保险赔付金时，她就又想起了这个多年来深藏于心的梦想，"也许咱们在哪儿买上一所旧的、两层的小房子，带个院子，夏天的时候特拉维斯能在院子里玩"②。她决定用丈夫用生命换来的钱在白人社区买一幢小房子，以实现逝去丈夫的梦想。在莱娜把在克莱伯恩公园购买房子的消息告诉家人时，她这样向家里人描述房子，"三间卧室，你跟如丝住主卧……我跟班妮莎还住一屋，可是特拉维斯有自己的一间了""还有个小院！一小块儿地，我可以在那儿种点儿花"③。实现住房梦一直是非裔美国人的梦想。在母亲梦想的私人住宅中，有楼层有花园，每人都有自己的房间，不像以前旧出租屋里，一家人拥挤在一处狭窄的空间里。新宅宽敞明亮，体现了非裔美国人对新居的渴求。

拥有一处私宅或一处持农场理念的甜蜜之家是"黑人美国梦"的重要表征。房屋在美国人心目具有举足轻重的地位，在城郊地带拥有一套独户私宅，最好有一间容纳两辆汽车的车库和一个大后院，一直是美国人难以忘怀的理想④。美国人对独立私宅的偏爱源于欧洲。在欧洲，土地所有权承载着社会地位和经济保障，也是财富的象征。不论是城堡、庄园大宅还是小茅屋，欧洲的乡村住宅都被视作神圣的财产，有些时候甚至独立于教会和世俗政权的掌控范围之外。由于这种私宅周围环境优美，没有城市的穷困、犯罪、拥挤和糟糕的卫生状况困扰，因此成为人们理想住房理念的重要方面。城郊住宅区、农场牧场、科德角式建筑等都是田园乌托邦住宅方

---

① 洛琳·汉斯贝瑞. 阳光下的葡萄干[M]. 吴世良，译. 北京：人民文学出版社，2020：34.
② 洛琳·汉斯贝瑞. 阳光下的葡萄干[M]. 吴世良，译. 北京：人民文学出版社，2020：33.
③ 洛琳·汉斯贝瑞. 阳光下的葡萄干[M]. 吴世良，译. 北京：人民文学出版社，2020：94.
④ 劳伦斯·R.萨缪尔. 美国人眼中的美国梦[M]. 鲁创创，译. 北京：新星出版社，2015：167.

式在美国的体现①。"二战"之后，随着美国经济的复苏，受到美国主流文化影响，实现美国住房梦是很多土生土长的非裔美国人的梦想。在环境优良的社区里拥有一套私宅，这体现了非裔美国人对"居者有其屋"的强烈愿望。剧中，黑人居住的社区或者说贫民窟没有体面的房子，白人中产阶层的房子与黑人贫民窟里的公寓相比又"物美价廉"。因此，母亲莱娜将目光投向了白人社区，在白人社区购买了一套带有花园的房子，以实现全家的住房梦。

　　房屋的内部布置体现了黑人对住房环境的向往。房子的内部设置和外部设计等方面体现了黑人的建筑乌托邦。母亲莱娜一直以来的梦想就是拥有一所宽敞明亮的房子，新购买的房屋朝阳，有三间卧室。阳光意象体现了黑人对美好生活的期许。在莱娜把购置新房子的事情告诉全家人之后，如丝欣喜若狂，立刻问道"那房子里——阳光充足吗？"，莱娜回答道"阳光特别充足"②。在出租房里，整日昏暗不见阳光，整个屋子只有一个窗户。新旧房子光照条件的不同体现出黑人对改善居住条件的向往，对新房子"阳光"的渴望也体现出美国黑人不屈服于种族压迫，努力反抗争取光明的愿望。他们不畏极端白人至上主义的威胁，敢于反抗，勇于斗争，用搬进白人社区的实际行动表达非裔黑人有争取平等"美国梦"的权利。另外，小说中对新房子的内部设计没有过多的描述，但从对旧出租房的描述，'敝旧'已经成为这间屋子的特点，一切东西都被擦过、洗过、坐过、用过、磨过太多次了，"这房间里只剩下居家过日子的气息"③。可以看出，尽管贫穷，杨格一家还是尽量将房间布置得舒适而井然有序。不难想象，他们会将新房布置得更加温馨舒适。房子是黑人"美国梦"的一部分，体现出当时非裔美国人对于郊区中产阶层生活的渴望。

　　花园意象也是黑人美国"住房梦"的一个方面。在种植园中，黑人在准许的田地里经营着自己的花园，因此花园融入非裔美国人的集体记忆，承载了非裔美国人主宰自己生活的愿望。莱娜特地购买了一套带后院的房

---

① 劳伦斯·R.萨缪尔. 美国人眼中的美国梦[M]. 鲁创创，译. 北京：新星出版社，2015：167-168.
② 洛琳·汉斯贝瑞. 阳光下的葡萄干[M]. 吴世良，译. 北京：人民文学出版社，2020：97.
③ 洛琳·汉斯贝瑞. 阳光下的葡萄干[M]. 吴世良，译. 北京：人民文学出版社，2020：8.

子，在美国郊区的社区中，后院一般具有比前院更强的私密性，更像是属于家庭内部的地方，而前院具有更强的社交性[1]。在此处，母亲莱娜渴望在后院种植花朵，构建家庭私密空间。在旧出租屋里居住时，尽管生活没有保障，她还是坚持在仅有的一个窗台上放置盆栽，后来全家决定搬迁时，莱娜包装好自己的盆栽，并把它带到新家去。在出租屋里时，莱娜就老想有个花园，就像"在老家见过的那种屋子后头的花园"[2]。但只有这盆小花还有点花园的意思，植物具有旺盛的生命力，坚忍不拔，母亲一直挂念着盆栽，期待着有属于自己的小院子，希望将后院改造成美丽的花园。孙子特拉维斯特地为她买了一顶"宽边草帽"[3]，以备在花园劳作时遮阳用。孙子说"这是在花园里戴的草帽！杂志上那些太太们在做园艺时都戴这样的帽子"。虽然"花哨得一塌糊涂"，莱娜表示"这是奶奶这辈子最漂亮的帽子！"[4]住房的花园格局深深融入了黑人的集体无意识。

　　车库和停车道也体现了美国非裔黑人对房子整体布局的美好愿望。沃尔特的发财梦想中也含有一个"住房梦"。在他构筑的梦想中，当儿子特拉维斯十七岁时，他们全家已经是中产阶级精英家庭了，他们会住着豪宅，房子带有停车道和由园丁搭理的花园，家里的汽车也不止一辆，一辆用于自己上下班在城市和郊区间通勤使用，另一辆为妻子如丝准备，供她购物使用。这些沃尔特幻想中的画面显然是受当时主流社会物质价值观念的影响，希望一家人过上中产阶级甚至富裕精英阶层的生活。沃尔特希望拥有一辆"全黑的克莱斯勒""白内饰，黑轮胎。显得高级。有钱人有品位"，给妻子则"来个敞篷凯迪拉克，给她买菜去！"[5]。轿车被公认为"车轮上的美国梦"，二战之后，凯迪拉克一直被公认为最具声望的美国汽车品牌，其档次和奢华象征着拥有者的身份地位。这种汽车的外形尺寸庞大，超过六米的车身长度，使得某些停车场都无法容纳，显示出拥有者

---

[1] 克雷格·惠特克. 建筑与美国梦[M]. 张育南, 陈阳, 王远楠, 译. 北京: 中国建筑工业出版社, 2019: 33.
[2] 洛琳·汉斯贝瑞. 阳光下的葡萄干[M]. 吴世良, 译. 北京: 人民文学出版社, 2020: 44.
[3] 洛琳·汉斯贝瑞. 阳光下的葡萄干[M]. 吴世良, 译. 北京: 人民文学出版社, 2020: 125.
[4] 洛琳·汉斯贝瑞. 阳光下的葡萄干[M]. 吴世良, 译. 北京: 人民文学出版社, 2020: 125-126.
[5] 洛琳·汉斯贝瑞. 阳光下的葡萄干[M]. 吴世良, 译. 北京: 人民文学出版社, 2020: 108.

的不凡气度和崇高地位[1]。沃尔特希望自己的房子带有专门的停车道，希望拥有不止一辆汽车，体现了非裔美国人的住房在建筑方面的设计需求。

通过对杨格一家新旧房子的对比，房子内部结构陈设以及社区环境的详细分析，非裔美国人对房子的"执念"反映出当时非裔美国人渴望实现平等住房权，"争取平等生存权、拥有并行使选择权的要求"[2]。

《阳光下的葡萄干》作为一部抗争性作品，以杨格一家搬进新居胜利结束，从黑人贫民窟决定搬进白人中产阶级社区，体现了对"平等美国梦"的追求，消除种族隔离、种族歧视和民族压迫的终极梦想。然而，故事"对黑人能否实现美国梦提出怀疑，更是对美国梦的本质发出疑问"[3]。虽然剧中杨格一家搬进了新居，但是黑人的住房依然是一个问题，在过去的30年里，黑人家庭的住房拥有率每十年都在下降。"即使在2015年，受过大学教育的黑人家庭拥有房子的可能性也低于高中未毕业的白人家庭"[4]。黑人的住房拥有率持续走低，以致许多人现在对拥有住房的美国梦信心不足。更重要的是，白人的种族歧视观念思想并没有消失。2011年美国剧作家布鲁斯·诺里斯的《克莱伯恩公园》延续了《阳光下的葡萄干》当中的情节，许多美国黑人住进了原本只有白人居住的社区，能够和白人坐在一起自由平等的交谈，但剧中不断出现的谐趣对话和各种种族主义笑话让人明显地感受到美国白人和黑人之间相处时白人对待黑人的傲慢态度。不难发现，黑人与白人平等的准则虽然在政治上和法律上被一再强调，但在现实生活中却推行得十分得缓慢，似乎五十年如一日，看不到任何进展[5]。故事貌似胜利的结局并不是"超越性的社会胜利"[6]。不过，小说体现了对更加美好生活的渴望，发挥着乌托邦的功能。

---

[1] 劳伦斯·R.萨缪尔. 美国人眼中的美国梦[M]. 鲁创创, 译. 北京: 新星出版社, 2015: 96.

[2] 张冲. 面对黑色美国梦的思考与抉择——评《跨出一大步》和《阳光下的干葡萄》[J]. 外国文学评论, 1995 (1): 72-77. p. 76.

[3] 张冲. 面对黑色美国梦的思考与抉择——评《跨出一大步》和《阳光下的干葡萄》[J]. 外国文学评论, 1995 (1): 72-77. p. 76.

[4] GOODMAN L S, MAYER C. Homeownership and the American dream [J]. The journal of economic perspectives, 2018, 32(1): 31-58. p.32.

[5] 周莉莉. 隐身的隔离:《克莱伯恩公园》》中的伦理困境. 戏剧文学, 2011 (11): 42-45. p.44.

[6] BROWN L W. Lorraine Hansberry as ironist: a reappraisal of A Raisin in the Sun [J]. Journal of black studies, 1974, 4 (3): 237-247.p.246.

本章小结

　　20世纪四五十年代，在民族国家乌托邦想象整体破灭之后，在美国资本主义内部矛盾有所缓和的情况之下，非裔美国人希望在美国现有的国家体制之内寻求"黑人美国梦"的追求，实现民权和民生的渴望。

　　休斯的诗歌和汉斯贝瑞的戏剧是20世纪四十五年代抗议文学的杰出代表，这类作品在表现融入主义梦想破灭、抗议梦想延迟的同时，实则体现了对自由、平等、正义和自我实现为内核的"黑人美国梦"的渴望，表达了对更好生存方式的意愿的乌托邦精神。无论是休斯的"自由乌托邦"，还是汉斯贝瑞的"平等乌托邦"都体现了黑人与白人在收入、教育、住房和正义等方面希望与白人做到平权的愿望。两位作家的乌托邦书写都体现了非裔美国人希望达到黑白种族之间的相互平等和共同发展的愿望，体现了黑人高层次的政治目标追求。非裔美国人对社会不公进行抗议，抗议被剥夺了自由、平等和幸福的机会，戳穿了在美国不分民族、肤色、信仰，人人都享有自由和均等机会的神话。美国还远非希望之乡，实现黑人美国梦的道路是崎岖的，黑人与白人还存在明显鸿沟，黑人民族解放的历程依然在路上，黑人对美好生存方式的欲望有待进一步实现。

　　南北战争至20世纪上半期，无论是"黑人民族国家"还是"黑人美国梦"都体现了非裔美国人对美国现存秩序的不满，体现了非裔美国人未被满足的民族、民权和民生的愿望。

第四章

20世纪60—80年代的非裔美国乌托邦书写

第一节 "乌托邦时刻"

20世纪六七十年代是非裔美国历史上的一个重要历史时刻，黑人权力运动、黑人艺术运动、黑人女权运动与科幻新浪潮运动等思潮不断激荡并激烈碰撞，促成了非裔美国史上的重要乌托邦时刻。

首先，随着"美国梦"幻想的破灭，黑人民众越来越清醒地认识到，必须积极争取黑人平等的民权。这个时期黑人运动大致经历了三个阶段[①]。1955年至1963年的斗争，以非暴力为主，主要是反对种族歧视、争取平等权利的群众斗争，其中，马丁·路德·金倡导的"融入主义"帮助非裔美国人取得了一定的胜利，至20世纪60年代中期，美国黑人民权运动取得初步成效，种族隔离制度被废除，黑人的选举权与政治权利得以初步确立。然而，随着民权运动的推进，黑人要求平等经济与社会权利的主张却遭到

---

① 中国人民解放军五二九七七部队理论组，南开大学历史系美国史研究室及七二届部分工农兵学员. 美国黑人解放运动简史[M]. 天津：人民出版社，1977：7.

了白人种族主义势力的遏制，面临困境，非裔美国人开始审视自身的处境。1964年至1968年时形成了黑人以革命暴力反抗反革命暴力的时期，如果说"平等"是民权运动在1965年以前的标志性词汇，"解放"则是1965年以后各种民权运动的口号[①]。1968年以后，黑人运动向纵深发展，同工人运动、反战运动、学生运动和妇女运动等密切结合起来。这种时代背景下，以"黑人力量"（black power）为旗帜的黑人民族主义思想开始占据上风，成为美国黑人民权运动后期的主导力量。

在黑人权力运动思潮的推动之下，非裔美国人不再按照白人社会的奋斗标准来证明衡量自己，也不想用物质上的成功来提升其非裔美国人的地位，以努力融入白人社会，赢得白人主流社会的认同。相反，黑人开始强调自身的独立性和能动性，在共同对敌的基础上团结起来，发挥社群的力量，大力推崇黑人自己的文化，建立所谓的"黑人的自豪"（Black Pride）。"骄傲"原本是宗教一大原罪，这时被黑人文化拿来，成为叛逆和打破旧秩序的标志，在这场文化革命下，"个人的即是政治的""黑即是美的"（Black is beautiful）成为新的口号。

非裔美国人开始重拾、保护和创造自己的文化，形成自己的时尚。他们追求自己的语汇，使用自己的话语，拒绝白人社会对黑人的"Negro"称呼，自称是"非裔美国人"。他们还追求自己的发型、自己的配饰、自己的着装，颠覆美国社会对黑人形象的偏见论述，拒绝白人社会长期对黑人是"懒惰""愚蠢"和"无能"的描述，欣赏黑人的厚嘴唇、宽鼻子和卷头发，积极创建黑人"精力充沛""智慧""美丽"和"热爱和平"的形象，体现了黑人心理上的巨大进步。与此同时，非裔美国人与白人分道扬镳，积极追求自己的音乐、自己的舞蹈、自己的绘画，以文化战士的形象卷土重来。"黑人权力"还主张保持"黑人社区的种族特点和文化个性，要求在学校开设黑人历史课程，强调黑人种族的成就，开展多元文化主义的追求，打破白人主流文化对话语的垄断。黑人在音乐、舞蹈诗歌、民谣等方面，发掘和整理黑人文化遗产，继承和发扬黑人悠久的文化传统。

---

① 华建平（Talich）.天堂在上，美国在这儿[M].上海：上海三联书店，2013：314.

"黑人权力"着重建构新的社会和群体身份，主张政治、社会和文化的自决，重新书写黑人的历史、文化和制度，培育黑人骄傲和自信。黑人权力为美国的黑人社群带来了新气象：它颠覆了美国社会对黑人形象的偏见论述，重塑了黑人的形象，发展了黑人的种族意识及对"黑人性"的欣赏，让黑人意识到自己是"黑色的、美丽的和骄傲的"[①]。

在黑人权力运动如火如荼开展的同时，黑人女权运动的蓬勃发展是促成黑人乌托邦书写的又一重要元素。20世纪60年代前，绝大多数妇女小说表现的是"第一次女权主义浪潮"，着力体现妇女在政治、经济独立方面的要求，如妇女从政、妇女就业、妇女婚姻、妇女教育等方面的诉求。60年代后，不同于追求获取男女平等的思想和信仰，女性权力运动进入"第二次女权主义浪潮"时期，表现的主题由政治、经济方面转向意识形态方面，如追求性别角色、女性主体性或女性意识等。第二次女权主义批判男权压迫，建构一个没有性别压迫的理想社会模型，其基础是对既定的两性秩序的批判和否定，对一种理想两性关系模式的肯定和追求，具有浓厚的乌托邦思想。女性乌托邦小说在20世纪七八十年代尤为流行，其故事情节大多是消解两性的生理、性别差异，描写诸如"女儿国"或者雌雄同体的乌托邦，将女性从生儿育女中解放出来[②]。这种书写范式解构性别差异以及由此产生的不平等，或者在未来主义的视域下书写女性故事、表达女性的期许。然而，随着女权主义运动的推进，黑人女性意识到自身与白人女权主义的差异之处，开始思索黑人女性的特点。黑人女权主义具有独特的交叉性：它不仅批判男权社会的压迫，也反抗对种族问题，更是对阶级社会的抗争。一些黑人学者、活动家积极创建自己的政治组织，1977年，发表了名为《黑人女性主义宣言》（*A Black Feminist Statement*）的文件。该文件宣言："我们常常发现很难将种族、阶级与性压迫区别开来，因为在我们的生活中，这些通常都是同时经历的……我们与黑人男性一起对抗种

---

① 谢国荣.1960年代中后期的美国"黑人权力"运动及其影响[J].世界历史,2010(1)：42-54+159.p.50.
② 刘英,李莉.女性乌托邦:《她乡》和《红楼梦》中的"女儿国"[J].吉首大学学报（社会科学版），2007(5)：100-105. p.104.

族主义，同时，我们和白人女性一起对抗性别主义。"[①]黑人女权主义运动分离出来，成为美国女权主义的一个重要分支。在黑人女权主义的影响之下，美国出现了一大批黑人女性作家，如艾丽丝·沃克、托妮·莫里森等。黑人女性作家群构成了20世纪60—80年代黑人创作的主体。

科幻新浪潮是促进黑人乌托邦书写的又一元素。在整个19世纪和20世纪初，由于科幻小说普遍强调科学技术的一面，属于"硬科幻"范畴，妇女因受教育压迫的缘故，难以涉猎此领域，所以科幻小说几乎全由男性作家所统治，很少有妇女作家涉入。自20世纪中期开始，女性作家已经成为科幻小说和奇幻小说的重要力量，创作队伍、作品产出和影响力都快速攀升，成为60—80年代科幻小说"新浪潮"的重要部分。这类作品的突出特点就是科幻要素和女性特质的结合，形成了以"女性乌托邦想象"为代表的女性科幻小说。这类作品并不强调科学逻辑或者对未来科学发展进行预测，不在意所设置背景在科学发展上的可能性，只求在一个完全不受现实条件束缚的想象世界里思索和探寻人类所面临的或永恒的问题，多采用异域想象来解构生理差异导致的性别不平等，突出女性诉求，关注人际关系与人文思想，在未来主义视域下构想人类未来的生存，凸显女性科幻的特质。黑人女权主义与科幻深入融合，跟性别政治、种族等糅合在一起，涉及黑人群体价值观与集体后代抚养等话题。

第二节 《黛妈妈》与田园乌托邦

《黛妈妈》（*Mama Day*, 1988）是当代美国知名非裔女作家格洛丽亚·内勒(Gloria Naylor)的第三部作品，它以现实中的"海岛区"（Sea Islands）为原型，在20世纪黑人女权运动和黑人权力运动的影响之下创作而成。黑人女权运动促使一批作家在"寻找母亲的花园"的召唤下追溯南方

---

① The Combahee River Collective. A black feminist statement [M]// JAMES J, SHARPLEY-WHITING T D. The black feminist reader. Malden & Oxford: Blackwell Publishers Ltd, 2000: 263-264. p.264.

黑人女作家的作品，从而掀起了回归南方的浪潮，而黑人权力运动促使黑人转向自己传统的非洲文化，通过挖掘民族历史来树立民族尊严。小说以"海岛区"为背景，以乔治跟随妻子回柳泉岛老家探亲为主线，将北方城市的异化生存状态与南方海岛上的田园生活生态形成鲜明的对照，描述了一个偏离与迥异于现代都市喧嚣的世外桃源，勾勒出一幅南方海岛乌托邦田园图景。小说关注到城市与乡村之间、人类与自然环境之间的关系，融入了作家内勒对诗意乡村的向往和对理想世界的美好企盼。

一、"海岛区"：传统海岛乌托邦的延异

空间是乌托邦文学的一个基本维度，海岛作为乌托邦的地理空间在乌托邦文学中源远流长，并在后世的文学创作中略见一斑。乌托邦文学的发源地是欧洲，欧洲其独特的地理环境决定了海岛是空间乌托邦最原初的表现形式。荷马史诗中就有关于海岛乌托邦的描述，柏拉图在《蒂迈欧篇》，托马斯·莫尔的《乌托邦》，意大利作家康帕内拉的《太阳城》，弗朗西斯·培根的《新亚特兰蒂斯》等，这些作品都描述了一个与社会现实完全不同的奇异海岛乌托邦，通过岛上政治、经济、文化等各个层面的描写来凸显现实世界的丑恶。海岛乌托邦国度要么是人为创造的乌托邦，要么是神的恩赐，要么是两者的融合。这种写作模式不自觉地影响着非裔美国文学的乌托邦创作，但《黛妈妈》中的海岛乌托邦跟传统海岛乌托邦有所不同，小说中的柳泉岛不是完全虚幻的异域世界，而是有着现实的影子。

小说塑造的位于美国南方的大洋孤岛柳泉岛以现实中的"海岛区"为背景。由于与历史的关联，柳泉岛有着现实的影子，"探索、质疑着现实"[1]，它又是一处"想象中的仙境"[2]。"海岛区"指的是美国东南部沿海岸地区大约一百个大小不等的岛屿，这些岛屿北起南卡罗来纳州，南抵

---

[1] WILSON C E. Gloria Naylor: a critical companion [M]. Westport, Conn.: Greenwood Press, 2001. p.87.

[2] NICHOLSON D. Gloria Naylor's island of magic and romance. The Washington post (1974-Current file) ,1988-02-28(255).

佛罗里达州,绵延长达四百英里,其中包括著名的圣海伦娜岛(St. Helena Island)。这些小岛大多是由溪流或河流冲刷而成,与大陆相距甚远,一直处于隔离状态。直至"一战"之前,小船是沟通海岛与大陆的唯一交通工具,从1915年开始,各个岛屿才开始建桥筑路,但大多岛屿直到1940年才实现与大陆通路,有的小岛直至今天仍与大陆相隔离[1]。"海岛区"有几百年的殖民历史,主要分为西班牙、法国的早期探险殖民时期以及英国殖民时期两个阶段,其间一些加勒比地区的种植园主携家眷及黑奴来此殖民拓荒。海岛区主要以棉花和大米为主要农作物,由此诸岛也被称棉花和大米生产大区,此外靛蓝也是一大经济作物。种植园里,从事劳作的主要是一些从非洲贩卖来的黑奴,由于岛区生活条件极其恶劣,为了躲避疟疾等疾病的侵袭,白人种植园主一般会把种植园委托给一些白人监工管理,自己则搬离小岛,导致有些种植园只有白人监工。所以,相较而言,黑人的数量保持了绝对的优势,远远超过了白人[2]。在没有白人统治的情况下,岛上黑人保留了非洲的价值传统、宗教信仰与文化理念。后来内战的浪潮波及小岛,岛上奴隶制度得以废除,这些黑人随之被世人遗忘,他们默默地在这些岛屿上繁衍生息了下来,成为后来的古拉黑人(Gullah),他们使用的语言即古拉语。"海岛区"在地理位置上与美国大陆隔离开来,非洲黑人的后代占了岛上居民的大多数,非洲的生活方式和传统文化在这里被完整地保存了下来。20世纪七八十年代,受旅游业的发展、城市化进程的推进、工业的迅猛发展、民权运动的冲击、教育的普及等种种因素的影响,小岛原有的生活方式悄然发生着变化,但根植于非洲传统的一些如祖先崇拜等的特征还是被完整地保留了下来,并在新的时期融入了新的元素。

在时代潮流的影响之下,很多作家与学者目光投向了美国南方。伴随着黑人权力运动的高涨,美国掀起了追根非裔传统与文化的浪潮。大迁徙运动中,大批黑人迁至北方,但进入北部工业城市后黑人受压迫、受剥

---

[1] JACKSON J, SLAUGHTER S, BLAKE J H. The Sea Islands as a cultural resource [J]. The black scholar, 1974, 5(6): 32-39. p.32.

[2] WARDI A J. Water and African American memory: an ecocritical perspective [M]. Gainesville: University Press of Florida, 2011: 34.

削、受歧视的基本状况并没有发生任何变化。至20世纪80年代，随着南方经济的发展和黑人权力运动的开展开，很多生活在北方城市的人开始南迁，一些文化学者开始转向南方，尤其是南方农村以及一些偏远地带，而被誉为"神话之地"①的"海岛区"由于保持了非洲独特的饮食习惯、行为方式、道德价值、艺术形式与语言文字等而成为首要考察对象，这里的居民也由此成为"非洲文化的守望者"②。作为黑人历史的活标本，"海岛区"成为众多黑人作家小说创作的摹本，一时间涌现出很多以南方海岛区为创作素材的作品。其中包括作家内勒，内勒虽在北方的纽约出生，却是在浓郁的南方家庭氛围中长大的，据内勒回忆，"我们姐妹们都是在典型的南方家庭中长大的，我们的食物、语言和行为方式（都是南方的）"。③内勒的《黛妈妈》就是以海岛区为原型创作而成的，在该小说着手创作之前，内勒曾到南方群岛进行过实地考察，涉足过从北卡罗来纳州到佛罗里达州的很多地方，还"在圣海伦娜岛上住了大约三周"④。独特的南方文化背景在内勒的文学作品中被全面呈现。

内勒在《黛妈妈》中营造了一个以南方"海岛区"为原型的柳泉岛，小岛是一个被"世人遗忘的地方"⑤，"一个非尘世的天堂"⑥，一个犹如圣海伦娜岛的"魔幻之岛"。《黛妈妈》秉承了莫尔的创作思路，将海岛乌托邦设定在一个未来的孤岛上，并将小说时间设定在了1999年。孤岛虽然在现实中存在，但它与现实的社会有空间上的距离，它处于佐治亚州和

---

① TUCKER L. Recovering the conjure women: texts and contexts in Gloria Naylor's Mama Day [J]. African American review, 1994, 28 (2): 173-188. p.180.

② HARRIS J W. Deep Souths: Delta, Piedmont, and Sea Island society in the age of segregation [M]. Baltimore: Johns Hopkins University Press, 2001: 186.

③ PERRY D. Gloria Naylor [M]// MONTGOMERY M L. Conversations with Gloria Naylor. Jackson: University Press of Mississippi, 2004: 76-104. p.42.

④ BONETTI K. An interview with Gloria Naylor [M]// MONTGOMERY M L. Conversations with Gloria Naylor. Jackson: University Press of Mississippi, 2004: 39-64. p.59.

⑤ NAYLOR G. Mama Day [M]. New York: Ticknor & Fields, 1988: 81.

⑥ BLADES J. Naylor's fantasy island stranger than paradise. Chicago Tribune (1963-Current file), 1988-01-31(L3).

卡罗来纳州的中间地带，是一个"现在与将来均被神化了的乌托邦"[①]。当乔治查看去往柳泉岛的路线时，他在地图上根本找不到该岛的名字，妻子珂珂对他说，"地图在这里是没有用的"[②]。实际上，柳泉岛"不在任何一个州，邮戳上不显示任何一个州的首字母，只有柳泉岛和一个邮编"[③]。这里不受政府的控制，仅靠一桥与外界相通，如同"海岛区"的岛屿，柳泉岛虽有一百多年的历史，但与外界基本处于隔离状态，一座木头桥是连接小岛和外面世界的唯一通道，这座木头桥虽然铺有沥青，较为坚固，但由于沿海地区经常遭受暴风骤雨侵袭，这座木桥还不时地被大暴雨冲走，所以小岛在雨季经常与大陆失去联系，这表明了小岛的半封闭性特征，"'半封闭'是乌托邦的一个基因"[④]，它的天然封闭性使其美好的制度风俗不受侵扰。内勒就这样通过虚实相间的描摹方式呈现了一个既在美国，但又不完全在美国的海岛乌托邦，展示了此岛的虚幻性。

柳泉岛是一个没有治安官与法院，也没有政府的地方。小岛不受政府的管辖控制，岛上居民自己管理事务，维护社会治安与社区稳定，偶尔发生的犯罪案件会立刻得到肃清。传统的乌托邦是一种独立于外部世界的空间，这种空间对外部世界持有警戒的态度，竭力避免被外部世界所侵蚀，柳泉岛上的岛民在政治和文化上抵制住了白人的影响，客观上保证了柳泉岛黑人社区的纯洁性。柳泉岛还是一个团结互爱的团体，人与人之间不再是一个个孤立的个体，大家彼此认识，彼此信任，通过相互协作、共同帮助结成了休戚与共的关系。

二、《黛妈妈》中的田园乌托邦建构

大迁移之后，生活在北方的非裔美国人，随着消费主义和物欲主义的增长、传统美德的丧失乃至人性的泯灭，人的精神生态日益异化。内勒在

---

① BRONDUM L. "The persistence of tradition": the retelling of Sea Islands culture in works by Julie Dash, Gloria Naylor, and Paule Marshall// DIEDRICH M, GATES H L, Jr, PEDERSEN C. Black imagination and the middle passage. New York: Oxford University Press, 1999: 153-163.p.158.
② NAYLOR G. Mama Day [M]. New York: Ticknor & Fields, 1988: 177.
③ NAYLOR G. Mama Day [M]. New York: Ticknor & Fields, 1988: 54.
④ 马少华. 想得很美——乌托邦的细节设计[M]. 北京: 中国青年出版社, 2011: 154.

该小说中构建了一个诗意栖居的田园乌托邦家园,一个充满了神性和灵性的生命之乡。小说探讨了如何在人与社会、人与自然、人与人之间建立和谐健康关系,进而建立精神理想家园。

1. 人与自然融合为一

《黛妈妈》继承了田园乌托邦对自然乡野的美化书写。岛上居民远离城市的喧嚣,过着俭朴的田园生活。根据传说,小岛是始祖萨斐拉与上帝签订契约而来的,当初上帝不小心从口中吐出该岛,当上帝伸手捡回小岛时,萨斐拉请求上帝将这块土地留给可怜的黑人并承诺自己将引领他们。此传说给小岛蒙上了一层神话色彩,如同圣经中的伊甸园,小岛风景优美如画,生活宁静,俨然一张"风景明信片"①。当乔治初来柳泉岛时,"仿佛进入了另外一个世界"②。清晨,乔治在小路上漫步,呼吸着新鲜的空气,抬头仰望着在这片大地上孕育了两百多年的参天巨树,低头观望着脚下未遭破坏的茂密的原始植被,罗勒、百里香、鼠尾草、雏菊、蔓长春花、沼泽蕨处处都是,即使"乐园"一词也无法描述岛上的美景。站在门廊上,乔治想伸出舌头,捕捉一滴露珠,小说所展示田园空间唤醒了乔治的感性维度。时间似乎在这里完全定格,"除了季节的变更没有任何变化"③,岛民认为万物都有自己的变更节奏,人们没有必要着忙,时间对他们而言,"从来都不是一个重要的因素"④,庄稼、天气和季节比最精密的电子表还要准确。"时间既不缓慢也不飞逝,时间是静止的。你可以随意处置时间:将它卷起来,伸展开,或只是让它静静地躺着。"⑤由于岛民特殊的时间观念,似乎也不会轻易变老,小说中的黛妈妈是萨斐拉的后代,年逾九十,但依然精神矍铄,没有任何皮肤松弛或步履蹒跚的迹象。乌托邦是一种静止、不动的完美状态,田园传统让久居城市的居民重新回到大自然的怀抱。

---

① NAYLOR G. Mama Day [M]. New York: Ticknor & Fields, 1988: 163.
② NAYLOR G. Mama Day [M]. New York: Ticknor & Fields, 1988: 175.
③ NAYLOR G. Mama Day [M]. New York: Ticknor & Fields, 1988: 160.
④ NAYLOR G. Mama Day [M]. New York: Ticknor & Fields, 1988: 281.
⑤ NAYLOR G. Mama Day [M]. New York: Ticknor & Fields, 1988: 161.

与乌托邦的静止与完美状态相吻合，小岛呈现出一幅和谐的田园乌托邦景象。柳泉岛上人与自然和谐统一，建筑自然融入周围环境，岛民将小岛当作自己真正的生活家园，爱护各种植物和动物。柳泉岛的始祖黛妈妈居住在一个拖车里，每天与大地相依，推门即与自然相拥，清晨即可聆听在矮树丛里栖息的鸡的振翅声，在灌木丛里捡拾鸡蛋。整个小岛是她的活动场所，她熟知小岛的每个角落，能在冬季干燥的树林里走来走去，而不会咔嚓折断一根树枝。岛民把小岛当作真正的家园，尊重大自然的客观规律，不仅爱护植物，也保护动物，"海洋生物、鸟儿和林中生灵"[①]都是一样的。岛民从自然母亲那里索取食物，黛妈妈对大自然了如指掌，秘制的药物也均取材于自然物质，她熟悉用来做补药、糊药和康复茶的树叶、树皮和树根的细微差异，能用传统的草药秘方治愈伯妮斯的不孕不育症。小说中的一个男性人物安布什热爱土地，有强烈的土地情结，他走过每寸土地，就像演奏家的手抚摸琴弦一样，他对土壤的质地和气味了如指掌。乌托邦作品中，植物和动物世界不仅能影响人类行为，还具有强大的动态威力，是必须被尊重的力量。通过岛民爱惜自然的行为，作家呈现了一幅天人合一、万物和谐的田园画面。

柳泉岛保留了传统的农业生产方式，人们自己耕种土地，春华秋实，自给自足。从冬季到来年春季这段时间，岛上居民会拿粪便、木灰和鱼骨废料给土地施肥，磨磨锄头，刮刮耙子齿上的锈迹，修剪修剪果树，修补修补渔网，给船上上油。遇到收成不好的年月，大家相互帮助，互赠食物，岛上居民基本上能满足食物自给。传统的农业生产方式决定了劳动的必要性，人们自己动手，丰衣足食，获取生活必需资料，所以也就格外珍重手工劳作的意义。小说的最后部分，黛妈妈去纽约帮珂珂搬家，领略了大都市的繁华，她不无感叹，在像纽约这样的地方，没有"一件真正的产品"[②]。在她看来真正的产品应该取自大地母亲，用双手精制而成，相反，在纽约这种地方，大多东西都是批量生产，没有融入生命个体的心思与劳作。

小说所展现的田园空间是对城市空间的对抗。乔治从小在孤儿院长

---

① NAYLOR G. Mama Day [M]. New York: Ticknor & Fields, 1988: 207.
② NAYLOR G. Mama Day [M]. New York: Ticknor & Fields, 1988: 306.

大，母亲在乔治三个月时跳海自杀，父亲是母亲的嫖客，乔治出生不久就被遗弃。乔治在孤儿院的皮鞭不知去向下长大，从小经受了严厉的教育，在这种环境下长大的乔治奉行实用主义的生存法则，推崇工具理性，丧失了直觉与想象的感性维度，成为失去现实批判能力的单向度的人。到了柳泉岛，乔治活脱脱"像个孩子"①，他的童真被重新唤起，他不想再回到纽约，幻想着在树丛之间徜徉，过着捕鱼、农耕的田园生活，他跟妻子珂珂说，"让我们扮演亚当和夏娃吧"。②乔治的反应体现出他对城市生活的厌倦，对自然乡间的喜爱。柳泉岛上的自然风光引导着乔治寻回被白人文明所剥夺的感性，体现了强烈的田园情怀。

2. 人与自我和谐统一

《黛妈妈》叙述了人类与环境合而为一的田园世界，也展现了对简单工作的满足感。农业经济决定了岛上居民的工作方式迥异于大都市纽约人的工作方式。"对于生产力的幻想的其中一个结果，就是劳动时间的减少，它是乌托邦的一个重要内容，意味着休闲和人的自由，人的精神生活的丰富。"③。柳泉岛的居民也需要干活工作，但只是作为谋生的一个必要手段，不像以乔治为代表的北方人那样拼命工作。岛上居民坚守这种悠闲的方式，不仅在农忙时如此，关键时刻亦是如此，譬如当小岛与外界相通的唯一桥梁被暴风雨摧毁之后，他们没有赶修小桥，而是依然保留了饭间休息以及周末休息的习惯。

就娱乐生活而言，岛上居民没有丰富的娱乐生活，但岛民也能自娱自乐。岛上男人们的消遣方式是打扑克牌，巫医巴扎德（Dr. Buzzard）是年纪最大、德高望重的男性人物，岛上的男人们都会聚到他的住处打扑克牌，他们聚在一起也会赌，但赌不是为了赢。每次打牌巴扎德到最后都会赢，大家都不解其中的缘由，久而久之不再去探究巴扎德使用的鬼把戏，只是尽量避免输得太惨，从中自得其乐。所以打扑克牌成为小说中的一个"重

---

① NAYLOR G. Mama Day [M]. New York: Ticknor & Fields, 1988: 184.
② NAYLOR G. Mama Day [M]. New York: Ticknor & Fields, 1988: 222.
③ 马少华. 想得很美——乌托邦的细节设计[M]. 北京: 中国青年出版社, 2011: 95.

要仪式"①，寓指男人聚在一起怡然自乐的一种方式。乔治来到柳泉岛之后，获邀去打牌，早就对巴扎德大赢家的传奇故事有所耳闻，他决定探个究竟，牌桌上他运用概率等一系列所学知识，分析其中缘由，最后发现巴扎德在扑克牌上刻痕做了记号，进而揭穿了他的把戏。然而，大家并没有因为赢得了牌局而欣喜，反倒因为乔治破坏了游戏规则而感到败兴。

内勒的海岛乌托邦还是一个真正的心灵乌托邦家园。大迁移运动中的南方黑人，来到北方这个陌生的地方，北方的生活改变了他们的时空观，让他们与自己的心灵家园越来越远。生活在纽约的二代黑人更因与南方的疏离与黑人心灵家园无缘。小说中，女主人公珂珂在亚特兰大的商学院毕业之后，在北方经历了艰难的求职之路，性别主义和种族歧视让她在职场上处处碰壁。珂珂虽然在纽约生活了七年，仍然感觉自己是陌生土地上的他乡，无法真正融入北方生活。种种困扰让她迷失了自我，当她丢弃传统的黑人文化，适应白人的文化准则时，她感到与环境格格不入，文化错位造成文化冲击，让她产生了严重的心理错位，成为北方社会的游离者。丈夫乔治则是由于从小缺乏母爱，养成了冷静、严肃和落寞的秉性，在理性原则的指导下沦落为工业生产和消费的附属品，异化为马尔库赛所论述的失去感性和批判思维向度的"单向度的人"，对自我身份充满疑惑。白人的意识形态作用于日常生活，让黑人受制于白人主流意识形态，规训着黑人的肉体，摧残着黑人的灵魂，造成黑人文化上的无根性。乔治非常羡慕妻子珂珂，"你有家，你有历史，我甚至都不知道自己姓什么②""即使你的耻辱对我们来说也是一种荣耀，我们只能看着我们的肤色胡猜乱想，至少你知道自己的身世。"③柳泉岛之旅成为他的一次寻根、寻爱之旅。乔治初到小岛，虽然未曾谋面，外祖母黛妈妈就似乎非常了解他。"她从未与他见面，但那无关紧要。她了解这个男孩子。"④她给他剥花生吃，给他灼

---

① HALL R M. Serving the second sun: the men in Gloria Naylor's Mama Day [M]// STAVE S A. Gloria Naylor strategy and technique, magic and myth. Newark: U of Delaware P, 2001: 77-96. p.90.
② NAYLOR G. Mama Day [M]. New York: Ticknor & Fields, 1988: 129.
③ NAYLOR G. Mama Day [M]. New York: Ticknor & Fields, 1988: 219.
④ NAYLOR G. Mama Day [M]. New York: Ticknor & Fields, 1988: 170.

伤的肩膀上涂擦膏油。小说刻画的南方家园乌托邦"颂扬了爱和魔力"①，爱的回归代表着情感世界的回归和文化身份的复位。这与内勒第二部作品《林顿山》中北方城市里的非裔美国人的无根与疏离状态形成了强烈的对比。北方大规模的商品文化社会造成了黑人的异化和黑人内部关系的恶化，割断了人与人之间、男人与女人之间的情感关系，扭曲的性观念和婚姻观导致夫妻关系扭曲，亲子关系崩溃，人与自我疏离。内勒通过柳泉岛这个虚构的乌托邦世界表现了未来生活环境的理想景象。"田园乌托邦视大自然拥有再生的力量，人们在这里精神愉悦，心智得到健全发展，人类的行为回到原始本能状态。"②可以发现，柳泉岛无论在工作习惯，还是娱乐生活方面都表现出了一种"身心融合"③。柳泉岛是一个以黑为美的纯黑人乌托邦社区，与大陆白人价值观相迥异，黑肤色人群在岛上备受尊重与爱戴，珂珂常常为自己的浅肤色感到自卑，每年回家度假她都特地买黑色的打底液遮掩自己的皮肤。

通过描摹一幅田园风景画，内勒反衬了工业资本主义的弊病和城市文明的弊端，以及给以乔治为代表的北方黑人带来的精神困扰，希冀以此来弥补物质文明的不足，填补黑人心灵上的缺憾。小说中的这个似真似幻的中间地带"体现了对乌托邦家园的追寻"④，这个乌托邦家园逾越了人为的限定，鼓励读者在更广阔的地理空间之内进行深入思考。

3. 黑人文化传统的回归

柳泉岛"象征着黑人文化传统"⑤。作为社会的弱势群体，美国黑人在长期的奴役中接受了白人的意识形态而消磨了自我，但黑人文化传统让他们重新认识自己，肯定自我，传达出作家回归黑人传统的乌托邦思想。

---

① CLEAGE P. Gloria Naylor [M]// MONTGOMERY M L. Conversations with Gloria Naylor. Jackson: University Press of Mississippi, 2004: 65-69.p.65.

② Pfaelzer J. The utopian novel in America, 1886–1896: the politics of form [M]. University of Pittsburgh Pre, 1985.p.68.

③ THARP J. The maternal aesthetic of Mama Day [M]// STAVE S A. Gloria Naylor strategy and technique, magic and myth. Newark: U of Delaware P, 2001: 118-131.p.127.

④ MONTGOMERY M L. The fiction of Gloria Naylor: house and spaces of resistance [M] Knoxville: University of Tennessee Press, 2010: 38.

⑤ 嵇敏. 美国黑人女权主义视域下的黑人女性书写[M]. 北京: 科学出版社, 2011: 294.

柳泉岛有自己的传统宗教——伏都教（voodoo）。伏都教是来自达荷美的一种西非宗教，一种包括巫术、神话、迷信、文学、艺术等因素的黑人原始宗教，是非裔美国人对抗基督教强加的精神奴役与钳制的一种反种族主义的武器。《黛妈妈》中描写了会施巫术的黑人女奴萨斐拉·瓦德的传奇人生故事。"她皮肤像丝绸那样光滑发亮、浅黄色中透出佐治亚般的红色……她在雷电暴雨中行走也不会触电；她把闪电一把抓住手里；用闪电的热气来给药罐下面的炉子生火。"[1]萨斐拉的这种本领遗传给了她的子嗣，其中，黛妈妈就能施展巫术，拥有治病消灾的自然魔力，她的妹妹阿尔碧盖也具有看天相、预测风暴的神奇异能，还能破译大自然的密码。伏都教也具有神奇的功效，鲁比怀疑珂珂与自己的丈夫有暧昧之情，给珂珂施了巫术，致其生病。黛妈妈知道珂珂的病是鲁比施魔法所致，随即用伏都教巫术给珂珂治疗。

岛上岛民不仅有黑人的传统宗教，小岛还未受大陆白人文化尤其是消费文化和商品拜物主义的侵染，岛民恪守着自己的黑人文化，拥有自己的传统节日和丧葬仪式。黑人来到美洲后在地域上失去了与非洲古老文明的联系，而种族歧视又使得他们无法被西方文明所接纳。一则他们没有机会接触西方文明的精髓，二则物质主义、种族歧视无形中侵蚀着他们的文明传统。但在柳泉岛这个中孤岛上，岛民有幸坚持自己的文化传统，保证了岛内文化和社会习俗的完整性和延续性。他们拥有自己的传统节日，白人过圣诞节，可他们在12月22这天过自己的节日，即"秉烛游行"（Candle Walk）节。先祖萨斐拉在杀死白人丈夫之后，成功逃离了刽子手的绞索，如同莫里森笔下的人物所罗门一样，飞回了故土非洲。为了纪念萨斐拉，后人就在她逃离的那一天，秉烛夜行，蜡烛会点亮整个小岛上空，照亮她飞回非洲故土的道路。一直以来，非裔美国人认为自己没有历史，从贩卖奴隶的船只登陆美洲大陆的那一天起，黑人的历史就终结了，取而代之的白人的历史。但岛上这一传统节日让岛民认识到在美洲的悠久历史，通过铭记历史，重拾自尊与生活的信心。小岛不仅有自己的节日，还有不同于

---

[1] NAYLOR G. Mama Day [M]. New York: Ticknor & Fields, 1988: 3.

第四章　20世纪60—80年代的非裔美国乌托邦书写

白人的独特丧葬仪式(standingforth)。譬如在小凯撒的葬礼上，邻居们走向他的灵柩，跟他讲述往事，"你喜欢我的玩具哨，是吧？"杂货店老板问他。"好，等下次见你时，你该到我店里给你的女朋友买银耳环了。"[①]同基督教葬礼追思逝者不同，这里的人们信奉灵魂不死，死去的亲人可以将来再回到人间。"人与祖先亡灵之间也保持着密切的交流对话，而跟亡灵交流和祖先崇拜是非裔田园传统的一个重要方面"[②]，每年一度的"秉烛夜行"是岛民跟祖先保持密切关系的一个重要方式。小说中最后，乔治的妻子被施以巫术，黛妈妈希望乔治与她合作，共同驱除珂珂的病魔，在北方工业城市长大的乔治，完全不相信巫术，他更信医生，所以迫切地想带珂珂去大陆接受治疗。乔治带着疑惑的情绪，没有听黛妈妈的话，在鲁莽之中破坏了巫术程序，导致心脏病突发而亡。临死之前，他认识到了伏都教的威力，他对伏都教态度的转变代表了白人文化对黑人传统文化的认同。南方之旅让乔治认识了自我，了解了自己的文化，乔治沉浸在大家庭的集体文化当中，找回了失落的文化身份。小说的最后，虽然他的肉体已经死亡，但他的精神并没有"死亡"，他找到了自己的精神家园。

乌托邦概念承载着作家面对社会、面对人类的思想价值观，也是作家各自所处时代精神理想的折射。内勒刻画了一个远离白人传统和白人价值观，保留着自己独特的非洲传统文化的海岛田园乌托邦，表达了她对种族歧视现实的不满和对完满生存的憧憬。针对黑人在美国的生存状态问题，内勒在一次访谈中提及，黑人的同化是极其危险的，在美国是不现实的，黑人要争取自己的权利，在民族文化立场上也应如此，黑人文学要呈现黑人历史，表现黑人的切实经历[③]。这说明，非裔美国乌托邦既要继承西方文学传统，更要通过呈现民族集体历史与经历的方式来表达黑人的民族情感。通过《黛妈妈》中海岛田园乌托邦书写，内勒以乔治的眼光呈现了一个全新的另类世界，展示了海岛柳泉岛上独特的政治、经济、文化、生活

---

① NAYLOR G. Mama Day [M]. New York: Ticknor & Fields, 1988: 269.
② MBITI J S. African religions & philosophy [M]. Oxford; Portsmouth, N.H.: Heinemann, 1990: 25.
③ BELLINELLI M. A Conversation with Gloria Naylor [M]// MAXINE L M. Conversations with Gloria Naylor. Jackson: UP of Mississippi, 2004: 105-110. p.108.

方式与传统习俗。虽然小说没有采用海岛乌托邦传统中的模式来描述主人公漂流到某个岛屿上，但是小说还是采用了乌托邦文学中传统旅行模式的空间转换，以主人公观察者的身份呈现了海岛乌托邦的社会制度与组织结构模式，这与传统乌托邦文学中的海岛乌托邦是一脉相承的。当然，与传统海岛乌托邦对理想社会进行纯粹的憧憬不同，非裔美国海岛乌托邦也呈现出了自己的特色，将本民族的历史、神话和宗教等糅合进海岛乌托邦的想象当中，表达了非裔美国人对非洲传统和母权社会的依恋，对北方现实世界和对父权制的批判。它结合本民族的历史，将"海岛区"这一独特的中间地带糅合到黑人乌托邦想象当中，表达了黑人强烈的民族情感。

总之，小说利用田园文学传统的主题，具有极大的艺术张力。北方现代都市是喧嚣，而南方乡村则保持了原初状态，是未被污染的田园乌托邦，海岛乌托邦解构了建立在美国梦和现代工业上的乌托邦构想，批判了城市化、工业化和商业化的现代化进程对黑人人性的扭曲和异化。作为一种希望的力量，内勒笔下的海岛田园乌托邦成为黑人冲破异化的积极动力。

第三节　《黛妈妈》与美食乌托邦

国际文学美食之父特萨瓦林（1755—1826）曾有一句至理名言，"告诉我你吃什么，我能告知你是谁"。的确，饮食的选择能反映出个体年龄、性别、身份、职业和信仰等方面的差异。然而，饮食不仅能反映个体差异，食物还镌刻着历史与文化密码，反映出一个民族的文化倾向和审美向度。非裔美国人的历史交织着种族主义、经济压迫和性别歧视，几百年来由于历史、政治、经济等多方面的原因而饱受种种奴役和压迫，难以解决温饱问题，长期以来被经济匮乏、生理饥饿和营养不良所困扰。饥饿成为萦绕在非裔美国人心头挥之不去的阴影，因而食物的意义显得格外重要，

"有关食物和食物的仪式对于非裔美国人来说是非常重要的"①。非裔美国文学作品中关于食物意象的描写比比皆是,非裔美国人对食物有着无法割裂的情结。

黑人女性跟食物和厨房之间存在着天然的联系,食物书写是非裔美国女性文学要呈现的一个重要方面。《黛妈妈》中蕴含有大篇幅的食物描写,通过食物与美食乌托邦的呈现,作家试图表达自己对南方传统食物的情感,传达自己的政治立场和社会思想。下面将以美食乌托邦为切入点,对《黛妈妈》一书中的美食乌托邦进行深入探析,揭示食物背后隐藏的政治寓意与文化内涵。

一、美食乌托邦及其政治功能

首先,何谓美食乌托邦?乌托邦是一面镜子,反映了乌托邦作家所处时代的社会需求和人们的整体要求。如吉乌迪西(Giudice)所言,"鱼米之乡恰恰是对饥饿之所的反映",即美食乌托邦是对饥饿与贫困的直接回应。流淌着"牛奶和蜂蜜"的富饶之地恰恰是穷苦大众对富足生活的神往。②

根源上讲,美食乌托邦源于安乐乡(The Land of Cockaigne)的传说。资深乌托邦理论家莱曼·萨金特(Lyman Sargent)这样概括性地描述安乐乡,它是一个"有广阔的河流和细油、牛奶、蜂蜜和葡萄酒"的地方,"那里盛产各种水果,拥有所有的喜悦和甜蜜的慰藉"③。实际上,在欧洲,安乐乡是中世纪幻想的奢华安逸之地,从12世纪一直到16世纪,这一洞天福地一直被广为传颂,曾出现过众多安乐乡文本。在《安乐乡之梦》一书中④,何尔曼·普莱(Herman Pleij)列出了三个不同的版本,虽然有很

---

① BOBO J. Black feminist cultural criticism [M]. Massachusetts: Blackwell Published Ltd, 2001: 17.
② DEL GIUDICE L. Mountains of cheese and rivers of wine: Paesi di Cuccagna and other gastronomic utopias[M]// DEL GIUDICE L, PORTER G. Imagined states: nationalism, utopia, and longing in oral cultures. Logan, Utah: Utah State University Press, 2001: 11-63. p. 12.
③ SARGENT L T. Utopianism: a very short introduction [M]. Oxford: Oxford University Press, 2010: 15.
④ PLEIJ H. Dreaming of Cockaigne: medieval fantasies of the perfect life [M]. Trans. Webb D. New York: Columbia University Press, 2001.

多差异，但基本特点类似：（1）安乐乡是食物乐园，安乐乡里的大多建筑都是由食物构架而成的，可以直接拿来食用。譬如，房子是用麦糖和蛋糕做成的，香肠作围墙，鲑鱼和鲟鱼作门窗，黄油作梁，肉馅饼或脆饼作家具器皿，七鳃鳗作树篱，街道用糕饼点缀并铺满了香料，等等。（2）安乐乡的人只要张嘴，美食佳酿就会源源不断到来，不费吹灰之力。所有的美味动物如野兔、鹿都等着被抓，已经烤熟的乳猪，背上插着刀叉，在人们面前跑来跑去，只要饿了就能轻松饱餐一顿，其他的家禽鱼类自愿用作烧烤的原材料。（3）安乐乡是美好的天然乐园，天气温和湿润，四季如春，植物茂盛，果实累累。（4）安乐乡还是理想的生活家园，安乐乡里财产公有，常有节假日，农民可以懒散地躺在地上睡大觉，睡觉最多的人得奖，相反，工作的人会受到惩罚；安乐乡里没有争论，没有敌意，没有权威的辖制，没有道德的拘束，享有充分的性自由，青春永驻。安乐乡的人们，没有饥饿与贫穷的困扰，与日常生活中的饥饿、劳作与暴力形成对比。在中世纪的欧洲，安乐乡的幻想是缓解生活压力与烦恼的一种手段，它给生活在贫困线上备受压制和剥削的中世纪农民或下层人员一丝丝心理上的慰藉。安乐乡的文学想象在不同的国家与民族中都有体现，虽然称谓有所不同，但都相当普遍持久，成为常见的文学表达现象，在法国、英国、意大利、西班牙、葡萄牙和荷兰都有不为社会现实所压制、以享乐原则为宗旨的神话般的地方，安乐乡的不同变体有德国的煎饼山和农民天堂，瑞典的包子的土地，爱尔兰的游乐的平原，等等。尽管不同文化中有不同的变体，安乐乡始终是"穷人和饥饿者的乌托邦"[①]，映射出穷苦人民对丰足食物的强烈愿望与渴求，后来经过时代变迁，安乐乡的具体内容有所差异，但安乐乡都保持了神话的本质，追求物质满足和社会平等永远是安乐乡的内核。

安乐乡的传说故事渗透在非裔口语传说中，成为非裔美食乌托邦重点表现的内容。对非裔美国人而言，从他们抵达大西洋彼岸的那一刻起，到后来的种植园奴役和佃农时期，再到后来大迁徙运动时期，饥饿贫穷一直

[①] RAMMEL H. Nowhere in America: the big rock candy mountain and other comic utopias [M]. Urbana: University of Illinois Press, 1990: 38.

是萦绕他们的难题,解决饮食温饱始终是首先要解决的问题。在文学作品中,非裔美国人有着强烈而复杂的饥饿情结,对美食乌托邦的想象是他们的生活得以延续下去的一种方式。在"美食乌托邦:非裔美国传说中政治饥饿的遗产"一文中,苏珊·霍尼曼(Susan Horniman)认为饥饿是处于边缘地位的非裔美国群体在其民间传说和文学中传达出的一个共同的政治主题,"其频繁的食物隐喻传达出对物质、精神和政治满足的渴望"[1]。许多非裔作家从饥饿中汲取创作素材与灵感,由此成为非裔美国文学中一道不容忽视的暗流。

美食乌托邦在黑人民间传说、故事和歌曲中都有所体现,20世纪初期在美国南方各州之间广泛流传,表达出贫困黑人对另外一个社会秩序的想象,其中较为有名的是老爹华的传说。

> 这是一个不须劳作、不用担心人类和野兽的地方。一个非常宁静的地方,路边石都可以作休憩的椅子。食物已经做好。如果旅行者饿了,他需要做的就是坐下来,稍等片刻,他就会听到叫声,'吃我!吃我!吃我!'眼前出现一个大烤鸡,两侧插有一副刀叉,他可以尽情享用。随后接着会出现下一个想吃的食物,一个中间插有一把刀子的超大红薯饼会推到他面前,他可以切一块享用,依此类推……[2]

20世纪30年代美国大萧条期间,经济低迷使许多生活在大城市里的黑人失业,广受欢迎的"红薯山"和"大冰糖山",同老爹华的传说有异曲同工之妙,反映出底层黑人对充足食物的渴望,对美食乌托邦的遐想反映了非裔美国人自身恶劣的生存环境以及对改善生活质量的无限渴求。

二、《黛妈妈》的美食乌托邦表征

《黛妈妈》作为对现实的系统性反拨,描摹了一个美食乌托邦——柳泉岛。生活在北方城市里的黑人因经济条件差而饱受生理饥饿,因饱受种

---

[1] HONEYMAN S. Gastronomic utopias: the legacy of political hunger in African American lore [J]. Children's literature, 2010, 38(1): 44-63. p.48.

[2] 转引MINTON J. Cockaigne to Diddy Wah Diddy: fabulous geographies and geographic fabulations [J]. Folklore, 1991, 102 (1): 39-47. p.40.

族歧视而遭受精神饥渴，因精神困顿而产生的对爱的渴望。

《黛妈妈》小说中描绘的美食乌托邦与上述描述的黑人传说可能有所不同，但都体现了对物质和精神家园的追求。学者奥佩认为美食乌托邦有不同的表现形式，"有的描绘青翠的风景，充盈着水果和可食用的野生动物；有的言说丰富的自然，其中的人们处于极乐状态，过着和谐的生活"①。柳泉岛的自然特征描述符合美食乌托邦的特征，小说中的柳泉岛俨然一副世外桃源的景象。

> 林子里欢声笑语，孩子们在追逐嬉戏……蝴蝶是一个良好的征兆，这是一个极佳的夏天。不用等人去垂钓，石首鱼和鳎鱼会自己跳进船里。喇蛄和牡蛎一角钱一百个，螃蟹有两个巴掌那么大。没有人生病，每个人都在工作。园子长势极好。如果不是人的天性使然，喜欢抱怨，柳泉岛上每个人都可以说活得很开心。②

按照奥佩描述的特征，柳泉岛是美食乌托邦，原因如下：（1）柳泉岛拥有大自然的恩泽，如片片的树林，茂盛的植物；母鸡刚下的鸡蛋，蜜蜂刚酿造的蜂蜜，都会直接成为餐桌上的美食。（2）柳泉岛拥有丰富的海洋生物，如鳎鱼、牡蛎、螃蟹和龙虾等，每到夏天，鱼儿都会自动蹦到船上，不用等人去垂钓。这里的美食乌托邦意象与圣经中乐园的意象相吻合，圣经创世纪指出，所有的动物都要听从于人类，作人类的食物。柳泉岛上物产资源非常丰富，岛民享受着大自然赐予的恩泽。（3）柳泉岛上没有白人的种族歧视和压迫，没有生活的艰辛和劳顿，人民安居乐业，过着和谐稳定的生活，享受着精神和政治的满足。

柳泉岛是美食乌托邦，不仅由于小岛拥有丰富的天然资源，还由于人为努力创造的结果。小说特别提到绿油油的园子。园子作为历史的产物一直存在于大多非裔美国人社区中并被保留了下来③。奴隶制时期私人奴

---

① OPIE F D. Hog & hominy: soul food from Africa to America [M]. New York: Columbia University Press, 2008: 49.
② NAYLOR G. Mama Day [M]. New York: Ticknor & Fields, 1988: 48.
③ WHIT W C. Soul food as cultural creation [M]// BOWER A L. African American foodways: explorations of history and culture. Urbana: University of Illinois Press, 2007: 45-58. pp.47-48.

第四章　20世纪60—80年代的非裔美国乌托邦书写

隶园子相当普遍，奴隶主配给的食物不足以让奴隶填饱肚子，为了避免奴隶偷盗事件的发生，奴隶主常规划出一片偏远或闲置的土地供奴隶作私人园子，奴隶可以在自己的园子里种植一些蔬菜或农作物以弥补奴隶主食物供给不足的问题，出产的农产品还可以满足奴隶主的部分生活需求。园子是黑人食物和营养供给的主要来源，管理园子也是黑奴发挥自身创造力、获得成就感的重要手段。小说中的柳泉岛上，家家户户都有自己的园子，岛上居民勤劳能干，充分发挥自己的种植才干，将园子打理得井井有条，长势良好的园子预示着秋天的大丰收。这种丰收的喜悦最能在每年十二月份的"秉烛游行"之夜体现出来，届时乡亲们将自己地里出产的东西馈赠给柳泉岛之母——黛妈妈，"大量的白菜、西红柿、洋葱和甜菜，许多果酱、果冻、泡菜，还有牛肋肉、成桶的鱼肉、接骨木酒（这么多的酒都能拿来游泳了），姜蛋糕就不用说了，还有姜饼干，布丁"[1]。作为连接历史的纽带，柳泉岛上私人园子的盛行体现了柳泉岛作为黑人精神家园的历史归属感。

　　柳泉岛上出产的食物不仅丰盛，在营养价值和口感方面都要优于大都市里的快餐。小说的女主人公珂珂在纽约待了几年之后，发现城市里的食物无论是在味道上还是营养上根本没法与祖母做的饭菜相提并论。在纽约这样的地方，"切蛋糕和馅饼时不会有蛋糕或面包屑，哈密瓜和蜜瓜里没有汁……一切都是按流水线营养来设计的"[2]，城市里的食物失去了原本的味道，也让黑人丧失了家园归属感。相反，柳泉岛出产的东西却让人流连忘返，西红柿"又重又红"，富含"纯糖"果汁[3]，甜美的西红柿让珂珂不停地回味。珂珂的丈夫乔治在纽约长大并一直生活在纽约，在品尝了珂珂从家里带来的"用香菜、百里香、罗勒叶、鼠尾草叶和龙蒿等做成的调味品"[4]之后，对柳泉岛的调味品产生了眷恋感，再也不想吃他的"盐替代

---

[1] NAYLOR G. Mama Day [M]. New York: Ticknor & Fields, 1988: 108.
[2] NAYLOR G. Mama Day [M]. New York: Ticknor & Fields, 1988: 13.
[3] NAYLOR G. Mama Day [M]. New York: Ticknor & Fields, 1988: 200.
[4] NAYLOR G. Mama Day [M]. New York: Ticknor & Fields, 1988: 158.

品"①了。

　　柳泉岛这个美食乌托邦不仅出产丰盛和营养价值高的食物，更有富足的"灵魂食物"（soul food）。食物是黑人的群体象征和文化表达，"在整个非裔美国历史上，食物已经超出了物理意义上的含义，是黑人保存非洲遗产的鲜有手段之一。"②对非裔美国人而言，"灵魂食物"是极具文化特色和极富文化传统的食物。20世纪60年代末期，随着黑人权力运动的不断高涨，针对奴隶制度下黑人没有自己文化传统的论断，建立一种革命艺术的要求呼之欲出，于是，黑人大众文化中，"灵魂"成为当时最时髦的一个词语，这个盛极一时的词汇常被用来描述跟美国黑人文化相关的一切事物。黑人民权运动家及权力政治运动的文化先锋埃米尔·巴拉卡（Amiri Baraka）在1962年发表的一篇名为"灵魂食物"的文章中首次使用了这个术语，将南方黑人传统的日常食物称为"灵魂食物"，由此"灵魂食物"走入公众视野，成为黑人传统文化的一大特征。但"灵魂食物"的起源其实可追溯至非洲，西非食物随着奴隶贸易的持续而传到美国，成为黑奴的主食。后来在南方种植园时期，奴隶主经常给黑奴剩饭剩菜或最差的食物，所配给的食物不足以吃饱，奴隶只得找寻一切能吃的东西来填饱肚子，做饭用的大多是猪油，吃的主食是玉米面、玉米片，蔬菜是萝卜、甜菜、羽衣甘蓝、水芹、芥菜等，肉类包括奴隶主丢弃不吃的部分，如猪内脏、猪蹄、猪耳朵、猪脖子、牛尾、牛肚等，加入洋葱、大蒜、百里香、月桂叶等作为增味剂，当然，许多奴隶也从事捕鱼或狩猎，获取鱼类或浣熊、松鼠、乌龟、兔子、水鸟等野味，以补充配给食物的不足，妇女们往往用篝火炖一锅大杂烩。

　　奴隶制度被废除之后，佃农时期的非裔美国人依然挣扎在贫困线上，他们的饭菜仍由最便宜的食物原料做成，于是"灵魂食物"的传统被一直延续了下来。猪油炸蔬菜、黑眼豌豆、玉米面包等经常被视为最接近南方特色的食物，"灵魂食物"反映出"在社会条件不利的情况下，奴隶自己

---

① NAYLOR G. Mama Day [M]. New York: Ticknor & Fields, 1988: 158.
② MENDES H. The African heritage cookbook [M]. New York: Macmillan, 1971: 11.

第四章 20世纪60—80年代的非裔美国乌托邦书写

发明食物，解决营养不良问题，彰显民族或种族身份"[1]。"灵魂食物"作为历史的见证，深深地融入了黑人的血液当中，被视为耻辱的南方食物在民权运动期间成为黑人文化的骄傲，并被大为推崇，"灵魂食物"在南方农村地区的黑人群体中是很普遍的食物。

柳泉岛上的"灵魂食物"是传承黑人文化的桥梁，是联结记忆、家庭与集体的纽带。大迁徙运动期间，很多南方黑人迁移到北方城市，生理饥饿和精神饥饿是不可磨灭的伤。面对新的生存环境，他们还要适应快节奏的城市生活，耗时的食物烹饪成为一种奢求，适应了北方食物的黑人不时地对南方的文化符号——"灵魂食物"有着强烈的怀旧感。食品在非裔美国文化中具有很强的政治性，吃"灵魂食物"成为迁移到北方的美国黑人保持其民族之根的特殊方式。小说中的珂珂初来纽约时，面对纷繁芜杂和变幻莫测的城市，心里充满了焦虑与恐惧，在纽约待了七年之后，这种感觉不仅没有衰减，反而愈演愈烈，一个重要的外在表现就是她喜欢将不同种族的人物化，将其比作食物。譬如，她将人称呼为"樱桃香草、甘草、奶昔、金橘"[2]"百吉饼、西葫芦和炸玉米饼"[3]；还称乔治为糖果，"外表是黑色的，内里是白色的"[4]，的确，乔治虽是黑人，却内化了白人的价值观。珂珂还宁愿乔治称呼自己为可可豆，也不愿他称呼奥菲莉娅这个抒情的名字。通过将人与食物进行联结，拉近了她与南方家园的心理距离，增强了她对家园的依恋情感。而丈夫乔治从小就是孤儿，从小与南方传统黑人文化相疏远，生活在大城市的乔治从来不信任"混合在一起的食物"，如"汤、炖菜、酱料"，他希望"土豆是土豆，肉是肉"，所以在餐馆，他只吃"清汤、米饭和烧烤排骨"[5]。南方奴隶制时期，烹饪器皿和做饭条件有限，很多食物是混杂在一起或煮或烹饪的，所以混杂性是"灵魂食物"的一大特点。乔治对混杂食物的不信任反映了他与传统黑人物质

---

[1] WHIT W C. Soul food as cultural creation [M]// BOWER A L. African American foodways: explorations of history and culture. Urbana: University of Illinois Press, 2007: 45-58. p.55.
[2] NAYLOR G. Mama Day [M]. New York: Ticknor & Fields, 1988: 20-21.
[3] NAYLOR G. Mama Day [M]. New York: Ticknor & Fields, 1988: 62.
[4] NAYLOR G. Mama Day [M]. New York: Ticknor & Fields, 1988: 63.
[5] NAYLOR G. Mama Day [M]. New York: Ticknor & Fields, 1988: 4.

食粮——"灵魂食物"之间的隔阂，与民族之根及文化精神家园的疏离；对"灵魂食物"的厌恶让他的饮食习惯不佳，导致体内胆固醇一直攀升。相反，珂珂对"灵魂食物"则拥有一种天然的特殊情感，她对这种食物眷恋有利于承袭黑人文化传统，也有助于帮她树立健康的心理和建立良好的人际关系。每次回柳泉岛，珂珂都酷爱"灵魂食物"，增重几磅不在话下。

　　柳泉岛上"灵魂食物"种类繁多，丰盛富足，反映出非裔美国人对精神和政治饥渴的满足。北迁黑人在政治上遭受白人的种族隔离和种族歧视，虽然很多黑人中产阶级通过努力获得了一定的经济地位，无法融入主流社会的苦闷和政治上的不得意让他们郁郁寡欢，而南方柳泉岛上富足的"灵魂食物"一定程度上满足了他们的精神饥渴。当珂珂和丈夫乔治回到岛上，外祖母黛妈妈和姨祖母米兰达用丰盛的灵魂食物迎接两人的归来，专门烹饪传统的南方食物，有"果酱蛋糕""椰子蛋糕"[①]，还有加了"鼠尾草、迷迭香调料的烤猪肉"[②]，以及"和了粗面粉的石首鱼和黄油饼干"[③]，等等。夫妻俩在岛上逗留期间，祖母俩决定举办一次晚会，让初来乍到的乔治结识一下亲朋好友，祖母俩特地自制了具有特殊寓意的桃子馅饼。各种水果做的酥皮馅饼，如橙子、桃子和苹果馅饼等，都是传统的南方食谱，是家庭聚餐或集体聚会的必备食品[④]。这些天然绿色食品是黑人文化的内在营养，是黑人寄托怀念和传达田园美好生活渴望的重要手段。小说中的桃子馅饼就是其中一个"熟悉的或其他集体聚会的旧符号"[⑤]。此次宴请与内勒第二部小说《林顿山》（Linden Hills）里温斯顿的婚礼晚宴形成鲜明的对照，尽管北方都市中温斯顿的婚礼在豪华的酒店里举行，婚礼上有花哨的结婚蛋糕，但奢华的晚宴显得冷冷清清，出席的宾客也很淡然，

---

① NAYLOR G. Mama Day [M]. New York: Ticknor & Fields, 1988: 37

② NAYLOR G. Mama Day [M]. New York: Ticknor & Fields, 1988: 37.

③ NAYLOR G. Mama Day [M]. New York: Ticknor & Fields, 1988: 197.

④ YENTSCH A. Excavating the South's African American food history [M]// BOWER A L. African American foodways: explorations of history and culture. Urbana: University of Illinois Press, 2007: 60.

⑤ DRIELING C. Constructs of "home" in Gloria Naylor's Quartet [M]. Würzburg, Germany: Knigshausen & Neumann, 2011: 85.

整个晚宴却丝毫没有温情的气氛。与之相反，在传统"灵魂食物"的映衬之下，柳泉岛上晚会的整体气氛欢乐融洽，人们热情好客，让生活在北方精神荒野里的乔治感到家的温暖和心灵的皈依。

在柳泉岛这个美食乌托邦盛行的各种"灵魂食物"中，鸡肉是一个重点呈现的符号，它的频繁出现蕴含着特殊的意义。鸡在非裔美国生活中扮演着很复杂的角色，与非裔美国人有着天然的联系。鸡，又称"福音鸟"，是传统的"教会食品"[①]。黑人对鸡肉的酷爱源于蓄奴制早期，由于生活条件艰苦，鸡肉往往是黑人中间最流行的美食大餐；佃农时期，黑人妇女经常养鸡换钱补贴家用，因此她们对鸡持有特殊的感情；后来在黑人大规模北迁的路途中，鸡肉是出行的首选食品，鸡"在非裔美国人旅行叙事当中是一个重要的身份象征符号"[②]。无论从鸡的营养价值还是非营养用途来看，它"一直是并且仍然是非裔美国文化的一个明显标志"[③]，是维持社会与文化的纽带，在非裔美国人社区中都起着重要的作用。然而，鸡也常被赋予阶级内涵，美国内战之后，种族主义分子对获得人身自由的黑人持有仇恨情绪，常将黑人与鸡联系起来，称呼黑人为"偷鸡贼"[④]，贬低黑人的社会地位。鸡是下层黑人的主要肉类食物，在非裔美国人努力争取公民身份和被美国社会接受的过程中，黑人对鸡肉这种特殊的食物充满了矛盾。由于吃鸡被认为是等级低、社会卑微的标志，在争取美国公民权利与社会认可的过程中，很多黑人中产阶级成员努力摆脱掉吃鸡的饮食习惯，以此提升自己的社会地位[⑤]。小说《林顿山》中，一些黑人中产阶级都刻意将自己与传统的南方饮食习俗分割开来。譬如，处于下层阶级的威利到居

---

① WILLIAMS-FORSON P A. Building houses out of chicken legs: black women, food, and power [M]. Chapel Hill: University of North Carolina Press, 2006: 136.

② WILLIAMS-FORSON P A. Building houses out of chicken legs: black women, food, and power [M]. Chapel Hill: University of North Carolina Press, 2006: 133.

③ WILLIAMS-FORSON P A. Building houses out of chicken legs: black women, food, and power [M]. Chapel Hill: University of North Carolina Press, 2006: 136.

④ WILLIAMS-FORSON P A. Building houses out of chicken legs: black women, food, and power [M]. Chapel Hill: University of North Carolina Press, 2006: 62.

⑤ WILLIAMS-FORSON P A. Building houses out of chicken legs: black women, food, and power [M]. Chapel Hill: University of North Carolina Press, 2006: 7.

住在资产阶级社区的莱斯特家中做客，莱斯特的母亲招待威利时说，"今晚我们吃的是穷人的食物——只是炸鸡"[1]，当威利热切地说，"我喜欢炸鸡"时，莱斯特的母亲接着说，鸡是"农民"的"普通食品"[2]。在此，她故意打破南方黑人炸鸡、土豆泥、肉汁加蔬菜的传统吃法，在土豆里加入奶酪和红酒酱，借以"提升"自己的饮食品位。黑人中产阶级通过调整自己的饮食习惯与传统烹饪方式，凸显自己的中产阶级地位，但为此也付出了沉重的代价，与自己的传统黑人传统文化渐行渐远。与此相反，《黛妈妈》中，外祖母在柳泉岛上养了很多鸡，每当珂珂回柳泉岛老家时，外祖母都要特地为她准备炸鸡或烤鸡。如前所述，鸡肉是家庭餐桌、教堂社交活动、野餐或派对上的必备食物，通过吃鸡，珂珂保留了与传统饮食文化的情感依恋，保持了自己完整的文化身份。珂珂每次回到老家，心灵就有归属感，与那些渴望物质成功或白人社会接纳的黑人相比，珂珂拥有完整的自我，柳泉岛在传承黑人文化方面扮演了重要的角色。

糖蜜是柳泉岛这个美食乌托邦重点呈现的另一个文化符号。糖蜜是南方黑人烹饪文化的突出特征之一。在17世纪和18世纪的美国南方种植园里，甘蔗与棉花、烟草并称奴隶制度下的三大主要经济作物。追溯糖蜜的历史可知，哥伦布第二次环球航行时首次把甘蔗从西班牙带到新大陆，最初在新大陆的圣多明各种植，从地里采集甘蔗和在制糖厂制造糖浆的工作全都由奴隶来完成，从此开创了甘蔗、制糖以及奴隶劳动的先河。在加工的过程中，有些嫩甘蔗经过处理后常被拿来用作牛或马饲料，较熟的甘蔗经煮炼之后被转移到制糖厂进行分离，在缓慢的分离过程中，产生了两种物体：精制结晶糖和糖蜜。其中结晶糖是白色的，价格较高，往往被运到欧洲或北美市场进行出售；糖蜜呈黑色黏稠状，价格较低，部分运往南部各州的贫困地区，大多数糖蜜则保留下来，为种植园的黑奴所食用。在制糖业早期，糖被称为一种特殊的药物、香料和防腐剂，非特权阶层很难食用到这种奢侈品，只有少数人享用得起，所以白糖常"与富人和贵族阶层

---

[1] NAYLOR G. Linden Hills [M]. New York: Ticknor & Fields, 1985: 48.

[2] NAYLOR G. Linden Hills [M]. New York: Ticknor & Fields, 1985: 49.

联系在一起",而糖蜜"与低廉和劣势等联系在一起"①。由此,白糖是白色、权力和地位的象征,而糖蜜则是黑色、次等的标志,白糖与糖蜜之间形成了白与黑,昂贵与低廉的二元对立,影响了美国"普遍存在的社会等级和种族制度的二元关系"②。然而,柳泉岛上居民没有背离黑人传统的饮食传统,通过食用与非裔美国文化密切相关的糖蜜,拒绝美国白人饮食文化意识形态的操控。老一辈的长者坚持使用这种食材,或用作食物,或用作药材。"秉烛夜行"之夜,年轻的柏妮丝制作糖蜜蛋糕,老一辈人惊叹她的进步,欣喜不已,看到年轻人没有摒弃传统的东西,声称"在年轻一代人身上,看到了希望"③。食用糖蜜传达出柳泉岛居民对传统"灵魂食物"的坚守,对传统黑人文化的继承。

可见,作为美食乌托邦的一个现代翻版,柳泉岛是安乐乡的具体表征,盛产丰富、营养价值高的农产品,岛上消除了饥饿与困顿。通过对柳泉岛充足食物的描述,内勒将食物与烹调上升到集体盛宴的高度,构建起黑人饮食特色的地位。更重要的是,柳泉岛居民享有精神、文化和政治上的惬意满足,小说通过大量"灵魂食物"的呈现,体现出柳泉岛是一个精神贫乏者的乌托邦之乡,"集爱、身份与相互偎依于一体,合舒适感、归属感与安全感于一身"④。内勒以食物作隐喻,通过柳泉岛这种想象状态的完美呈现,反映出黑人对乌托邦物质和精神家园的向往。

---

① MINTZ S W. Sweetness and power: the place of sugar in modern history [M]. New York: Penguin Books, 1986: 8.
② WARNES A. Hunger overcome? Food and resistance in twentieth-century African American literature [M]. Athens: University of Georgia Press, c2004: 103.
③ NAYLOR G. Mama Day [M]. New York: Ticknor & Fields, 1988: 112.
④ DRIELING C. Constructsof "home" in Gloria Naylor's Quartet [M]. Würzburg, Germany: Knigshausen & Neumann, 2011: preface

第四节 《布鲁斯特街的女人们》与布鲁斯乌托邦

《布鲁斯特街的女人们》(1982)运用了传统布鲁斯特的叙事技巧,集中展现了北方都市里的非裔美国弱势群体,尤其是下层黑人女性的生存状况。整部小说犹如一曲哀伤的布鲁斯歌曲,带给读者以忧郁的旋律和伤感的曲调,但忧伤中隐含着淡淡的希望和对美好生活的憧憬,体现了对布鲁斯乌托邦的神往。

布鲁斯乌托邦(Blutopia,即blues与utopia两个词的缩写)这个词起源于美国著名的黑人作曲家艾灵顿公爵的同名乐曲,后来格雷厄姆·洛克(Graham Rock)的专著《布鲁斯乌托邦》一书中被理论化和系统使用。本书中,洛克研究了20世纪三位先驱音乐家桑拉、艾灵顿公爵和安东尼·布拉克斯顿的音乐及思想。借鉴社会历史学、音乐学、传记和文化理论,洛克试图挖掘三位音乐家在其书籍、采访及音乐中所体现出的社会和哲学内涵。洛克将这些音乐家拉入非裔美国人音乐和精神传统的网络当中,深入挖掘每位音乐家作品背后的特殊含义及表现主题,最终认为,这些与众不同的艺术家受到音乐和精神遗产的共同影响,不自觉地创造出一个乌托邦式的未来愿景。洛克认为,"音乐是另一种形式的历史……一扇通往'另一种现实'的大门'",布鲁斯乌托邦是"一种带有布鲁斯的乌托邦,沾满记忆的非裔梦幻未来"[1],它融合了两种冲动,即"创造想象地方(应许之地)的乌托邦冲动"与"记忆、见证的冲动"[2]。

一、布鲁斯与乌托邦的内在关联

音乐与乌托邦之间存在内在联系,对二者之间关系进行深入阐释的学

---

[1] LOCK G. Blutopia: Visions of the future and revisions of the past in the work of Sun Ra, Duke Ellington, and Anthony Braxton [M]. Durham, N.C.: Duke University Press, 1999: 3.

[2] LOCK G. Blutopia: Visions of the future and revisions of the past in the work of Sun Ra, Duke Ellington, and Anthony Braxton [M]. Durham, N.C.: Duke University Press, 1999: 2.

第四章　20世纪60—80年代的非裔美国乌托邦书写

者当属德国著名的哲学家恩斯特·布洛赫。布洛赫哲学思想中一个基本的范畴概念是"尚未意识",以此为依托他建立起了一个全新的"尚未"存在体系,其中,对艺术的认知也被纳入他的"尚未"体系当中。在布洛赫看来,艺术呈现的是对"尚未"实现的事物的想象实现,其中,音乐包含着某种超越、开放的东西,比任何其他艺术都更加明晰地表达迄今尚未完成的东西。因此,在所有的艺术形式当中,音乐是"最乌托邦式的"[1],最能表现语言所表达的乌托邦内容,是表现乌托邦功能的最直接、最内在的艺术。

音乐与乌托邦的关系在布洛赫《乌托邦精神》(1918)和《希望的原理》(1959)等著作中被充分阐释。《乌托邦精神》用了一半的篇幅阐述音乐的哲学,将音乐视为一种表现主义艺术,坚信音乐对社会的根本否定能将人从物化的社会存在状态中解脱出来,进入主观内在状态的深处,发展出深刻的主观经验。在《希望的原理》中,布洛赫对音乐功能的认识进一步深化,把音乐理解为是一种真正的表达媒介,一面影射乌托邦图像的镜子,蕴含着未来实现的可能性。"因为音乐将人类永恒的'希望'自身作为讴歌的内容",所以,"音乐是最年轻的艺术,也是最高的艺术","音乐既置身于生活之中,又超然于生活之外,正是凭借这种'内在超越性',音乐创作才最直接地表现作为乌托邦显现的'自身相遇'","音乐是乌托邦意识的显现和尚未形成的现实的象征。"[2]

布鲁斯是黑人音乐的一种,因而也具有乌托邦功能。布鲁斯音乐建立在美国黑人经历的基础之上,产生于美国内战之后的密西西比河三角洲地带的黑人奴隶种植园,源于美国南方黑人在田地里劳动时用以发泄情感、排遣孤寂的劳动号子。布鲁斯音乐取材于非裔美国黑人的真实生活,融合了过去美国黑人奴隶的灵魂乐、赞美歌、劳动歌曲、叫喊等的特点,是一种集中表达黑人独特体验的情感宣泄方式。布鲁斯音乐从灵歌中诞生,是

---

[1] ZABEL G. Ernst Bloch and the utopian dimension in music [J]. The Musical Times, 1990, 131(1764): 82-84. p.83.

[2] 金寿铁. 音乐是最年轻的艺术——论恩斯特·布洛赫的音乐哲学[J].德国哲学,2016(1):199-234+305-306. p.199.

灵感的派生形式之一，代表了黑人体验和音乐的连续性，与灵歌有很多相似之处，也有不少区别。康恩将布鲁斯定义为"世俗的灵歌"，灵歌巩固了为自由而战的社会集体意识，同样，布鲁斯音乐也形成了一种基于非洲的集体意识，注重分享个体苦难和集体情感的宣泄。但布鲁斯音乐与灵歌又有本质的区别。灵歌具有宗教意义，关注与神的关系，具有强烈的宗教性；而布鲁斯则是介于世俗与宗教之间的一种音乐形式的冲动，关注的是具体的现实，具有世俗意义。灵歌歌颂天堂，歌颂上帝，而布鲁斯则植根于世俗的日常生活之中，关注直接的、肉体的黑人灵魂的表达，以直率、辛辣的方式反映黑人在重压下的痛苦、哀怨、愤懑、孤独和抗争等情感。灵歌将天堂等同于自由，热切期盼死后能享受在天国的快乐，希望在来世寻找幸福美好的生活，布鲁斯则希望在此生此世寻找自由。所以，布鲁斯音乐更具批判性，更具乌托邦功能。

　　布鲁斯音乐的乌托邦功能首先源于布鲁斯音乐的安慰特征。音乐具有固有的安慰特征，Blues 一词原指"情绪低落""忧郁"，这种音乐类型被称为"蓝调"，不仅因为它采用了包含"蓝色音符"的音阶，还因为它以无数种方式描述了非裔美国人的社会、精神痛苦与抱负。"伤感、忧郁"原本是一种看不见的内心状态，布鲁斯音乐将其实体化，演唱者用伤感的布鲁斯曲调来表达内心的忧郁，让听众感受到其中的惆怅，从而产生共鸣。长达几个世纪以来，美国黑人一直饱受种族剥削与种族压迫，从广袤的乡村到拥挤的都市流动中更是面临各种社会矛盾与冲突，成为美国主流社会里处于社会边缘被排斥与备受歧视的群体。布鲁斯是由呼叫和反应模式发展而来的直接发出来的呼喊，它所展现的正是处于白人种族主义社会中黑人的切身经历和感受，是黑人重压之下灵魂深处发出心灵的呼唤、不满的呐喊和反抗的声音。作为黑人下层民众的一种情感，一段故事，一种思想状态，黑人通过布鲁斯音乐将自己的苦难表现出来，表达黑人歌者对种族歧视和种族压迫的反抗、对挫折苦难的倾诉等，借以排解忧愁、宣泄苦闷、抒发情感、实现个人身份的认同。

　　布鲁斯的乌托邦功能不仅来自布鲁斯哲学的安慰功能，更在于对未来的期盼以及"从中榨出的一种近似悲剧近似喜剧的奔放激情去抚摸它锯齿状的纹理，并超越它的推动力"①。布鲁斯的情绪是沮丧的，充满了悲情绝望，但关注人际关系中出现的问题或社会性的问题，会提供社会问题的解决方案。听布鲁斯歌曲时，听众不仅想到音乐中所表达的痛苦，也能在歌词中听到希望，找到关于个体和世界的现实答案。布鲁斯是讲故事的歌曲，讲述着奋斗、力量、生存和胜利的故事，以及寻找和传递爱的故事，布鲁斯中往往还含有一种幽默，让人们在面对痛苦时大笑，最终走向自我价值的实现。因此，布鲁斯音乐是黑人发出自己声音的渠道，是表达需求、未来憧憬和对自由民主向往的通道。作为声音美学，布鲁斯成为一种社会化文本以及政治诉求的手段。

格洛丽亚·内勒（Gloria Naylor）在《布鲁斯特街的女人们》里就融合了布鲁斯美学，利用布鲁斯的框架诠释了黑人女性生活的复杂性和矛盾性，提供了一个黑人女性进行文化抵抗的范例，融合了记忆的冲动和想象未来的冲动。接下来将具体分析这部作品中的布鲁斯乌托邦哲学，解析内勒是如何将布鲁斯视为一种有可能破坏现有社会结构的力量，如何利用布鲁斯来想象另外一个不同的世界。

二、《布鲁斯特街的女人们》：一首布鲁斯乐曲

苦难、贫穷、孤独、隔离和死亡等是布鲁斯音乐不可或缺的表现内容，追求轰轰烈烈的爱情和更加美好的生活也是布鲁斯音乐的主题。布鲁斯歌曲代表着集体的悲哀以及战胜它们的决心，通过诠释快乐与痛苦、爱与恨、欲望与情感，布鲁斯深刻地表现了人类共有的美与情感。布鲁斯音乐对黑人，尤其是黑人女性提供了一个避难压迫和种族主义的世界，一种遏制她们的抵抗策略，一种表达自己的痛苦、快乐和抱负的工具。对黑人女性来说，"音乐不仅是一种治愈和治疗的力量，也是一种有效的生存技

---

① 伯纳德W. 贝尔. 非洲裔美国黑人小说及其传统[M]. 刘捷, 潘明元, 石发林, 译. 成都: 四川人民出版社, 2000: 39.

巧"①。黑人女性用自己的语言创造了一种谈论文化和社会现实的方式，营造了一种布鲁斯乌托邦。

《布鲁斯特街的女人们》小说的虚的背景是布鲁斯特街（Brewster Place），正如动词"酿造"（to brew）所暗示的那样，这里是"潮湿、肮脏、嘈杂"的市中心区②，是一个"类似贫民窟的定居点"③。小说由九个章节构成，其中的七个章节围绕生活在一条名叫布鲁斯特街的女人而展开，重点呈现了七个女人的微缩世界。序言和结语分别题名为"黎明"和"黄昏"，内勒在卷首引用了兰斯顿·休斯的名诗歌"梦想延迟会发生什么？"作为整部小说的题词。

小说中的每个故事都以某种方式表述了非裔美国个体和群体梦想被现实阻挡，小说抨击了种族歧视和种族偏见给黑人带来的"亲情荒原、理想荒原和求生荒原"④，揭示了黑人被压抑的悲剧人生，表达了对种族平等和社会公平的强烈渴望。

"黎明"描述了布鲁斯特街的诞生，这条街最初是地方政府和商业利益勾结所产生的"私生子"，一房地产公司所经营的赌场经常受到一位诚实的警察局长的"骚扰"，因此公司董事长希望市议员解雇局长；同时市议员也希望董事长在他表弟的地盘上建一个购物中心。因此，为了满足各自的利益，双方达成了一个肮脏的交易：市议长将解雇警察局长，但董事长除了建立新购物中心，还需要在"一片非常拥堵的毫无价值的土地"⑤上建立四所大楼，以平息因解雇警察局长可能带来的来自当地社区的抗议。

---

① SIMAWE S A. The agency of sound in African American Fiction [M]// Ed. SIMAWE S A. Black orpheus: music in African American fiction from the Harlem Renaissance to Toni Morrison. New York & London: Garland Publishing, Inc., 2000. P. xxii.

② LOUM D. Gloria Naylor's Thewomen of Brewster place (1982): a humanistic novel [M]// Ed. KANDJI M.Women's studies, diasporas and cultural diversity: essays in literary criticism and culture (Collection Bridges 12). Darkar: Darkar UP, 2008: 115-41. p.115.

③ Frias, Maria. "'Taking-no-shit?' Black women's ghetto in Gloria Naylor's The women of Brewster place (1982) and in Ntozake Shange's For colored girls who have considered suicide when the rainbow is enuf (1977). Revista de Estudios Norteamericanos, 1996: 49-56.

④ 庞好农. 非裔美国文学史（1619—2010）[M]. 北京：中央编译出版社，2013: 317.

⑤ NAYLOR G. The women of Brewster place [M]. New York: Penguin Books, 1983: 1.

第四章 20世纪60—80年代的非裔美国乌托邦书写

所以布鲁斯特街的成立不是按市区规划有序建造的社区，而是地方权力和资本集团之间的一场交易。随着经济的繁荣发展，布鲁斯特街的居民看到前途和曙光，但这种希望随之破灭。街道北面的林荫大道是一个主要商业干道，为了缓解主干道的交通压力，在布鲁斯特街的一端砌上了一堵墙，把它与闹市区阻隔开来，布鲁斯特街成为这一决策的受害者，从此这条街成为一条"没有出路"的街道。墙象征了制度化的种族主义势力，将黑人社区的发展隔离于整个经济的发展之外。在种族隔离的社会大背景之下，迁移到北方的南方黑人无法享有优越的经济发展机会，在寻找家园的过程中受到居住隔离和种族不平等等因素的影响，黑人只能待在被政府指定的地方。墙以隐喻的方式代表了性别歧视、异性恋和精英主义，象征着强加于该处所有居民的所有限制[①]。

被墙阻隔的布鲁斯特街呈现出一派贫穷不堪、萧条落寞的景象。这里没有宽阔的林荫大道、没有丝毫发达富裕的气息，呈现出的是灰蒙蒙的建筑、拥挤的公寓、破碎的电梯、开裂的门廊和墙壁、昏暗的走廊、灰色的砖块、堵塞的排水沟、肮脏的垃圾和难闻的气味。小区各家拥挤的房间里满是油腻腻的老碗碟、破旧的窗帘和破损的家具。除了社区的混乱，小说中的垃圾意象进一步烘托出布鲁斯特街的破败。本是社区的看门人，他经常一大清早就坐在小巷里的垃圾桶旁边，一幅衣冠不整，喝得酩酊大醉的样子；社区的孩子们，如科拉·李（Cora Lee）的儿子经常在垃圾桶里找东西吃，流浪猫狗也经常在垃圾桶里翻找残羹剩饭；垃圾桶的垃圾害虫滋生，在夏日里的墙壁上四处乱爬。垃圾意象象征着当地居民肮脏的居住环境。布鲁斯特街是一个废弃肮脏的地方，它的居民多是"没有政治影响力"的黑人底层小人物，在种族隔离的北方城市里，他们是受白人支配的社会弃儿。布鲁斯特街上空天气阴暗，强大的西北风总是在街道上飘，刺骨的寒冷让人不愿出门，这进一步凸显了布鲁斯特街死气沉沉、毫无生气的景象。北方黑人被集体地圈禁隔离在黑人地带里。

布鲁斯特街每位女性的故事都是一曲忧伤的歌曲，控诉着种族主义和

[①] IJEOMA C N. The significance of the wall in Gloria Naylor's The women of Brewster place[J]. BMA, 1999, 4(2): 32-42. p.34.

性别主义对黑人女性的戕害。玛蒂是第一位出场的黑人女性人物。玛蒂年少时生活在美国南方乡村，少不更事，被黑人男子巴什所引诱而怀孕，被弃之后，玛蒂不仅没有得到父亲的同情，反倒遭到父亲一顿毒打。解放后的黑人接受了传统的白人父权制思想，认为父亲对女儿有绝对的操控权，当女儿遭到性侵后，父亲认为自己的家长权威和男性尊严遭到挑战。当女儿拒绝说出孩子父亲的名字时，父亲更是恼羞成怒，将她赶出了家门。玛蒂子然一身，带着私生子来到北方，在北方都市里遭到住房隔离的种族歧视，以"种族为导向"的房地产经营制度要求白人住在白人居住区，黑人住在种族混合区或纯黑人聚居区。玛蒂生活落魄，绝望之中，被伊娃收留，房费分文不收，伊娃死后，玛蒂用平时积攒的钱将伊娃的房子购置下来，过上了相对安定的生活。但生活的安定并没有持续多久，由于玛蒂独自抚养儿子巴西尔，她将全部精力寄托在儿子身上，竭力满足他的各种需求，她的娇惯养成了孩子不负责任的性格。儿子成人之后，没有任何担当，在一次酒吧冲突之中误杀他人，因而入狱，玛蒂不忍儿子遭受监狱之苦，用房子做抵押将儿子保释出来。但儿子却不想再次入狱，戴罪潜逃，一走了之，玛蒂因此失去了房产，变得一无所有，被迫搬进了布鲁斯特街。玛蒂的悲剧来源于生命中的三个男人：情人遗弃、父亲抛弃、儿子离弃让她陷入绝望之境。她的不幸是父权制度下黑人女性深受种族歧视和性别歧视的写照。

小说中埃塔·梅·约翰逊是个桀骜不驯的黑人女性，其生活轨迹截然不同。她是个喜欢冒险的叛逆女孩，敢于直视白人，拒绝"参与一个旨在维护白人优越神话、强化白人霸权的体系"[①]。在反抗白人的性侵害之后，小说没有交代埃塔将遭受何种惩罚，但小说提及的《奇异的果子》这首布鲁斯歌曲。

  南方的树上结怪果，

  血淋淋的树叶与须根，

  风中摇曳着黑人身，

---

① IJEOMA C N. The significance of the wall in Gloria Naylor's Thewomen of Brewster place [J]. BMA, 1999, 4(2): 32-42. p.36.

第四章　20世纪60—80年代的非裔美国乌托邦书写

树间悬挂怪异的果形。

田园风光美上加美，
死去的眼睛歪着的嘴，
栀子的花香令人醉，
烧焦的人肉味突然闻！
乌鸦飞过来啄怪果，
风吹雨打直到黄泥啃。

这首歌讲述的是血腥和死亡的可怕故事，其中提及的苦果即私刑的结果。非裔美国人经常因为微不足道的越轨行为而被私刑处死。这首"奇怪的水果"预示着埃塔可能会受到私刑一样严厉的惩罚，为了避免悲惨命运，她唯一的出路就是逃跑，就这样，她来到孟菲斯、底特律、芝加哥和纽约。然而，北方城市的生活是什么样的？埃塔很快发现"美国还没有为她做好准备——1937年的时候还没有"①。北方作为一种梦想和自由的象征牵引着黑人，然而北方并不是黑人传唱的自由之都，由于没有任何技能，她无法就业，寻找安全稳定生活的梦想彻底破灭。当玛蒂让她找份固定的工作安定下来时，她反驳道："一份什么样的工作？得了吧，玛蒂，我有什么经验？"②由于无力改变现状，她只能凭借自身的性感魅力谋生，虽然形式略有不同，埃塔仍然没能逃脱性奴隶的命运。

埃塔的生活就像她非常喜欢的忧郁的布鲁斯音乐，她有能力对抗种族主义，却被迫在一个纵容男性欲望的世界里卖淫生存。既然无法避免命运，她决定展示自己最好的一面，她的行为有点像托妮·莫里森笔下的秀拉。由于代表了自由精神，她成为黑人女性羡慕的对象，但也成为她们厌恶的对象，因为她是一个"诱惑的耶洗别"或"坏黑人女孩"。这种性神话是白人制造的，目的是让种族主义和性别歧视合法化，成为控制非裔美国女性的工具，然而黑人内化了这种刻板印象，让她在布鲁斯街区里遭受他人的异样眼光。人到中年，她最终厌倦了一切，渴望能有一个安静的

---

① NAYLOR G. The women of Brewsterplace [M]. New York: Penguin Books, 1983: 60.
② NAYLOR G. The women of Brewster place [M]. New York: Penguin Books, 1983: 61.

家，幻想一位有声望的牧师会让她美梦成真。于是，她主动向牧师投怀送抱，认为像牧师这样一个站在布道坛上的圣人可能与她生活中遇到的男人不同，让她远离漂泊和孤独。然而，事实证明，男人都是一样的，在一个廉价的旅馆里，牧师"像一只垂死的海象一样攻击她"，他的"最后一击"[①]把她从幻想带回了现实。一夜情之后，她被拉到一条废弃的大街上，独自走在回家的路上，"她从未如此颓废地走在他们中间。这个身穿一条皱巴巴的裙子、头戴一顶枯黄草帽的中年女子，现在就像一个陌生人"[②]。当她回到布鲁斯特街的时候，布鲁斯特街的那堵墙就像一张跳动的嘴巴，蹲在那里等待她的到来，她只能回归到这个荒凉的地方。埃塔对北部城市经济稳定和社会尊严的梦想再次被推迟。

  小说中黑人梦想延迟的另一个例子是黑人老头本。1953年，本从家乡田纳西州来到北方的布鲁斯特街。最初，他是一个佃农，与妻子和瘸腿的女儿生活在一起，从白人那里租地耕种维持生计，却发现自己永远无法做到收支平衡。为了维持生计，他的女儿去帮地主克莱德先生做家务，本发现女儿遭受白人雇主的性侵害，自己却无能为力。女儿意识到，如果这样，她还不如去孟菲斯做妓女更容易赚钱，于是她消失了，只留下一张纸条。自然，他们之间的佃农合同被毁，妻子也离开了他，本来到布鲁斯特街当起了看门人。本的不幸在于在资本主义的压迫下，他的父权阳刚之气被阉割，解放后的黑人男性继承了白人男性气概标准的同时，并没有得到经济保障机会来发挥他们的男性气概。以佃农制为例，种植园主们竭尽全力去控制自由黑人的生活，在这种新的经济剥削制度下，缺乏资本和土地的佃农几乎只能靠向当地商人贷款生活，而这些商人却收取高额利率。因此，佃农经常陷入巨额债务，屈从于一种新的奴役制度。在这个继续剥削黑人劳力的种族主义经济中，黑人被剥夺了获得财富和权力的经济机会。他的妻子却遵循白人对男子气概的定义而嘲讽他。本的悔恨最终来自他无力采取行动保护他的女儿免受白人主人的性骚扰。他把女儿卖淫的责任推到自己肩上，因为未能保护女儿而自我怨恨。本来到北方，希望能施展自己的

---

① NAYLOR G. The women of Brewster place [M]. New York: Penguin Books, 1983: 72.
② NAYLOR G. The women of Brewster place [M]. New York: Penguin Books, 1983: 74.

男性气概，但本在北方城市的经济状况并没有得到很大改善，他的弱势地位也没有改观。到了北方，刚刚脱离南方耕种土地的佃农身份，由于没有接受过教育，自身的文化水平和技术能力无法适应北方都市发达的机械化、工业化的技术要求，他只能当看门人，住在潮湿、阴暗、污秽的地下室里。在陌生的普遍存在分裂感和疏离感的城市里经常遭受冷漠和怀疑的眼光。作为一个黑人，他学会了保持距离，成为一个孤独和流离失所的南方黑人儿子。由于经济上的劣势和种族上的歧视，他在北方城市并没有实现他的男子气概。

同性恋女孩洛琳为本提供了一种实现男子气概的机会。本把洛琳视为"代理女儿"和纠正他过去的错误的机会，而洛琳也渴望从他那里找寻失去的父爱。就这样，他们互相扶持支撑，本终于有机会面对他内心黑暗，挽回他的内疚。然而，被黑人黑帮强暴后的洛琳绝望地杀死第一个看到的黑人。清晨，本从地下室出来，去垃圾桶边，靠在墙上。洛琳以为他是一名恶徒，抓起一块砖头砸向本的面部。本的牙齿碎到喉咙里，他的身体靠墙摇摆着，然后洛琳又一砖头，血从他的耳朵里喷出来。本未能保护洛琳，"他在北方城市环境中保护他的代理女儿不受性虐待的能力，并不比他保护自己的孩子不受南方腹地地主性剥削的能力更强"[①]。随着他的死亡，他保护女儿的愿望和彰显被阉割的男子气概的梦想被推迟。

三、《布鲁斯特街的女人们》中的布鲁斯乌托邦表征

《布鲁斯特街的女人们》在主题呈现和叙事结构等方面体现了与布鲁斯音乐的互文性，体现在黑人种族气质、生存哲学与求生伦理上的互文特质。

首先，主题上，如上节所述，《布鲁斯特街的女人们》运用布鲁斯有效地表达了布鲁斯特街黑人所共同经历的贫穷、种族主义、性别歧视和家庭磨难，表现了城市贫民的生存问题，但同时赞扬了黑人的韧性。布鲁

---

① AWKWARD M. Authorial dreams of wholeness: (dis)Unity, (literary)parentage, and The women of Brewster Place[M]// GATES H L, Jr, APPIAH K A. Gloria Naylor: critical perspectives past and present. New York: Amistad, 1993: 37-70. p. 59.

斯不仅是表达悲哀的方式，借由生命的创造，布鲁斯转化为一种对生活在不完美世界中黑人生存本质的赞扬。乐句起初给人一种紧张、哭诉和无助的悲伤感觉，然后接着的乐句是安慰受苦之人的安慰曲调。布鲁斯让这些年龄不同、经历不同、性取向不同的黑人悲喜交加：悲的是伤感的旋律，寓意北迁黑人的共同悲惨命运，黑人群体在种族和性别关系上的困境被拓展至一个历史的维度；喜的是她们还有布鲁斯作为心灵慰藉和精神寄托，成为超越延缓梦想的有力武器。尤其是布鲁斯特街的女人们，她们构建了一个黑人女性社区，在这个社区里，黑人女性相互帮助，相互支持，用彼此的姐妹情谊相互鼓励，共同生活。譬如，当埃塔伤痕累累地走回玛蒂的住处时，她突然听到从窗户那边传来她最喜欢听的布鲁斯音乐，她意识到"有人正等着她回来"[①]。小说的大结局虽然是以玛蒂做梦的方式展开，但呈现了布鲁斯特街未来的希望。

其次，布鲁斯作为一种抗议伦理超越了强加在黑人身上的种种限制，是黑人获得短暂的个人自由和解决社区焦虑的一种生活方式。"布鲁斯对于黑人来说具有一种抗议的仪式性伦理特征。"[②]在小说的"街区聚会"一章，玛蒂梦见街道上的人组成房客协会，在筹资准备找律师打官司，让房东改善居住环境。希尔则从西海岸归来，生活大为改观，准备再次结婚并开启新的生活。埃塔试图保持年轻的模样，接受年轻人的邀请翩翩起舞。科拉提议布鲁斯特街区的女人们团结一致，拆掉那堵与外界隔离的墙。拆除那面隔断布鲁斯特同世界联系的砖墙意味着布鲁斯特街的女人们依靠自己的力量奋起抗争，冲破黑暗，他们将走出死巷，迈向广阔的新天地，迎接属于自己的光明和自由。

最后，形式上，小说的结尾运用了"呼与和"这种传统的布鲁斯叙事技巧。"呼—应"（也称"对唱结构""呼唤—应答"）是一种常见的布鲁斯唱法，源自非洲的口头文学和民族音乐。"呼与和"由"田间呼喊"演变而成，通常是一名黑奴以劳动号子或圣歌起头，其余黑奴纷纷回应他的呼喊。"呼与和"的对唱如同复音乐中的两个主旋律，有机地结合，和

---

① NAYLOR G. The women of Brewster Place [M]. New York: Penguin Books, 1983: 73.
② 李怡. 布鲁斯化的伦理书写：理查德·赖特作品研究[M]. 北京：中国社会科学出版社，2016: 36.

谐地流动。"呼—应"的结构是布鲁斯的内在结构，通常期待能挑战、改写或改变先前言辞的回应，这种回应会产生一种新的呼吁。两个不同乐句之间存在一种延续关系，第二个乐句对第一个乐句做出直接的评论或对第一个乐句做出的应答，后一个乐句在重复前一个乐句的基础上做出适当的变化并给予阐释和评价。乐手以出乎意料的对比、各种方式的重复，或解答，或阐释，或评论。布鲁斯因而具有独特的对话性、能动性和延展性功能，"呼—应"通常表现为对比、模仿和变奏三种复调形式，其中，对比复调强调旋律的区别和对立。① 布鲁斯"呼—应"的叙事方式增强了小说内部叙事的对话性功能以及小说文本之间的张力。"黎明"描述了布鲁斯特街的诞生，"黄昏"描述的却不是布鲁斯特街的死亡。虽然布鲁斯特街区面临被拆迁，居民面临被驱逐的厄运，但是它"没有死"②。不管黑人梦想如何破灭，如何被无休止的"延迟"，

> 布鲁斯特街的黑色的女人们散布在时间的幕布上，醒来打着哈欠，她们的梦依稀犹存。她们起床将这些梦别在晾晒的湿衣服上，混合在一撮盐中放进汤里，和尿布一起裹在婴儿身上。梦像潮水般涨起落下，涨起落下，但是永不消失。因此布鲁斯特街仍然没有死去。③

可见，虽然布鲁斯特街黑人的生活受到种种局限，小说依然颂扬她们能继续梦想美好生活。正是由于继续梦想新生活，她们居住的街区不会消亡。小说结尾回应了小说开端兰斯顿·休斯的诗提出的问题，布鲁斯特街将作为一种精神永存于它的居民心中，这就是梦想的力量。

总之，小说借助布鲁斯的叙事主题和叙事形式悲怆地表现了处于社会边缘地位的黑人在融入大迁移潮流和城市过程中所遭受的失落和异化，宣泄了黑人的痛苦和无助感，哀婉地表达了对美国梦的渴望，对自由、平等和民主的有力呐喊，对平等的住房、工作和民权等的呼声。

---

① 陈琛，陈红薇：《哈莱姆二重奏》的"呼与和"布鲁斯叙事研究[J].外国文学研究，2016, 38(2): 63-70. p.64.
② NAYLOR G. The women of Brewster place [M]. New York: Penguin Books, 1983: 191.
③ NAYLOR G. The women of Brewster place [M]. New York: Penguin Books, 1983: 192.

第五节　黑人两性关系的多维想象："母权乌托邦" "无性乌托邦" "双性同体乌托邦"

20世纪60年代，美国第二次女权运动掀起高潮。受民权运动与妇女解放运动的影响，黑人女性的女权意识被唤起，许多黑人女作家步履后尘，在她们的作品中诉说黑人女性的经历，掀起了黑人女权主义的浪潮。不同于白人女权主义，黑人女权主义者意识到黑人女性要同时应对性别歧视和种族歧视，所以黑人女作家呈现出与白人女作家不同的乌托邦视野。黑人女性乌托邦想象呈现出多维视角，其中包括"母权乌托邦" "无性乌托邦" "双性同体乌托邦"想象。以下将就三部作品中的乌托邦思想加以评析，以期对20世纪60—80年代黑人女权乌托邦思想有一个整体把握。

一、《血孩子》与"母权乌托邦"

《血孩子》（"*Bloodchild*"，1984）是科幻作家奥克塔维娅·巴特勒（Octavia Butler）的一篇短小精悍的作品。《血孩子》以外星球为背景，遵循了20世纪80年代常见的太空歌剧想象和传统的殖民主义叙事，讲述了"人类难民"逃离世代居住的地球，寻找新的生存空间时遭遇的沉重代价。故事发生在虫状外星生命体统治的星球，被称为"地球人"的人类生活在外星生命体的控制之下，沦为"代孕体"。整个故事没有紧张惊险的情节设计，也没有复杂的人物心理刻画描写，但故事中作家那独特的想象和深刻的见解独具匠心。本短篇小说给20世纪80年代科幻界带来了一股新风，出版后引起很大的反响，作品先后荣获雨果奖和星云奖。它从非裔美国人的历史中汲取灵感，展现人类与外星物种之间共生共存的故事，呈现了性别、种族、正义、酷儿等主题①。但小说的深层次主题不止于此,它通过地球难民阿甘一家的遭遇和相互扶持,在科幻的框架下强调了爱、奉献和牺牲等人类情感的重要性,也书写了关乎人类未来命运的"流浪""离散""错置"等主题,具有宏大的人文主义叙事隐喻。可以说,巴特勒观照文学的宏大命题,其中的社会和人物并不是抽象地虚构出来的,而是有着历史指向和实际考量。小说通过探讨移民和土著居民之间通过相互妥协而达到和谐共生状态的可能,隐喻了对不同种族和平共处的美好愿景。更重要的是,故事延续了女性科幻小说家对于"性别"概念的重构。

《血孩子》采用外星异形生命主题,探索人类与外星物种之间的性别关系问题。在未来,人类由于同类之间相互残杀而被迫逃离家园,迁移到外星球,以逃避地球上的迫害。人类到达外星球后,发现难以适应外星环境,外星物种特里克人好意救了他们,还专门划出一块保留地供人类居住。特里克人是一种犹如蠕虫的物种,有着"一条一条的肋骨、长长的脊椎骨、圆圆的头骨。每节躯干上还有四双手臂",走起路来,像"是在游动而不是走动,当然不是在水里游而是在空气中游动着,就好像水中的生物一样"②。特里克人虽然外表不堪入目,却是高等物种,特里克人为人类

---

① 参见
[1] HELFORD E R. "Would you really rather die than bear my young?": the construction of gender, race, and species in Octavia E. Butler's "Bloodchild."[J]. African American review, 1994, 28 (2): 259-271.
[2] SCHEER-SCHÄZLER B. Loving insects can be dangerous: assessing the cost of life in Octavia Estelle Butler's novella "Bloodchild" (1984). Biotechnological and medical themes in science fiction, (2002): 314-322.
[3] BACCOLINI R. Science fiction, nationalism, and gender in Octavia E. Butler's "Bloodchild" [J]. Constructing identities: translations, cultures, nations, (2008): 295-308.
[4] THIBODEAU A. Alien bodies and a queer future: sexual revision in Octavia Butler's "Bloodchild" and James Tiptree, Jr.'s "With delicate mad hands" [J]. Science fiction studies, 2012, 39 (2): 262-282.
[5] LILLVIS K. Mama's baby, papa's slavery? the problem and promise of mothering in Octavia E. Butler's "Bloodchild" [J]. MELUS, 2014, 39 (4): 7-22.
[6] HUMANN H D. "A good and necessary thing": genre and justice in Octavia Butler's Bloodchild and other stories [J]. Interdisciplinary literary studies, 2017, 19(4): 517-528.
② 奥卡特维亚·巴特勒. 血孩子[J]. 叶凡,译. 新科幻(文学原创版), 2014(7): 38-48. p. 41.

供给具有神奇功效的种蛹，吃了这种蛹，能增强人类的活力，延长人类的寿命，人的"脸变得光滑""皱纹都消失"了[①]。特里克人虽是高等物种，但也存在着自身的问题，特里克人自身没有子宫样的器官，只能依靠代孕家畜繁衍后代，但代孕家畜受限，所以特里克人面临着物种生存的问题。在外星球，人类试图消灭星球上的原住民，据为己有，但很快被打败，沦为俘虏。特里克人不经意间发现人类是大型恒温动物，很适合做育种者，于是与人类达成了协议，要求人类作特里克人幼虫的宿主。

故事发生时，一位名叫甘的人类少年，与他的家人居住在一起，特里克人戈特前来拜访，并带来了几粒蛹子。甘享受着戈特带来的美味，但有所不知的是，他将成为戈特幼虫的宿主。寄生在人体内的幼虫，通过吸管固定在人类的血管上，同时用吸管来吸取宿主的血液，幼虫在孵出来之前靠吸食血液为生。随着幼虫慢慢成长，会分泌出毒液，向宿主发出警告信号，让宿主有呕吐等不适的感觉。如果幼虫没有及时从宿主体内取出，在它吃掉富有弹性的蛹壳之后，它将会吃掉宿主的肉，以维持自己的生命。甘亲眼看到人类男性育种者洛马斯临产时阵痛的惨状，在情急之下，外星人戈特将洛马斯开膛破肚取出幼虫。目睹这恐怖的一幕，了解了自己的宿命之后，戈特举枪扬言自杀，宁死也不愿作宿主。故事的结尾，甘认识到两个物种之间必须相互依存，不能没有彼此，最终他放下枪支，摒弃厌恶，再次确定自己对戈特的爱，并承诺生下她的孩子。与此同时，戈特表示要好好照顾甘。故事结束时，甘和戈特互相拥抱，设想人类与特里克人共同进化，繁衍生息。故事里虚构的外星特里克族是母权制社会的一个翻版，体现了母权乌托邦的思想。

首先，《血孩子》中的外星物种奉行母系制。每个特里克家族中，由一位能生育的女性来繁衍后代，将幼虫刺进人类育种者体内，等到幼虫足月，从育种者体内出生之后，将由家族中一个没有生育能力的女性来照看。每个家族的女性在育子之后，姓氏保持不变。特里克家族不仅由女性来延续家族，而且由女性来行使权力和职责。譬如，故事中的科特契夫小

---

① 奥卡特维亚·巴特勒. 血孩子[J]. 叶凡，译. 新科幻（文学原创版），2014(7): 38-48. p. 40.

姐，现在该叫科特契夫夫人了，她的幼虫由人类男性育种者洛马斯代孕，洛马斯为她生下六条幼虫，但她体弱多病，不可能亲自带大孩子。她的孩子由她的姐姐代为抚养，姐姐担负起了"替养母亲"的角色，同时要负责照顾洛马斯。"替养母亲"作为特殊的文化身份，虽然不是生物意义上的母亲，却承担起照顾子女的责任。"替养母亲"解构了传统的母性观念，展现出非生物性母亲的能动性。小说没有提及任何特里克族男性的具体情况，男性的缺席状态进一步衬托出女性在家庭生活中的权力与地位。

其次，特里克族这个母系社会奉行母权制，不仅女性在家庭生活或者家庭领域中占主导地位，在社会生活、公共事务中也享有绝对的权力，女性的才华和能力拥有充分施展的舞台。故事里的戈特是一位伟大的女性政治家，是特里克政府的要人，负责处理与人类的关系。她阻止特里克人贩卖人类男性、强迫人类作幼虫宿主的行为，主张改善与人类的关系，与人类修好。她专门建立了保留区，让人类可以不受特里克人的干扰而独立生活，她还鼓励特里克人和人类一起进入新的种间家庭。在她监管地球人家庭组合之后，终结了以前任意拆散地球人的家庭，以满足特里克人需要的情况，让人类成为独立的、合法的、有身份的人。她周旋在两个种群之间，在社会公共领域为两个种群之间的和谐共处做出了不可磨灭的贡献。现实社会中，男性与女性的社会角色有明确的区分，"男人的职责"是"公共性质的"，"女人的职责"是"私人性质的"。特里克族的女性地位解构了男权社会里男主外、女主内的性别角色，颠覆了公共领域和家庭领域二元对立的角色划分。戈特在社会公共领域发挥着重要作用，让人类由衷地敬佩，如叙述者甘所说，在家里我的母亲曾经告诉我"要尊敬戈特"[1]。特里克族女性进入男性专属的外部社会空间，挑战了男权意识形态下男性和女性的行为规范。

最后，巴特勒构建的母权制在人类性别角色的颠倒中得到进一步强化。人类男权社会里，女性是生儿育女、繁衍后代的工具，这已成为一种普遍认知，而独特的想象则逆转了传统的女性角色，让男性也承担起女性

---

[1] 奥卡特维亚·巴特勒. 血孩子[J]. 叶凡, 译. 新科幻（文学原创版），2014(7): 38-48. p. 38.

生育后代的传统角色。特里克人的物种繁殖先前由家畜承担，由于人类孵出的特里克人体形相对比较庞大、健康，很适合将特里克人的幼虫后代携带到足月。特里克人与人类达成协议，每个家庭出一名男性作育种者，人类女性继续担负着生育人类后代的责任。人类男性成为特里克人幼虫的宿主，这赋予了男性传统女性的生物功能。这里，男性与女性的性别角色被彻底重新定义。在甘见识了洛马斯开膛破肚的分娩经历之后，甘对怀孕和分娩充满了惧怕，传统男权制下男性的果断、勇敢、坚毅等所谓的"男性气质"被消解，甘被赋予了消极被动、感性温良、优柔寡断等所谓的"女性气质"。甘向戈特坦诚了自己对分娩的恐惧，甘"把前额靠在她身上。她浑身冰凉，鹅绒般光滑的肌肤，摸上去是那么柔软。"[①]，故事一反男性为女性依靠的性别角色，女性成为男性的感情依偎，故事还详细描述了特里克人戈特将蛹排入人类少年甘体内的过程，寓意更是丰富。

> 我还是脱下衣服在她身旁躺下。我知道会发生什么事，我知道该怎么做。我感到被蜇了一下，那种熟悉得让人浑身麻麻的感觉又来了。我浑身无力但很舒服。她的产蛹器在我身上游走。产蛹器刺入的时候并不疼，并且一下子就刺进去了。她的身体在我身上像波浪般起伏。她用力把蛹排入我的身体。[②]

这里的排蛹过程类似人类男性将精子排入女性体内的过程。甘看起来像是没有经验的处女，与男性气质下的攻击性完全不相吻合。故事批判性地指出，女性的生殖功能不是自然的社会结构，而是权力不断构建的结果。"我不会留下你独自一人的。洛马斯的事情是不会发生在你身上的，育种者，我会好好照顾你的。"[③]男权社会里女性柔弱顺从，依附于男人，男人体现出保护者的气概。戈特承诺会好好照顾甘，在此男性与女性的角色与社会责任发生逆转。

女性气质，是文化衍生而来的，不是与生俱来的。西蒙娜·德·波伏娃（Simone de Bevouir）在《第二性》中指出，女人不是天生的，而是后天

[①] 奥卡特维亚·巴特勒. 血孩子[J]. 叶凡, 译. 新科幻（文学原创版），2014(7): 38-48. p. 48.
[②] 奥卡特维亚·巴特勒. 血孩子[J]. 叶凡, 译. 新科幻（文学原创版），2014(7): 38-48. p. 47.
[③] 奥卡特维亚·巴特勒. 血孩子[J]. 叶凡, 译. 新科幻（文学原创版），2014(7): 38-48. p. 48

逐步形成的。凯特·米利特（Kate Millet）在《性政治》一书中进一步揭示了男权制的操作策略，即通过意识形态、经济、心理、教育等各个领域灌输并巩固"男尊女卑"的性别秩序，直到女人将其内化为普遍存在且不可改变的性别秩序。《血孩子》故事虽短小，但故事建构的母权观念高度凝聚了作者的女性主义理想，挑战着一直占垄断地位的白人父权制，消解着男性中心论的霸权倾向。小说讲述"人类男性怀孕并繁衍（虫族外星生命体）后代"的故事，颠覆了传统社会架构中女性承担生殖任务的性别分工。外星通过重写恐怖类小说的"性别焦虑"[①]，《血孩子》为超越二元对立、建立新的乌托邦式两性关系做出了积极有益的探索。

二、《希顿星上的烦恼》与"无性乌托邦"

《希顿星上的烦恼》（*Trouble on Triton*, 1976）是著名的非裔科幻乌托邦作家塞缪尔·德拉尼（Samuel Delany）的一部小说作品，该小说获1976年星云奖最佳小说奖。德拉尼是非裔科幻写作史上的巨星，关注那些被主流范式排斥的少数群体，尤其是在种族和性方面遭受歧视和不公的黑人同性恋群体。德拉尼曾称"科幻小说是在建立此地此刻的对话，一种作家能达到的尽可能丰富和错综复杂的对话"[②]。科幻小说立足当下、关注今生今世的特质跟乌托邦精神是一脉相承的，为德拉尼表达乌托邦思想找到了出口。

德拉尼的《希顿星上的烦恼》讲述了希顿星上的生活状况，讨论了性别角色、家庭角色和性自由等问题，对乌托邦主义的本质进行了深刻的反思。希顿星上科技发达，人们可以通过变性手术来任意改变性别。主人公布朗·赫尔斯特伦是火星上一位不合时宜的白人男性，他来到希顿星后，发现男性很难适应希顿星的生活，游离在主流之外找不到自己的定位和生命的意义，最终通过变性手术选择成为一名女人。

[①] LUCKHURST R. "Horror and beauty in rare combination": the miscegenate fictions of Octavia Butler [J]. Women: acultural review, 1996, 7 (1): 28-38. p.28.

[②] DELANY S R. Shorter views: queer thoughts and the politics of the paraliterary [M]. Hanover, NH: Wesleyan University Press, 1999: 343.

性取向是《希顿星》探讨的话题，刻画了希顿星近乎完全性自由的社会。人们根据自己的身份而聚集生活在不同的公社里，希顿星社会提供各种各样的合作社，性取向、政治观点、教育程度、工作和性别等方面都不再重要，大多数人之间都能和平共处。尽管也存在着多种不同的家庭形式，但个体生活完全以个人为中心，不是以家庭或亲属关系网为中心。有男女合作社、男女同性恋合作社、男女异性恋合作社、家庭合作社、单亲家庭合作社，等等。无论一个人有什么不同的性取向、宗教信仰或其他偏好，总能找到志趣相投的地方生活。一般来说，人们住自己的合作社里，"住房、食物和工作安排友好而正式"[①]。这些合作社是依据性偏好而建立的，大约五分之一的人口选择生活在一个"家庭"公社中。

性与生殖、性与婚姻或卖淫之间没有任何联系，人们可以有不同的性取向，实现了彻底的性自由。这个社会中，性取向的种类很多，主要的性取向类型是"五分之一为同性恋，双性恋约四分之三，性虐待狂和被虐待狂占九分之一，各种各样的恋物癖占八分之一"[②]，没有涉及的其余部分留给读者思考其他的可能性。此外，社会习俗中存在着一个明确的"性行为"准则，帮助人们方便找到中意的性伙伴。"她坐在他身边的床上……亲切地把手放在他的腿上，小手指和无名指并拢，中指和食指并拢，中间形成一个V，……这是社会普遍接受的表明'我对性感兴趣'的方式，包括男人、女人、儿童和几类接受过基因工程的高等动物"[③]。人们可以随意改变自己的性别，是否要孩子也取决于个人。

除了社会结构和生育安排，从衣着、姓名、社会风俗等各个方面都反映出希顿星无性别区分的特征。由于气候和温度受到严格控制，以及没有性禁忌或其他禁忌，服装风格完全取决于穿戴者的个人和品味，不受制于得体要求和社会地位的束缚，服饰已经无法作为区分性别、身份和职业的标志。时尚完全是个人喜好问题，人们可以每天改变自己的形象，可以赤身裸体，也可以包裹全身。布朗74岁的同性恋朋友劳伦斯喜欢裸体，尽

---

① DELANY S R. Trouble on Triton [M]. Hanover, London: Wesleyan University Press, 1996: 139.
② DELANY S R. Trouble on Triton [M]. Hanover, London: Wesleyan University Press, 1996: 254.
③ DELANY S R. Trouble on Triton [M]. Hanover, London: Wesleyan University Press, 1996: 76-77.

管在地球上山姆会穿着蓝色的长袍和黑色的靴子。布朗的老板菲利普穿着"紧身裤,赤裸上身毛发浓密,披着灰色的短披肩"①来上班。他的另一个老板奥德里穿着一件鲜红色的紧身连衣裤,头上缠着许多羽毛状的东西。在地球上参加一个晚宴时,布朗穿着"一只银色的袖套,带着及地的流苏……一件银色的挽具……和与之相配的银色内裤,一条黑色腰带……柔软的黑色靴子"②。从布朗过度的自我意识角度来看,这套装扮在不对称性和一致性之间找到了适当的平衡。斯派克"穿着无袖及踝的黑色衣服,她的短发现在和布朗的袖子流苏一样银白。……她在一只前臂上戴着银色的护臂,用复杂的符号做了修饰。"③

在故事的结尾,来自火星的年轻俊美、精力充沛的布朗变成了"一个由男人创造的女人,也是一个为男人创造的女人"④,成为后性别歧视、后男性至上主义的社会里,一个"男性的女性"(male female)。山姆则是布朗的完全对立面:从女性到男性,从白人到黑人,从女同性恋到异性恋,山姆在乌托邦的社会氛围中成功地改变了自己,成长为一个实现自我的人。

《希顿星》明显地体现出德拉尼性别和性的观念,在这个完全无性别歧视、性别区分也并不明显的乌托邦世界,主人公布通过改变自己的性别试图寻找自己,性别自由、性取向自由的乌托邦世界传达出作者对没有性别歧视乌托邦的期望。

三、《紫颜色》与"双性同体乌托邦"

《紫颜色》是非裔女作家艾丽斯·沃克(Alice Walker)于1982年出版的一部很有影响力的作品,该书出版后引起很大轰动,次年荣获美国普利策奖、国家书评家协会奖和美国国家图书奖三项美国小说奖,成为当代美国非裔女性主义的经典之作。小说以书信体的形式讲述了饱受父权制和男

---

① DELANY S R. Trouble on Triton [M]. Hanover, London: Wesleyan University Press, 1996: 103.
② DELANY S R. Trouble on Triton [M]. Hanover, London: Wesleyan University Press, 1996: 103.
③ DELANY S R. Trouble on Triton [M]. Hanover, London: Wesleyan University Press, 1996: 103.
④ DELANY S R. Trouble on Triton [M]. Hanover, London: Wesleyan University Press, 1996: 302.

权压制的西丽在女性朋友莎格的影响之下,奋起反抗不平等的性别压迫,最终实现自我价值的故事。小说的创作受20世纪70年代第二次女权思潮的影响,"真实地描绘了20世纪初乃至今天不幸仍然存在的世界现实的一个明确无误的方面——男人对女人的压迫"①,艺术地再现了黑人妇女的真实生活。小说将"社会抗议和乌托邦融为一体",赞颂了黑人妇女同不公平的社会制度和男权中心制进行坚决斗争的精神,提出了理想两性关系的构筑模式,为解决现实社会里的两性权力关系矛盾提出了另类设想,即和谐平等、互尊互爱的"双性同体"观。

"双性同体"(androgyny)这一思想作为文学术语最早由英国女权主义作家弗吉尼亚·伍尔芙(Virginia Woolf)提出。在《一间自己的屋子》里,她提出,"在我们每个人的心灵中,有两种主要力量,一种是男性因素,另一种是女性因素,在男人的头脑里,是男性因素压倒了女性因素;在女人的头脑里,是女性因素压倒了男性因素。正常而舒适的存在状态,是这两种因素和谐相处,精神融洽。"②伍尔芙指出,不能用一种象征秩序或意识形态去统摄另外一种,想反,情感与智性在人的健康发展中都起着不可或缺的作用,只有将男性气质和女性气质两者整合起来,才能建立起理想的人格模式。整合性别差异的这种理想凝聚了人类两性合一的古老梦想。它突破了性别对立的传统思维框架,消解了父权制和男权中心论,是对两性压迫与反压迫关系的极大反拨。

大洋彼岸的黑人女作家沃克继承了伍尔芙的"双性同体"思想,对黑人两性关系的构建提出了自己的期许。不过,沃克的"双性同体"与伍尔芙的有所差异。男性气质和女性气质并不是与生俱来的,是一个在实践中不断构建的过程,是社会强加于男性和女性的一系列性格特征。典型的男性气质包括"比较理性、无动于衷、有进取心、争强好胜、坚强自信……以事业为中心"③,女性气质包括柔美、温顺、害羞、谦恭等。然而,男性

---

① 艾丽斯·沃克. 紫颜色[M]. 陶洁, 译. 南京: 译林出版社, 1998: 1.
② 弗吉尼亚·伍尔芙. 一间自己的房间[M]//弗吉尼亚·伍尔芙文集: 论小说与小说家. 瞿世镜译. 上海: 上海译文出版社, 2000: 156.
③ 转引隋红升. 非裔美国文学中的男性气概研究[M]. 杭州: 浙江大学出版社, 2017: 63.

气质和女性气质的构建因阶级、种族、历史、经济等因素的不同而各异。在传统的白人社会里,男性是家庭的供养者和权威人物,女性作为附庸,要顺从男性,守在家里做一名淑女,所以男性被赋予独立、自主、理性、意志等特质,而女性则被赋予了温柔、谦卑、服务、善家政、善缝纫等特质。黑人群体则面临着残酷的生存现实,黑人男性被排斥在劳动力市场之外,无法通过事业获得成功,而"在黑人家庭里严格的性别角色分工并不常见……在家做全职母亲也绝不是黑人母亲的现实"[1],她们需要走出家庭,养家糊口。白人女性的单纯、优雅、脆弱等南方贵妇式性情举止不适合黑人女性,白人男性养家糊口的能力也不在黑人男性气质的定义范围之内。

在继承伍尔芙"双性同体"思想的基础上,沃克加入了妇女主义的女权思想,形成了自己的"双性同体"观。20世纪上半叶,美国南方的黑人女性不仅要忍受来自种族主义造成的畸形社会制度的压榨,还要承受着男权压迫带来的种种苦痛。"作为黑人,她们遭受种族歧视;作为女人,遭受男性的压迫;作为穷人,遭受阶级剥削。"[2]黑人男性把对资本主义体制的压迫和对种族歧视的憎恶转嫁到妻子和孩子身上,将家庭作为情感宣泄口。黑人女性不仅要面对性别问题,还要同黑人男性一起对抗白人社会的种族歧视、阶级压迫和经济剥削,因此,黑人女性的解放与种族解放事业是密不可分的。为了探寻黑人妇女的出路,调和两性之间的矛盾,在散文集《寻找我们母亲的花园》的扉页上,沃克首次明确提出了"妇女主义"一词,发展出了自己的妇女主义者标准。

> 1. 妇女主义者是黑人或有色人种女性主义者,"妇女主义者"一词源于womanish, 而womanish在黑人俗语中通常指女性那种"勇敢、大胆、不受拘束的举动"和坚定、自信的生活态度,凡事认真、负责是妇女主义者的必备品质。

---

[1] COLLINS P H. Black feminist thought, knowledge, consciousness, and the politics of empowerment [M]. New York: Routledge, 2002: 75.

[2] 余秋兰. 社会歧视下美国黑人女性的生存智慧——艾丽斯·沃克的《紫色》体现的批判现实主义 [J]. 学术界, 2015(3): 149-158. p. 150.

2. 妇女主义者热爱其他女人（有性欲方面和没有性欲方面的）。喜欢或偏爱女人的文化、女人的感情变化和女人的力量。妇女主义者以整个人类（包括男人和女人）的生存和完整为己任。她不是分裂主义者，而是传统上的大同主义者，明白各民族就像一个花园，开着各种颜色的花朵。

3. 妇女主义者热爱音乐、舞蹈、月亮、神灵、爱情、食物，总之爱圆满的事情。妇女主义者还热爱努力奋斗，热爱自己的人民，也热爱自身。换言之，妇女主义者是热爱生活，热爱自然，崇尚友谊的乐观者，是不惜一切代价争取平等的自由倡导者。

4. 妇女主义者和女性主义者的关系犹如紫色之于淡紫色。[1]

根据沃克的说法，"妇女主义者"源自黑人的民间表达法"女子气"（womanish）一词。在沃克看来，黑人女性在生活的重负下能顽强地生存下来，而且活得有尊严，难能可贵，她们的勇敢、大胆和任性正是她们独立精神的表现。不仅如此，对"理智的事情感兴趣"，"要表现出理智的样子"，想做"理智的、负责任的、有控制力而且严肃的人"也成为妇女主义者的标准。另外，广义上的爱也是妇女主义者的特质，这包括爱自己、爱他人（不分性别、不分种族）、爱生活、爱艺术、爱自然、爱奋斗、爱自由。妇女主义者勇于抗争，反对性别主义，但她不是做种族内部的分裂主义者，而是要争取性别平等前提下的黑人男性和黑人女性的大团结。显然，这就是沃克脑海中理想的黑人妇女形象。她不仅要具备传统的女性气质，同时还要具备大胆、反叛、豪放、理智、意志等男性气质，即同时融合了女性气质和男性气质的双性合一。妇女主义凝聚了沃克对种族关系、对黑人两性关系和对艺术的种种思考，体现了沃克反种族主义、反性别主义、非洲中心主义和人道主义的立场。不仅黑人女性，黑人男性也可以成为妇女主义者，只要实现了个体及两性之间的和谐相处，个体就融合了"双性人格"，个体之间也才能和谐相处。沃克提出的"妇女主义"借用紫色的文化特征，即红色+蓝色等于女性+男性，隐喻"双性同体"

---

[1] WALKER A. In search of our mother's garden, womanist prose [M]. New York: Harcourt Brace Jovanovich Publishers, 1983: xi-xii.

的两性和谐思想①。这种妇女主义情怀不是一种分离主义,而是普救主义(universalism),是"献身于实现所有人民(包括男人和女人)的生存和完美的主义"②。

《紫颜色》是沃克的"双性同体"两性和谐思想的有力体现,以男女两性世界的融合而收尾。黑人不仅是要实现个体性格中两性气质的和谐,更重要的是要实现男女两性之间的和谐。小说中,沃克塑造的人物基本上都集男性气质(masculinity)和女性气质(femininity)于一身,体现了作家对两性和谐平等的乌托邦式追求。下面将分析小说中的人物的"双性同体"特征。

莎格

莎格是"双性同体性格的典范"③。一方面,莎格具有典型的男性气质,她富有主见,具有独立自主的精神。布鲁斯歌唱充分体现了女性的创造力,给黑人女性广阔的社会空间,让黑人女性获得经济上的独立④。如同黑人历史上伟大的布鲁斯女歌手贝西·史密斯,莎格也是一名布鲁斯歌唱家,歌唱让莎格得以进入公众领域,出入各个地方的酒吧,进驻男性空间。她高高地站在舞台的中央,通过自己的歌声获得经济上独立,经济上的独立又让她在父权制社会中获得足够的主动权。有了经济实力,她有钱购买汽车,扮演起了男权体系下男性的角色。体现在服饰上,她敢于穿某某先生的裤子,而裤子多是黑人男性穿的服装,黑人女性多穿裙子,这体现了她洒脱的个体特征。她获得了事业上的成功与经济上的独立,能够跟男性平起平坐,追求平等和独立的人格,进而获得精神上的独立。与西丽不同,在与某某先生(阿尔伯特)的爱情关系中,在与阿尔伯特的婚事遭受阿尔伯特父亲的阻挠之后,她没有任何的自我摒弃,也没有任何畏惧和胆怯。她以平等的姿态爱着某某先生,一反女性卑微的传统,掌握了主动

---

① 王成宇. 紫色与妇女主义[J]. 当代外国文学, 2006(2): 78-83.p.82.

② WALKER A. In search of our mother's garden, womanist prose [M]. New York: Harcourt Brace Jovanovich Publishers, 1983: 10.

③ 冯丽君. 论《紫色》中沃克的双性同体和谐观[J]. 译林(学术版), 2012(8): 49-57. p.51.

④ MARVIN T F. 'Preachin' the blues': Bessie Smith's secular religion and Alice Walker's The Color Purple [J]. African American review, 1994, 28 (3): 411-421.p.411.

权[1]。莎格的个性特点和做事风格让阿尔伯特爱罢不能,如他所说,"莎格干起事来,比大多数男人还要有男子气概。她坦率,光明正大。她有话直说,……她要过她的日子,做她真心想做的人"[2]。通过莎格,沃克向读者展现出一位黑人女性新形象,她自我意识鲜明,有力量有自尊,具有反抗精神,敢于按照自己的道德准则行事。

另一方面,虽然莎格的男性气质个性突出,但她也具备鲜明的女性特质。首先,莎格纯洁貌美。莎格原名"Lily",意为纯洁无瑕的女子,即取基督教思想里的纯洁之义。她美丽迷人,出众的外貌让她在舞台上赢得了众多的粉丝。莎格不仅在事业上风生水起,在女性传统的家庭领域也是能手,善于操持家务,如西丽所说,莎格烧的菜无人能比。莎格的女性气质在她对房子的热衷上得到进一步体现。莎格喜欢圆形的东西,她的床就是圆形的,她理想的房子"是一栋又大又圆的粉红色的房子,有点像某种水果的形状。它有门和窗,四周有许多树",由于"圆形象征自然、完满和平和"[3],对房子的渴求体现了她对自然的热爱,对生活的热爱,这让她的女性气质进一步凸显。更可贵的是,她在自己获得物质和精神独立的同时,还富有同情心,乐于帮助那些仍受压迫的姐妹们追求自由独立。她帮助西丽摆脱自卑,认识到自己真正的价值。她让西丽站在镜子面前第一次欣赏自己裸露的身体,帮助西丽认识到真正的女性美;她与西丽进行亲密的身体接触,使西丽平生第一次感受到真正的爱;她专门以西丽的名字谱写了一首歌曲,为一直被忽视的西丽带来了目光和掌声。她以种种方式帮助西丽从麻木不仁的生活中觉醒,引导她认识到自我的存在。当她带西丽去闯荡世界时,她说:"你不是我的佣人。我带你到孟菲斯市来,不是叫你当佣人的,我带你来这儿,是因为我爱你,要帮你自立。"[4]莎格不仅帮助西丽走向了独立,她还要帮助吱吱叫(Squeak)追寻自己的音乐梦想。

---

[1] 王冬梅. 种族性别文化寻根——从《紫色》管窥艾丽斯·沃克的文化寻根意识 [J]. 宁夏社会科学, 2010(4): 162-164+169.p.164.

[2] 艾丽斯·沃克.紫颜色[M]. 陶洁,译. 南京: 译林出版社, 1998: 213.

[3] 王冬梅. 种族性别文化寻根——从《紫色》管窥艾丽斯·沃克的文化寻根意识 [J]. 宁夏社会科学, 2010(4): 162-164+169.p.163.

[4] 艾丽斯·沃克.紫颜色[M]. 陶洁,译. 南京: 译林出版社, 1998: 80.

莎格的姐妹情谊在小说中被表现得淋漓尽致。

伍尔芙指出，男性气质和女性气质正常而舒适的存在状态，是这两种气质和谐相处。体现在莎格身上，她既具有女性美丽、纯洁、优雅、善良的气质，又具有男性豪爽、独立、敢作敢为的气质，而且莎格性格中的女性气质和男性气质是和谐的。处在社会所决定的性别限制当中，作为一个女人，莎格扮演着女性社会角色，但她又处处张扬和释放着自身的男性力量，努力超越性别界限，让自己成为一个完整的个体。可以说，"莎格是沃克所要宣扬的双性同体性格的典范，是沃克妇女主义思想的理想化身"①。

西丽

莎格天生就具有"双性同体"的特质，而西丽的"双性同体"特质则经历了一个转变的过程。起初，西丽性格中的女性气质和男性气质是不和谐的，以女性气质为主。西丽主要扮演着传统男权中心下依附男性、操持家务或照顾孩子等家庭角色。在继父的家里，西丽像奴隶一般被使唤，还不到十四岁时，就连遭继父数次奸污，生下两个孩子，但孩子相继被继父强行送走。西丽年幼遭奸，失去了生育能力，面对继父的恶行，西丽从来不敢违抗，后来，她被继父如同商品一般卖掉。父权统治给她的身心造成了难以弥合的创伤。到了某某先生的家里，她陷入更深的苦难当中，西丽和某某先生的第一次见面映射出她日后的生活状态，"我站到门口"，"他还骑在马上"②，男性主体、尊贵，女性他者、依附的位置遥相呼应。某某先生娶西丽的主要目的是让她料理家务、照顾他前妻留下的四个孩子。西丽像骡子一样尽心尽力做着自己的本分工作，照顾某某先生的孩子。但冷酷无情的某某先生只将她视为私有财产和泄欲的工具，随意侮辱打骂西丽，从来没有把她当人看待。对此，西丽逆来顺受，她将男权思想内化为自我的行为准则，她对某某先生充满了畏惧，不敢做出任何反抗。丈夫频繁随意虐待她，"他像打孩子一样打我，虽然他很少打孩子们"，她写道，"我不能哭，我把自己想象成一根木头，我告诉自己，西丽，你

---

① 冯丽君.论《紫色》中沃克的双性同体和谐观[J].译林(学术版), 2012(8): 49-57. p. 52.
② 艾丽斯·沃克.紫颜色[M].陶洁，译.南京：译林出版社, 1998: 10.

是一棵树"①。西丽接默认了自己在家庭中的卑微地位，从来没把自己看成一个和男人有平等人格的女人。当索菲亚问她："你生气的时候做什么？"逆来顺受的西丽回答说："我最后一次生气是什么时候都记不起来了。"②可见，西丽在男性的压迫之下变得麻木不仁，如同行尸走肉。她目光和举止中满是畏惧，没有一点儿自信。

在莎格的引导下，西丽开始发生着改变，慢慢释放出男性气质。当莎格唱出一首以她命名的歌曲时，她有生以来第一次感觉到生存的价值。当在莎格的引导下，她认识到可以从私处获得快感时，她第一次认识到作为女人的特别之处。自此，她不再是沉默的羔羊，而是学着开始抗争。当某某先生强烈反对她去大城市闯荡时，西丽公开反抗："该是离开你去闯世界的时候了……"③这种转变让某某先生惊诧不已。当西丽随莎格来到孟菲斯后，她闲来无事，开始学着做裤子。对缝纫的热爱说明西丽重新燃起了对生活的热情，对艺术的深情。西丽天生是名设计家，她手艺很好，她为莎格量身定做的衣服既实用又漂亮，还能彰显个性。譬如，她为莎格做的一条裤子："这条裤子又轻软，又不容易起皱，布料上的图案总显得挺精神，挺活泼的。裤脚管比较大，她可以穿着演唱，把它当长裙穿。还有，莎格穿上这条裤子，漂亮得能把你的魂勾了去"④。她为莎格做的另外一条裤子，一条裤腿是紫颜色，另一条裤腿是红色，她想象着，莎格穿上这裤子，"总有一天她要上九天揽月去的"⑤，能体现出莎格桀骜不驯的个性特征。可见，西丽懂得量体裁衣，体现了她的艺术想象力和创造力。找她做裤子的人络绎不绝，在莎格的帮助下，西丽干脆开了一家裁缝店，自己设计式样，雇人缝纫，她的裤业受到广泛欢迎，商店的生意因此日益兴隆。做裤子成为西丽的一种营生手段，她慢慢获得了经济独立。然而，做裤子不仅仅是一项职业，也是西丽获得解放、走向男女平等的手段。反映在服

---

① 艾丽斯·沃克. 紫颜色[M]. 陶洁, 译. 南京: 译林出版社, 1998: 18.
② 艾丽斯·沃克. 紫颜色[M]. 陶洁, 译. 南京: 译林出版社, 1998: 43.
③ 艾丽斯·沃克. 紫颜色[M]. 陶洁, 译. 南京: 译林出版社, 1998: 207.
④ 艾丽斯·沃克. 紫颜色[M]. 陶洁, 译. 南京: 译林出版社, 1998: 164.
⑤ 艾丽斯·沃克. 紫颜色[M]. 陶洁, 译. 南京: 译林出版社, 1998: 164.

饰上，西丽自己也穿起来男性才穿的裤子，还给其他女性做裤子。她做的裤子男性女性都能穿。由此，产生了一个完整意义上独立的西丽。她在给耐蒂的信中写道："我真高兴，我有了爱，有了工作，有了钱，有了朋友，有了时间。"[1]随着经济上的独立，西丽眼界逐渐开阔，变得越来越自信，终于建立起了完善的自我，她不再称呼丈夫为某某先生，而是敢于直呼其名——阿尔伯特。

拥有了男性气质之后，西丽的人格逐渐走向和谐。虽然某某先生做了很多对不起西丽的事情，但西丽在给妹妹的信中写道：在"某某"先生干了一切坏事之后，并不恨他。西丽原谅了这个曾经深深伤害过她的男人。西丽跟阿尔伯特最终平等相处，成为畅所欲言的知心朋友。这体现了沃克的妇女主义思想，即不主张黑人女性与男性对立或分裂。西丽身上展现了黑人女性自我身份实现后，对黑人男性的谅解与接受。可见，沃克笔下的反性别主义并不是将黑人男性置于黑人女性的对立面或是放弃黑人男性，而是倡导"以救赎的爱消除性别歧视、获得完整生存"[2]。这种理想的两性关系才是人类走向完整生存的前提。这才是沃克心中两性和谐共处的理想状态。

20世纪，在以白人为主导的美国社会里，黑人男性处于社会底层，然而黑人女性的地位更低。黑人女性同时饱受种族歧视和性别歧视的双重压迫。在性别歧视与种族歧视的双重压迫下，妇女主义强调个人与他人、个人与团体以及个人与整个社会力量间的相互影响，引导黑人女性实现与男人的和谐共存。沃克主张黑人妇女通过"姐妹情谊"[3]、"布鲁斯策略"[4]、团结互助等走向自立自强；与此同时，她并不倡导男性与女性的对峙与割裂，而是以宽容博大的胸襟期盼男性向善的回归。她要建立的是一

---

[1] 艾丽斯·沃克. 紫颜色[M]. 陶洁, 译. 南京: 译林出版社, 1998: 160.

[2] 王冬梅. 种族、性别与自然——艾丽斯·沃克小说中的生态女人主义[M]. 厦门: 厦门大学出版社, 2013: 4.

[3] CHRISTIAN B T. We are the ones that we have been waiting for: political content in Alice Walker's novels [J]. Women's studies international forum, 1986, 9(4): 421-426. p.426.

[4] MARVIN T F. "Preachin' the blues": Bessie Smith's secular religion and Alice Walker's The Color Purple [J]. African American review, 1994, 28 (3): 411-421.p.411.

种新型的、超越权力之争的和谐两性关系，希望通过爱和理解使男性和女性都在广义的爱中成长。这种新型的两性关系为黑人男女关系找到了一条明确的方向。正是由于妇女之间的团结和友爱，以阿尔伯特为代表的黑人男性实现了成长与转变。"妇女主义"并没有把黑人男性分裂开来而是要争取黑人男性和女性在性别平等前提下的大团结，在两性之间构筑起了一道桥梁。

小说以一种"乌托邦色彩的大同世界"[①]而终，所有的人物都团聚在7月4日这个对美国人来说特别的日子里。西丽华丽转身，获得经济上的独立，得以和妹妹、孩子团圆，某某先生学会了宽容和博爱。黑人女性独立、自信、勇敢与博爱也让黑人男性获得了成长，让他赢得了尊严与地位。西丽的最后一封信是这样开头的："亲爱的上帝。亲爱的星星，亲爱的大树，亲爱的天空，亲爱的人们。亲爱的一切。亲爱的上帝。"[②]西丽感觉到了从未有过的快乐，她觉得自己从没有这样的年轻自信过。在大融合的氛围中，所有的人都感到从未有过的幸福。

小说以和谐融洽的大团圆结局。这种"童话式"[③]的幸福结局寄托了作家对黑人种族发展的一种愿望，对"所有人民，包括男人和女人的完整生存"的憧憬。当然，要真正实现男女之间的平等，还有很长的道路要走。尽管如此，它提供了一种"乌托邦的可能"[④]，也让我们看到这种可能性和面向未来的倾向。小说的结局"体现了一种至善至美的理想主义，带有乌托邦色彩和面向未来的倾向"[⑤]。

总之，在黑人女权乌托邦思想的影响之下，黑人女性乌托邦思想呈现多样化，体现了黑人对非裔美国乌托邦思想的突出贡献。无论是"母权乌

[①] 余秋兰. 社会歧视下美国黑人女性的生存智慧——艾丽斯·沃克的《紫色》体现的批判现实主义[J]. 学术界，2015（3）：149-158. p.157.

[②] 艾丽斯·沃克. 紫颜色[M]. 陶洁，译. 南京：译林出版社，1998：227.

[③] LAMBERT R. Alice Walker's The Color Purple: womanist folk tale and capitalist fairy tale [M]// LAGRONE K. Alice Walker's The Color Purple. New York: Rodopi BV, 2009: 43-56. p.43.

[④] WALTON P L. "What's she got to sing about?": comedy and "The color purple."[J]. ARIEL: a review of international English literature, 1990, 21 (2): 59-74. p.64.

[⑤] 余秋兰. 社会歧视下美国黑人女性的生存智慧——艾丽斯·沃克的《紫色》体现的批判现实主义[J]. 学术界，2015（3）：149-158. p.157.

托邦""无性乌托邦",还是"双性同体乌托邦",都体现了种族和性别维度下黑人女性对白人种族主义和父权制的强烈反抗,是非裔美国女性为争取个性解放而做出的不懈努力。

本章小结

20世纪60—80年代是非裔乌托邦书写的高潮时期。从20世纪60年代中后期开始,黑人权力运动、黑人民族解放斗争、反越战运动、大学生运动、黑人女权主义和科幻思潮等形成合流,构成了非裔美国历史上重要的乌托邦时刻。争取黑人解放和平等权利的宏大叙事依然占重要地位,但是越来越让位于生命个体意识的张扬。

"黑人权力"倡导者不满于以种族融合为主要目标的民权运动所采取的温和路线,主张使用暴力革命手段重新分配政治权力,主张加强种族团结和提升种族意识,主张发挥黑人社区的力量,主张保留黑人种族文化的个性,最终以平等身份而不是同化模式融入美国社会。"黑人权力"是一种思想意识上的革命,致力于黑人思想的解放,实现真正的种族骄傲,拒绝白人种族优越论。非裔美国人开始深入挖掘黑人传统的服饰、美食、音乐等,争取美国社会对黑人历史、文化、传统和制度的尊重。格洛丽亚·内勒的《黛妈妈》中塑造的柳泉岛享有丰富的黑人传统"灵魂食物",通过鸡肉、馅饼、豌豆、糖蜜等丰盛"灵魂食物"的描写,传达出生活在北方都市里精神贫瘠的非裔美国人对美食乌托邦的渴望之情。内勒的《布鲁斯特街的女人们》则以黑人传统的布鲁斯音乐为小说架构,借助布鲁斯音乐抒发北迁黑人的惆怅和愤懑之情,通过布鲁斯乌托邦的塑造,传达非裔美国人对没有苦难、贫穷和压迫的乌有乡的向往。

黑人女权主义书写呈现一派欣欣向荣景象。黑人女权主义在60年代同白人女权主义分离开来,跟性别、政治、种族、阶级等糅合在一起,与科幻深度融合,传达出丰富的黑人女权主义思想。奥克塔维娅·巴特勒的短篇小说《血孩子》将背景设置在一个遥远的未来星球,描述了一个奉行母系制的外星乌托邦社会，这里的外星女性在家庭领域、社会生活和公共事务中占主导地位，人类男性承担起为外星人育种的任务，打破了传统的男权统治的权力结构和政治秩序，颠覆了父权制，体现了希望建立一个以女性为主导中心的社会体系的愿望，反映了黑人女性主义者在文学创作中强烈的政治诉求。艾丽斯·沃克的《紫颜色》则通过妇女主义的书写，憧憬了一个"男人和女人完整生存"的"双性同体"境界，为解决现实中黑人女性的生存困境，探索黑人两性和谐关系的出路描摹了一个美好的蓝图。塞缪尔·德拉尼是非裔美国男性同性恋作家，他的科幻作品《希顿星》塑造了一个完全没有性别歧视、性别区分也并不明显的无性乌托邦，体现出作家对性别、性的独特见解，表达了对性别自由、性取向自由的乌托邦世界的期望。

黑人女性在关注阶级、性别和种族问题的同时，也开始关注黑人生态问题。生活在北方的非裔美国人由于消费主义和物欲主义的增长，传统美德的丧失以及人性的泯灭，造成精神生态的日益异化。内勒在《黛妈妈》中探讨如何在人与社会、人与自然、人与人相处中构建和谐健康的理想家园。小说构建了一个诗意栖居的田园乌托邦家园，一个充满了生命神性和灵性的生命乡土，在对故乡神性与灵性的眷顾之中希求获得精神皈依和健全人格。

值得一提的是，作家塑造的乌托邦社会都不是完美的、理想的，更多的是"异托邦"，但"异托邦"恰恰体现在现实真实生活中寻求乌托邦的愿望。

第五章
20世纪90年代以来的非裔美国乌托邦书写

第一节 "乌托邦式微"

乌托邦在20世纪60年代获得短暂生命之后,自90年代以来逐渐式微,甚至走向死亡。60年代,非裔美国乌托邦在民权运动、民族解放斗争、女权主义等思潮的合流下获得新的生命,人们在"私人的即政治的"时代口号的影响之下,纷纷追求政治革命、生活革命、道德革命以及性革命,于是20世纪60年代的乌托邦主义昙花一现[①]。然而,到90年代,世界格局发生巨大变化,极权政治带来的灾难、现代化与高科技产生的异化、宗教仇恨与分裂、全球蔓延的恐怖主义、肆虐的自然灾害等都让人们对乌托邦的社会理想产生了浓重的幻灭感。尤其是1989年东欧巨变及1991年苏联解体,两种社会制度的争论似乎已经失去悬念,西方绝大多数激进分子对政治和意识形态感到厌倦,对社会改善与进步的乌托邦理想失去了信念。社

---
① 卡尔·曼海姆. 意识形态与乌托邦[M]. 北京:九州出版社,2007:9-10.

会主义虽然没有消亡，但是西方社会主义者及左翼激进分子都不再也没有能力梦想一个迥异于现在，而且远较现在优越完美、自由幸福的新未来，"说得更加严重些，整个社会，乃至整个世界都已经丧失了想象未来的能力"①。丧失了想象力的人们将自己托付给无聊、沉沦与堕落，进一步丧失了洞察力。想象力和洞察力的丧失让人们自身更加迷惘、困惑与沉沦。"畏畏缩缩的人类，搔首弄姿地向实用主义、物质主义、实利主义谄媚，同它们调情，像个淫荡的妇人周旋于功利与物质的胯下。"②因此，到90年代，乌托邦逐渐走向"式微、让渡、终结，乃至死亡"③，虽然关于乌托邦主义的学术研究还继续存在，但是"全世界的乌托邦精神已经死亡或被放弃了"④。

在"乌托邦的终结"论调下，美国的乌托邦社会理想也遭受重创。进入90年代，随着宏大叙事的终结、意识形态的终结和历史的终结，美国乌托邦主义变得"不仅轻浮、荒诞、无关紧要，而且在理论上也不健全，甚至危险"⑤。乌托邦的社会理想也逐渐走向式微。事实上，美国70年代就陷入了长达十年之久的经济滞胀，这次以"滞胀"为特征的世界资本主义经济危机，以及在此期间出现的以计算机及信息技术的发明和广泛应用为主要标志的第三次科技革命，推动资本主义由国家垄断向国际金融资本垄断过渡，适应国际金融垄断资本全球扩张需要的新自由主义开始在全球泛滥⑥。80年代，美国总统里根上台后，里根政府积极推行新自由主义，进行了一系列的改革，包括推行经济自由化特别是金融自由化；削减社会福利等社会投资，降低税收以刺激投资，牺牲劳动者的福利以满足资本对高额利润的贪欲；削减政府权力，取消政府对经济的宏观调控和监管。里根政府推崇的新自由主义在经济上鼓吹自由化、私有化、市场化和全球一体

---

① 卡尔·曼海姆. 意识形态与乌托邦[M]. 北京: 九州出版社, 2007: 304.
② 卡尔·曼海姆. 意识形态与乌托邦[M]. 北京: 九州出版社, 2007: 303-304.
③ 卡尔·曼海姆. 意识形态与乌托邦[M]. 北京: 九州出版社, 2007: 303.
④ 卡尔·曼海姆. 意识形态与乌托邦[M]. 北京: 九州出版社, 2007: 242.
⑤ WARFIELD A. Reassessing the utopian novel: Octavia Butler, Jacques Derrida, and the impossible future of utopia [J]. Obsidian III 6.2/7.1 (2005-2006): 61–71. p.61.
⑥ 何秉孟. 新自由主义评析[M]. 北京: 社会科学文献出版社, 2004: 128.

第五章 20世纪90年代以来的非裔美国乌托邦书写

化,在政治上否定公有制、社会主义和国家干预,推动了资本主义由国家垄断向国际金融资本垄断的进程。金融资本还迫切需要突破国家,向全球扩张,控制全球经济。这种"变异的、野蛮的资本主义模式"[①]让美国通向灾难之路,引起经济破坏和环境问题。从传统的自由人文主义到新自由主义市场意识形态转换之中,处于社会最底层的非裔美国人首当其冲,遭受资本压榨,生活无保障,沦为新形势下的奴隶。与此同时,随着科学技术和人工智能的不断推进,处于边缘的非裔美国人感受到新技术带来的种种压迫感,深刻感受到新技术下的奴役感。

在这样的历史背景下,非裔美国恶乌托邦创作迎势产生,逐步取代了六七十年的乌托邦理想主义。既然基于理想主义和整体主义提供完整世界全面图画的乌托邦已经难以寻觅,那么如何揭开通往乌托邦的道路呢?新时代的非裔美国乌托邦主义以何种方式显现呢?整体来看,这个时期非裔作家的乌托邦书写呈现以下特点:立足于当下现实,扎根于传统历史,对黑人历史,如奴隶制度和西部神话进行重新书写,关注全球变暖、核泄漏等造成的生态环境和社会生态危机,思考科学技术和人工智能的发展引发的人的异化和自我丧失等问题,体现了反面乌托邦的理念。将乌托邦、历史与科幻融合一体,将这种隐喻移植到未来,用科幻想象重新演绎历史,成为批判反面乌托邦关注和书写的重要内容。非裔乌托邦书写一方面立足当下、关注社会热点问题,抨击自由资本主义和极权主义对包括非裔美国黑人在内的边缘群体的戕害,另一方面重点揭示权力机制如何运作于阶级、种族和性别,体现出非裔作家深刻的现实关怀。

值得一提的是,在乌托邦终结与死亡的大背景下,这个时期的非裔反面乌托邦文学作品融入非裔作家的后现代主义人文思考,影射当今社会黑人历史面临的生存与道德困境,体现出非裔作家严肃的理性思考。然而,非裔美国作品昭示的不是人类思想总体的悲观主义,而是以真实而急迫的声音呼求乌托邦的归来,唤起关于人类休戚与共和幸福的理想,体现了批判性反乌托邦的思想。

---

① 何秉孟.新自由主义评析[M].北京:社会科学文献出版社,2004: 135.

第二节 《播种者寓言》与生态恶托邦

女作家奥克塔维亚·巴特勒是非裔美国文学史上著名的非裔科幻女作家，她以"黑人女权主义差异"[1]改写以白人为主的传统科幻范式，被誉为"首位重要的非裔美国女性科幻作家"[2]。巴特勒幼时被诊断患有阅读困难症，10岁后开始通过写作来逃避孤独和无聊，12岁时开始读科幻小说，对科幻创作产生浓厚的兴趣。虽然连续遭遇退稿，她始终没有放弃自己热爱的科幻创作，最终先后斩获星云奖和雨果奖，成为第一个获美国文化界最高奖"麦克阿瑟天才奖"的黑人科幻女作家。

她的作品沿袭了黑人作家的种族和性别情结，注重"种族和性别平等世界的演变"以及"非白人女性争取做人的主体权、真实性和权威性的斗争"[3]，善于采用"未来主义的方式质疑当代美国关于性别和种族的观念"，竭力创造"一个没有种族歧视、没有性别歧视的理想社会"[4]她的作品多植根于当今社会政治生活，在一次采访中，巴特勒坦言，她的创作多"受新闻的启发"，其作品中很多丑陋现象正是当今新闻媒体每天报道的现象，如"毒品泛滥、文盲增加……贫富差距拉大、全球变暖"[5]等，反映了作者对美国现实生活和社会政治敏锐的洞察力和预见力，也体现了作家思想的前瞻性和对未来世界的预言能力。由于科幻小说为作家提供了无限的可能性，巴特勒惯用星际旅行、与外星人相遇、具有特异功能的超能人等科幻范式，想象处理非裔美国人历史创伤的虚构未来。在科幻书写的同

---

[1] BELL B W. The contemporary African American novel: its folk roots and modern literary branches [M]. Amherst: University of Massachusetts Press, 2005: 344.

[2] BELL B W. The contemporary African American novel: its folk roots and modern literary branches [M]. Amherst: University of Massachusetts Press, 2005: 343.

[3] BELL B W. The contemporary African American novel: the folk roots and modern literary branched [M]. Amherst: University of Massachusetts Press, 2005: 344.

[4] 庞好农. 非裔美国文学史（1619—2010）[M]. 北京: 中央编译出版社, 2013: 330.

[5] BUTLER O E. Parable of the sower [M]. New York: Warner, 1995: 14.

第五章　20世纪90年代以来的非裔美国乌托邦书写

时，巴特勒善于运用奴隶叙述和自传体书写等传统形式，探讨种族、生物遗传学和种族关系中的权力斗争等问题。

她的《播种者寓言》（1993）和《天赋寓言》（1998）利用了科幻恶乌托邦的创作策略，书写了一个末世恶托邦世界，"不仅挑战父权制神话，也挑战资本主义神话、种族主义神话和女权主义神话"[①]。两部小说讲述了劳伦跟家人住在洛杉矶郊区的一个中产阶级围墙社区里，面临经济崩溃、社会秩序混乱和人性异化，在父亲失踪、哥哥暴死街头、生活家园被毁之后，她踏上了北上逃生的道路，故事将劳伦"向北方逃亡的奴隶故事与探索乌托邦世界融合在一起"[②]，塑造了末世生态危机怪象。小说针砭时弊，政治色彩浓重，又是一部有强烈政治动机的小说文本。

一、自然生态恶化

《播种者寓言》是一部"末世启示录"小说，呈现了一个光怪陆离的恶托邦世界。小说的书名取自圣经的马太福音，"散播在地上的种子将深入更多的人心中"。20世纪90年代，美国的生态危机和社会危机触发了作家的忧患意识和悲悯情怀。

《播种者寓言》以加利福尼亚州为创作背景，将故事时间设置在了2024年，记录了全球变暖之后加利福尼亚州所面临的种种社会问题。加利福尼亚州既是自由市场意识形态、自由主义生活方式和乌托邦反文化实验的先锋阵地，也是商业与生态灾难等反乌托邦现实的试验场；既是一个梦想实现与多元文化混合的场域，也是一个生态灾难和种族战争的噩梦之所，这种双重形象存在于美国文化大众想象中，长期以来成为乌托邦小说家创作的灵感之所。小说以夸张的形式描绘了资本主义社会所熟悉的社会问题，以寓言的形式描摹了被晚期资本主义所摧毁的美国未来，以及不断

---

① MILLER J. Post-apocalyptic hoping: Octavia Butler's dystopian/utopian vision [J]. Science fiction studies, 1998, 25 (2): 336-360. p.337.
② 欧翔英. 西方当代女权主义乌托邦小说研究[M]. 成都：四川大学出版社，2010：193.

恶化的种种社会现状，书写了"一部生态启示录"[①]。小说展示的未来世界里，人类生活又退回到工业革命之前，在全球变暖的影响之下，海平面上升，大量低洼的沿海地区消失，洛杉矶天灾不断，龙卷风、暴风雪和旱灾时有发生。旱灾发生时，南加利福尼亚州每六年降雨一次，火灾频发。农作物枯萎，食品价格哄抬，疾病肆虐。小说书写了"一部环境危机的寓言"[②]。

巴特勒笔下梦魇般的加州是新自由资本主义造成的恶果，是大商业资本主义在利润的推动下无限制地利用环境资源所致。2024年的美国被自由资本主义制度所吞噬，美国众议院议长纽特·金里奇在《与美国的合同》中承诺降低关税，减少政府监管力度，采取完全依赖市场的办法。随着自由化举措的实施，美国企业开始私有化，部分产业向私人资本和外国资本集中，跨国公司和集团开始取代政府并超越国家成为统治权威，掌美国的经济命脉，控制美国的土地、水等物自然资源。

二、经济生态恶化

《播种者寓言》是一部对新自由市场体系可能引起的混乱的经济预言。新自由资本主义导致大量工人掉进跨国公司的陷阱，沦为新时代的契约奴。跨国公司甚至拥有并管理整座城市，开始在美国社会生活中占据主导地位。跨国集团利用围墙围建起公司城镇或私有化城市，保护工人免受街头暴行的伤害，还建立了封闭式生活社区，工人在那里生活、工作和购物。但是，这是一种虚假的乌托邦生活。国家政客以牺牲工人阶级的利益为代价制定向跨国公司倾斜的制度，工人根本得不到国家法律的保护。根据唐纳总统修订的法律，工人没有最低的工资保障，一旦签约，意味着开始不断亏欠老板的工资，很快沦为债务奴隶。大雇主公司一般运用双重手段对工人进行操控：一是管理他们的日常生活，限制他们的活动自由，二

[①] 龙跃. 走出恶托邦播撒环境正义的种子——论巴特勒《播种者的寓言》[J]. 外国语文2014(6): 19-24. p. 24.
[②] 龙跃. 走出恶托邦播撒环境正义的种子——论巴特勒《播种者的寓言》[J]. 外国语文2014(6): 19-24. p. 24.

第五章　20世纪90年代以来的非裔美国乌托邦书写

是控制他们的日常生活必需品购买渠道，规定工人只能到指定的商店购买必需品，致使工人永远无法离开公司拥有的私有化城市。由于指定购买商店的商品价格昂贵，很多工人不得一次次举债，寡头公司对那些负债累累的工人采取复杂的管理方法，进一步抬高工人的债务。在这个新的资本主义制度下，员工被公司合法化利用，遭到无情的压榨，劳动价值被最小化，跟自己创造的价值严重不成比例。对外部世界的恐惧和对稳定生活的渴望促使许多工人无条件接受公司的要求，只能通过自己的劳动换取简单的生活必需品和些许的安全感。工人拼命工作，却常常资不抵债，负债累累。国家劳动法强制工人不得擅自辞去欠债的工作，否则要么被老板抓住遭到严刑拷打，要么被转手卖掉。工人被迫在低薪水、劳动条件极差的环境下长时间地负荷工作。小说中提到的小镇奥利瓦尔，曾经是个独立自给自足的城镇，在被跨国公司收购以后，工人步入绝境，工作条件极其恶劣，每天呼吸的是有毒的空气，喝的是被污染的水，只能接受在金融寡头的血汗工厂里做低微工作的现实。更糟糕的是，公司有"父债子还"的规定：父母一旦丧失劳动能力，孩子将被迫接任工作，偿还父母的债务，沦为"债奴"，所以工人基本上陷入了世代为奴的怪圈[①]。

　　小说采用了新奴隶叙述的方式，将晚期资本主义的债务奴隶制与19世纪美国蓄奴制废除之前的"隶农"及黑人解放后黑人的"佃农"进行关联。新奴隶叙述是指"套用南北战争之前奴隶叙事的形式、文本惯例和第一人称叙述的当代小说"[②]。蓄奴制时期，黑人奴隶的身体归种植园主所有，黑人是种植园主的私有财产，种植园主握有生杀予夺的权力，黑人没有任何人身自由可言。佃农制时期，种植园主提供土地和部分资本，有时候也提供一部分工具，到年底收成时节，按照契约上所规定的条件，共同分配成果。但种植园主与商人联合起来压榨黑人，黑人只能到指定的地方购买所需物品，由于黑人缺乏资本，不得一次次的举债，被一条永远还不完的债务锁住终身，世世代代背负着沉重的债务。巴特勒借用"当代债

[①] BUTLER O E. Parable of the sower [M]. New York: Warner, 1995: 259.
[②] RUSHDY A H A. Neo-slave narratives: studies in the social logic of a literary form [M]. New York: Oxford University Press, 1999: 3.

奴",将晚期资本主义的债务奴隶制与早期资本主义的历史现实结合起来。通过"在晚期资本主义剥削和非裔美国人奴隶制的历史运作之间建立了直接的联系"[1],意在呈现非裔美国人备受奴役历史的再循环与重复,批判了社会非正义。

新自由资本主义将美国变成了一个巨大的种植园或贫民窟,背离了福利国家的意识形态,没能让国家走向更加繁荣,反而每况愈下。

三、社会生态恶化

新自由主义引发一系列的社会危机,带来各种社会问题,也书写了一部社会生态危机寓言。由于政府失去了调控能力,国家职能失灵,没有国家的统筹,社会基础设施遭到严重破坏,医疗系统崩溃,公共卫生状况严重恶化。很多基本的生活用品被私有化,价格暴涨,导致物质资源匮乏,社会矛盾突出。普通民众的基本生活问题得不到保障,饮用水污染严重,太多人"没有体面的卫生设施或干净的水"[2]。警察、救护车及消防部门也被私有化,政府丧失了维持秩序、法律和捍卫人权的能力,没有警察力量来保护普通公民免受暴力或不公待遇。

随着经济状况急剧恶化,社会两极分化严重。由于社会收入分配不公,工人阶级和穷人被边缘化。富人生活在被保护的社区内,或者有着多层围墙的大厦内,颇似富有的种植园庄,拥有成栋的大房子和仆人。穷人与富人的生活形成强烈反差,"沿山而上是有围墙的宅邸,一座大房子旁边则是许多仆人居住的摇摇欲坠的小屋……我们路过的几个街坊,他们真是很穷,他们的围墙是用未刷浆的石头、混凝土块或者垃圾建成的。还有可怜的无围墙居民区域,许多房子被夷为平地——被烧毁、破坏、被侵扰。醉汉、吸毒者或无家可归的人蹲在肮脏的地方,跟那些带着污秽、憔悴、半裸的孩子的流浪者们待在一起。"[3]劳伦生活的社区对面就是"活骷

---

[1] JOO H J S. Old and new slavery, old and new racisms: strategies of science fiction in Octavia Butler's Parables Series [J]. Extrapolation, 2011, 52 (3): 279-299. p.292.

[2] BUTLER O E. Parable of the sower [M]. New York: Warner, 1995: 47.

[3] BUTLER O E. Parable of the sower [M]. New York: Warner, 1995: 9-10.

第五章　20世纪90年代以来的非裔美国乌托邦书写

髅"居住的"破布、棍子、硬纸板和棕榈树棚屋"①。

在社会经济体系瓦解的背景下，人们的生活秩序被打乱。主人公劳伦居住的罗夫莱多社区是个距洛杉矶有二十英里的中产阶级社区，原先居住的是包括黑人、白人、亚洲人和西班牙人在内的各色人群，大多是受过教育的中产阶级，四周有围墙，上面围有带刺的铁丝网②。现在却摇摇欲坠地处于生死存亡的边缘，慢慢地陷入绝境。由于穷困，基本生活得不到保障，根本养不起孩子，很少有年轻人考虑结婚。劳伦和她的邻居回到了"老式"的生活，只能通过互助来维持社区的完整性，用自己微薄的工资和有限的资源来维持基本的生活。大多数人自己种植蔬菜、果树和谷物来满足基本需求，多余的卖给邻居，易货交易回归为可行的经济运行法则。没有高科技娱乐，负担不起昂贵的电力和豪华娱乐，劳伦的邻居晚上只能享受"原始"的娱乐活动，天黑后尽早上床睡觉。看不起电视，在晚餐和天黑之间这段时间，有些人趁有光亮找个角落看书，有些人只得在前门廊或后门廊收听收音机。人们只能偶尔聚在一起聊天、唱歌、玩音乐、玩棋盘游戏，或者出去打排球、篮球、网球或踢足球。贫困社区的居民只能利用大自然自娱自乐。但是，有钱人则装备着高科技电视机、多感官设置、现实背心、触摸环和耳机等，沉浸在虚拟现实游戏或虚幻网络世界里。有一款名曰想象面具的产品备受青睐，这种带有护目镜的设备像布一样，轻巧舒适，佩戴者可以选择里面的人物角色，过着虚拟人物的生活。里面虚拟的生活很有现实感，佩戴者可以享受更简单、更幸福的生活。穷人可以享受财富，病人可以变健康，胆小的人可以变得英勇，丑陋可以变美丽。

随着两极分化严重，教育成为一种奢侈。公立学校被取缔，普通人无法接受正常的教育，只有富有的人才能支付得起教育费用。小说在这点上将文本与新奴隶叙述这一基本体裁联系起来，对许多前奴隶和奴隶文学来说，识字和写作技能的获得至关重要，是摆脱身心束缚的重要手段。但自由主义时期的美国，识字却成为一种奢求，社会文盲率急剧攀升，全国有一半多的人不识字，大量孩子沦为童工，没有前途可期。

---

① BUTLER O E. Parable of the sower [M]. New York: Warner, 1995: 79.

② BUTLER O E. Parable of the sower [M]. New York: Warner, 1995: 19.

到2024年，洛杉矶变成一个"渗出的疮"[①]，一个"被太多的蛆虫覆盖的尸体"[②]；"债务奴役"十分猖獗，"工人比奴隶更容易被抛弃"[③]，"穷人太多了"[④]"活骷髅"[⑤]到处可见；"小偷、强奸犯和食人族"出没在街头和高速公路上[⑥]；"工作越来越少"，孩子们"长大后没什么可期待的"[⑦]；"事物正在一点一点地解体、瓦解"[⑧]，"世界正在崩溃"[⑨]。

四、精神生态恶化

在跨国公司专制的情况下，社会道德体系和价值观念瓦解。由于政府职能丧失，跨国公司代替政府行使职能，跨国集团视利润为一切，为追逐利润不择手段，导致社会整体价值观念扭曲，公民个体的自我认同彻底丧失。

社会乱象丛生，社会暴力事件激增，人人行走在一个充满暴力的无秩序世界。在一个暴力充斥的社会里，只有富人能付得起大炮、私人保安和其他保安设备来保卫自己，大型购物中心周围"围着一道8英尺高的铁栅栏，堪比私人庄园周围的安全栅栏"[⑩]，配备有安全监控设备、摄像机、红外光束与观测台等防止坏人闯入，而无法自卫的人只能遭殃。劳伦生活的社区为中产阶级社区，人们生活在持续的恐惧之中，不断受到杀人犯、吸毒的纵火犯和拾荒者的攻击。成年人因为工作或者某些任务而冒险出门，也仅选择白天成队出行：一群人结队出行，或者带着装备，那是规则。在圣费尔南多山谷的某一处，劳伦所住的有围墙的街道，住着11个民族的住户，整个社区的人学习如何使用枪支，每个家庭至少有两支枪；唯一的安

[①] BUTLER O E. Parable of the sower [M]. New York: Warner, 1995: 96.
[②] BUTLER O E. Parable of the sower [M]. New York: Warner, 1995: 8.
[③] BUTLER O E. Parable of the sower [M]. New York: Warner, 1995: 291.
[④] BUTLER O E. Parable of the sower [M]. New York: Warner, 1995: 47.
[⑤] BUTLER O E. Parable of the sower [M]. New York: Warner, 1995: 79.
[⑥] BUTLER O E. Parable of the sower [M]. New York: Warner, 1995: 259.
[⑦] BUTLER O E. Parable of the sower [M]. New York: Warner, 1995: 13.
[⑧] BUTLER O E. Parable of the sower [M]. New York: Warner, 1995: 110.
[⑨] BUTLER O E. Parable of the sower [M]. New York: Warner, 1995: 247.
[⑩] BUTLER O E. Parable of the sower [M]. New York: Warner, 1995: 243.

第五章 20世纪90年代以来的非裔美国乌托邦书写

全喘息的时刻就是这个小社区的人成群短途出行的时候,他们到周边的山谷里去进行打靶训练。所有人都自愿担任消防和安全巡逻的工作。劳拉生活的社区像"被鲨鱼包围的岛屿"[①]。劳伦的搜寻父亲之旅进一步见证了暴力的残酷,在劳伦的父亲失踪之后,她走出高墙,寻找父亲,一路上,她[②],她发现了一只黑人的手臂,手臂"挂在矮橡树的低枝上",是"新鲜完整的一只手,以及一只下手臂和一只上臂",手臂被切开,但"仍然看起来很有力量——长骨、长手指、肌肉发达"[③]。不管那只手臂是不是父亲的,那只断臂足见手臂的主人惨遭了何种虐待和折磨,人体的碎片化和肢解化象征资本主义机制对黑人人体驯服的象征。

社会秩序的混乱和社会暴力丛生导致人性的异化和人类文明的丧失。异化表征之一是人失去了基本的羞耻感和尊严。赤裸污秽的年轻女人会跌跌撞撞地在公众场合走过,完全不在意自己是否赤身裸体,当暴力跨越了社会的界限,在公共场合裸体变成了一种"正常"的状态。在劳伦北上的求生之旅中,吃饭和喝水不再是一件愉悦的事,因为食物和水是有价值的东西,很容易引起他人的注意,所以人们会"快速、偷偷吞咽,就好像在做一些可耻或危险的事情"[④]。没有舒适的酒店,人们只能睡在满是灰烬和泥土的地上,浑身肮脏不堪,卫生清洁成为一种奢侈。异化表征之二是人与人之间失去了基本的信任感。劳伦的求生之旅给她上了新的一堂生存技能和动觉体验课,在目睹了大量依靠抢劫和盗窃生存的无家可归者之后,促使她对陌生人和捕食者时时保持警惕,不敢轻易信任别人,即使那些看起来软弱无辜的人,也要加以防范,以防被偷走东西[⑤]。异化表征之三是人性的丧失。在发现死人之后,拾荒者首先想的是去剥死人的衣服,寻找对自己有用的物品,所以经常会发现赤身裸体的人横尸街头,得不到妥善掩埋。在劳伦北上的途中,经历了几起因饥饿或贫困引发的骇人听闻的事

---

① BUTLER O E. Parable of the sower [M]. New York: Warner, 1995: 50.
② BUTLER O E. Parable of the sower [M]. New York: Warner, 1995: 30.
③ BUTLER O E. Parable of the sower [M]. New York: Warner, 1995: 131.
④ BUTLER O E. Parable of the sower [M]. New York: Warner, 1995: 177.
⑤ BUTLER O E. Parable of the sower [M]. New York: Warner, 1995: 181.

件，体会到人性的贪婪和自私。其中，一个小围墙社区遭遇火灾，几乎所有的高速公路上的拾荒者一看到火就向它奔去，希望能在残骸中拾取可能需要的东西[①]。异化表征之四是人性野蛮的潜层面暴露出来，食人主义、恐怖主义压迫成为社会常态。烧杀、强奸、抢劫等暴力攻击行为成为取代文明人类社会的常态，大街道上满是杀人犯、盗贼和毒贩，窃贼常常偷窃一些如食品、收音机、工具和钉子、金属丝、螺丝钉、螺栓之类的日常用品。

无论是教堂和社会为基础的传统社区，还是以核心家庭为基础的核心家庭结构都无法有效地应对破坏性的变化。罗夫莱多社区的覆灭代表着中产阶级美国梦理想的破灭和文明的丧失。罗夫莱多代表了黑人生活的城市现状。与城市贫民区的非裔美国人的历史状况相似，罗夫莱多经常面临遭受外来袭击的危险，并且缺乏必要的资源来保障安全和自给自足。即使劳伦父亲的基督教信仰也不能改变罗夫莱多市民的处境。筑就的高墙无法抵抗墙外的暴力，终于被吸毒者在药物的刺激下放火焚烧，暴徒烧掉房屋、强奸妇女、杀人越货，摧毁了整个社区。"无论是社区还是核心家庭都变得无法依靠"[②]，美国传统的个人主义梦想失败，自由政治文化制度恶化。

《播种者寓意》勾勒出了一个典型的反面乌托邦世界，人类彻底丧失文明，人性异化，退回到一个返祖、虚无主义的世界，在现实生活中找不到希望的人们逃到虚拟现实制造的梦幻世界里躲起来。《播种者寓言》呈现了社会福利国家的失败，以及即将到来的环境、社会、经济与道德的崩溃。小说具有浓厚的末世色彩，反映了里根时代共和国权力梦想的破灭，是"第一部乌托邦式的达尔文式启示录"[③]。但小说不是完全绝望，非裔美国黑人女性劳伦创造了"地球种子"宗教，给末世图景涂抹上了一丝亮色，体现了批判性反乌托邦的思想。

---

① BUTLER O E. Parable of the sower [M]. New York: Warner, 1995: 227-28.
② STILLMAN P G. Dystopian critiques, utopian possibilities, and human purposes in Octavia Butler's Parables [J]. Utopian studies, 2003, 14(1):15-35. p. 21.
③ Johns A. "The time had come for us to be born": Octavia Butler's Darwinian apocalypse [J]. Extrapolation (pre-2012), 2010, 51(3): 395-413,343. p.410.

第三节 《天赋寓言》与宗教恶托邦

《天赋寓言》（1998）是《播种者寓言》（1993）的续编，《播种者寓言》以一个基于"地球种子"（Earthseed）的乌托邦式飞地——橡子社区的创立而终。小说讲述了极端宗教原教旨主义的宗教偏执以及对"地球种子"的不宽容，探讨了美国后现代社会下宗教之间的冲突问题。

一、宗教恶托邦的缘起："地球种子"

"地球种子"由黑人女性劳伦所创，她能创造出一种不同于基督教的教义，归因于她的"移情综合症"。以及对父亲信仰的怀疑劳伦的母亲在怀孕期间由于服用药物，致使劳伦患上了一种病症，让她经常产生错觉，能感受到他人的喜乐，体验到他人的痛苦。譬如，如果看到有人受了刀伤，劳伦也会犹如被刀割一样。这种特殊的心灵感应能力让她更加真实地体验到现实世界，更多地思考人的异化问题。劳伦由此承担起了混乱世界里拯救者的角色。"地球种子"源于劳伦对父亲信仰的质疑，始于劳伦对生活的罗夫莱多社区问题的思考，发展于劳伦北上的旅途之中，成熟于橡子社区成立之时。劳伦的父亲是浸信会牧师，劳伦自幼受基督教的熏陶，父亲希望女儿接受基督教洗礼，劳拉也遵从了父亲的意愿。然而，当劳伦看到她生活的城市甚至整个国家长期处于不可逆转的命运之中时，她向上帝祈祷，但上帝并没有给她没有任何回应。整个国家依然秩序混乱、权力膨胀，生态环境严重破坏，似乎是对上帝怜悯之心的无情嘲讽。劳伦意识到必须找到应对变化的方法，她开始质疑上帝，最终摒弃了父亲的宗教信仰。

劳伦的"地球种子"为世界末日提出了另一种宗教解决方案，一种基于父亲的浸礼会信仰却又有所不同的宗教。"地球种子"也信仰上帝，但融入了黑人神学传统，沿袭了灵性在个体解放中的作用，是一种"宗教信仰、学说和科学的混合体"①。"地球种子"对上帝的理解与浸礼会有所不同。浸礼会将上帝定位在世界之外，认为上帝是遥远的、静止的、无所不能的"超级父亲"形象。上帝承诺通过信仰和忍耐苦难来换取来世的幸福，对顺从者提供直接世俗救赎，对不服从者给予惩罚。但"地球种子"不接受超自然上帝的存在，而是融入了科学唯物主义的元素，将上帝从自然秩序之外重新置于自然界之内，成为宇宙的终极力量和根本逻辑。根据生物进化论、混沌理论、相对论和热动力第二定律等科学理论，"地球种子"相信宇宙万物都在以某种方式发生着变化。变化是生命的根本，人类应该拒绝停滞，对变化持开放态度，以积极的心态投入一个开放、不可预知的变化进程当中。可见，"地球种子"不是以天堂为中心的世俗宗教，而是积极参与变化的宗教。"上帝即变化"成为"地球种子"的核心信条，构成了劳伦创造的宗教体系的基石。如小说所示：

　　上帝是力量——无限的，

　　不可抗拒，无情，冷漠。

　　然而，上帝是柔韧的——骗子、老师、混乱、黏土。

　　上帝存在是为了被塑造。上帝是变化。②

　　"你触摸到的一切

　　你改变的一切

　　改变你

　　唯一永恒的真理

　　是变化

　　上帝即变化"③

基于变化的理念，劳伦的"地球种子"倡导积极入世，主张通过个人责任和行动改变命运和世界。当浸礼会的上帝在惩罚审判众人，众人只能

---

① ALLEN M D. Octavia Butler's parable novels and the "boomerang" of African American history [J]. Callaloo, 2009, 32(4): 1353–1365.p.1362.
② BUTLER O E. Parable of the talents [M]. New York: Seven Stories P, 1998: 22.
③ BUTLER O E. Parable of the talents [M]. New York: Seven Stories P, 1998: 8.

被动地信仰、盲目地等待上帝奖赏的时候,"地球种子"则鼓励人们用实际行动去塑造上帝,用群体智慧去适应形势与环境的变化。"地球种子"并不寻求回到过去,也不承诺来世的愿景,而是教导众人,活在当下,利用每一刻去体验上帝。如小说所示:

> 在"地球种子"里,没有承诺的来世。"地球种子"的天堂是字面上的,物理上的——围绕着其他恒星的其他世界。它承诺它的人民只有通过他们的孩子、他们的工作和他们的记忆才能永生。对人类来说,永生是通过在其他世界播种地球种子来赢得的。它的承诺不是住在豪宅里,喝牛奶和蜂蜜,或者永远遗忘在某个广阔的涅槃中。它的承诺是努力工作和全新的可能性、问题、挑战和变化。[1]

劳伦坚持活在现在,而不是专注于过去,这为"地球种子"的追随者提供了目的和方向。"地球种子"成为一种行动呼吁,一种人们可以通过直接行动改变地球及世界命运的信念。劳伦的教义凸显了对社会行动主义的呼吁,为当世受苦受难的人们提供了一种生存策略。劳伦的宗教体系也摒弃了人类永恒婴儿期的观念,主张拥抱独立,勇于承担责任,参与现实世界的建设,对抗现实压迫系统。"地球种子"主张的变革学说、社会行动主义、自力更生和自我自治重塑了上帝和人类之间关系模式。这种宗教乌托邦敦促个人积极参与人类生存的直接和世俗需求,履行公民应尽的责任,设想利用宗教找到解决现世问题的解决方案,让每个家庭和生命个体受益。通过对上帝的重新诠释,"地球种子"参与了非裔美国人对基督教神话的操纵。

"地球种子"既是一个积极参与世界变化的宗教,又是一个主张拥抱差异和多样化的宗教。"地球种子"将上帝与人类之间的关系由父亲和孩子的关系转变为兄弟般的情谊关系,突破了传统的宗教等级思想,鼓励创建一个基于社会平等和正义的社会,将平等关系推至极至。它又从生态学的角度出发来重新认识人类社会,批判西方现代性中的自然他者,关注人与环境的有限性,这体现了生态乌托邦的愿景。另外,"地球种子"具

---

[1] BUTLER O E. Parable of the talents [M]. New York: Seven Stories P, 1998: 49.

有很大的包容性，挑战了如种族、年龄、阶级、性别、宗教等所建立的界限。

"地球种子"不仅拥抱差异，还基于相互关联理念提出了地球上可持续生活的伦理，努力追求一种包容差异与保持生态平衡的生活方式。基于生态平衡的理念，"地球种子"倡导依赖传统的宗教或核心家庭，建立一个人与人之间相互扶持的理想社区，用以应对无序的破碎的后现代世界。通过"地球种子"，劳伦在她与追随者之间建立了一个相互联系交互网络。"地球种子"奉行的"民主、共产主义、人人平等的价值观念"[1]构建了一种基于"互惠的世界观"[2]，使"地球种子"成为一种接受了世俗性的世俗宗教。

"地球种子"作为一种心理与精神应对手段，是劳伦用于解决自身与外部世界混乱政治之间矛盾的工具，一种对抗文化和精神虚无主义的有效选择。如小说所言，"我们都需要梦想、需要幻想来维持生活，度过艰难时期"[3]。上帝赋予了劳伦以天赋、灵感和洞察力来改变世界，劳伦则通过个人责任实现社会变革，她利用自己的话语成就了一个新世界。

二、原教旨主义下的"宗教恶托邦"

"地球种子"是《播种者寓言》里出现的一个与基督教教义有异的宗教教派，由劳伦所创，旨在应对混乱无序的现实世界，橡子社区为地球种子提供了肥沃的生长土壤，一粒成熟的宗教果实就此诞生。但由于地球种子对上帝的不同理解颠覆了基督教在美国社会中的核心位置，遭到原教旨主义者的毁坏。美国是一个宗教信仰多元化的国家，不同种族、民族的人群往往有着不同的宗教信仰。那么，对不同的宗教信仰持何种态度也是作家的立场问题，巴特勒在《天赋寓言》中讲述了信奉"原教旨主义"的

---

[1] STILLMAN P G. Dystopian critiques, utopian possibilities, and human purposes in Octavia Butler's Parables [J]. Utopian studies, 2003, 14(1):15-35. p. 27.

[2] MILLER J. Post-apocalyptic hoping: Octavia Butler's dystopian/utopian vision [J]. Science fiction studies, 1998, 25 (2): 336-360. p. 356.

[3] BUTLER O E. Parable of the talents [M]. New York: Seven Stories P, 1998: 48.

第五章　20世纪90年代以来的非裔美国乌托邦书写

"基督教美国"对"地球种子"教派的宗教压制和无情镇压。

在《天赋寓言》中，作家通过极权主义世界黑暗、压抑图景的反面乌托邦叙事，批判性地质疑原教旨主义者在美国社会中的作用。与"地球种子"不同，"基督教美国"奉行基督教原教旨主义，"认为世界是一个对与错、善与恶、光明与黑暗、财神与上帝、肉与灵、魔鬼与天使、尘世诱惑与天堂召唤并存的对立体。在这样一个对立的世界里，圣经作为上帝对真理独特和绝对正确的揭示拥有无上的权威，人们必须遵循上帝喜好的或与上帝意旨相符合的一系列道德规范和信仰。"[①]。《大英百科全书》指出"原教旨主义"的两层含义：（1）它是一种保守的基督教思想，它抵制19世纪后期至20世纪初期很有影响的自由主义或现代主义的神学倾向；（2）它是一种有自己的组织和机构的保守运动，旨在宣传原教旨主义的五个基本要点，即新教圣经的无误性、基督的童贞和神性、基督的替代赎罪、他的身体复活以及他奇迹的真实性。原教旨主义从神学思想的视角，恪守传统宗教圣典，将宗教经典当作超时空的、永恒的、绝对的真理。通过保护其经典中的永恒真理，"原教旨主义"隐含了一种不顾历史发展的观点，希望回到原始道德时期，认为历史本身是一个从最初的理想状态向后退化的过程，是对基本原则的背叛。这与现代主义、启蒙人类主义、世俗主义、自由主义、社会主义和进化科学相对立，因此"原教旨主义"有极强的保守性、对抗性、排他性及战斗性，甚至不惜用政治和军事手段维护其立场。

到20世纪初，"原教旨主义"成为一场跨越许多教派和国家的重大宗教运动。早期出现在美国的"原教旨主义"，是对20世纪初期现代主义所带来的文化变迁，尤其是"红色恐慌"时期在美国出现的布尔什维主义和无神论的反应。原教旨主义者认为圣经文明在美国已经结束，只有回归圣经的基本教义，才能回到最初的完美状态，因而掀起原教旨主义运动，宣传基督教的基本信仰。20世纪70年代，美国社会堕胎、弃婴严重，婚前性生活、同性恋和吸毒等现象泛滥，美国"原教旨主义"重新抬头。"原教旨主义"作为美

[①] 李力，曾强. 美国的基督教原教旨主义 [J]. 国际资料信息，2005(6)：32-37. p.34.

国清教徒自我强大的精神支撑，是美国文化进步和文化认同的基础之一。然而，随着"原教旨主义"走向极端，暴力行为不断升级，原教旨主义者与女权主义者、少数族裔与右翼之间的关系日趋紧张。奉行原教旨主义的联盟在八九十年代的美国科幻小说中多以战争者的恶形象出现，成为启示录小说呈现的一个主要内容。

《天赋寓言》展现了原教旨主义统治的梦魇世界，证明了"原教旨主义政权的危险"[①]。小说呈现了环境恶化、经济崩溃、暴力和犯罪猖獗的世界末日景象，面对摇摇欲坠的社会秩序，弥漫在社会中的恐惧让人民丧失了理性，强烈希望回归到一个更简单的时代。"基督教美国"作为一个统治国家的极权神权政治，利用了这种普遍存在的恐惧心理，要以"原教旨主义"为宗教要义，通过接受上帝的专制力量来恢复社会秩序，这在混乱和无序的社会里蛊惑了很多信徒。劳伦的弟弟马克就是代表之一，马克在十四岁时看到家人被杀害，忍受了种种奴役和屈辱，情感的脆弱和心理上的恐惧让他追求能带来永恒和真理的"基督教美国"教义。然而，部分政客将宗教教条主义和政治权威结合起来。美国总统候选人安德鲁·贾雷特努力宣扬上帝选民论，宣称美国是上帝拣选的国家，将基督教信仰与民族主义结合起来，让美国回归到美好过去的道德时期。他运用政治权力排除异己，充分利用种族主义、阶级主义和仇外心理，通过消除文化和宗教差异来恢复上帝的神圣起源，重获美国的全球霸权地位。在他的一次"基督教美国"布道中，他高喊：

> "我们是基督徒吗？是吗？我们是上帝的子民，否则我们就是污秽！我们是上帝的子民，否则我们什么也不是！我们是上帝的子民！上帝的子民！……为什么我们允许自己被撒旦的盟友引诱和背叛。这些异教徒提供虚假和非基督教的教义？这些人……这些异教徒不仅错了，他们很危险。"[②]

[①] ANDREOLLE D S. Utopias of old solutions for the new millennium: a comparative study of Christian fundamentalism in M.K. Wren's A gift upon the shore and Octavia Butler's Parable of the sower [J]. Utopian Studies, 2001, 12(2): 114-123. p.114.

[②] BUTLER O E. Parable of the talents [M]. New York: Seven Stories P, 1998: 88.

第五章　20世纪90年代以来的非裔美国乌托邦书写

"基督教美国"将他类宗教视为对美国民主的威胁，视异教徒为国家公敌，威胁到美国与上帝的神圣契约。"基督教美国"是一种扭曲的基督教形式，导致了种族暴行和种族灭绝的行为。

在极权主义统治之下，极权政府动用各种暴力手段，对思想异己者进行残酷的报复。"地球种子"由于教义不同而遭到"基督教美国"的无情镇压。小说中的"基督教美国"是一个政治统治之下准军事组织，经常组成治安小组来执行"正义"，殴打、折磨"女巫"，甚至施以私刑。然而，所谓的"女巫"指的是持不同教义的人，穆斯林、印度教信仰者、摩门教徒、佛教徒、天主教徒，甚至无神论者等非新福音教徒都被视为邪教异己分子。政治极权阶层采取极权统治，剥夺个体的人身自由，对民主意志进行践踏，用强硬的政治手段维护现有的政治利益。如同黑人历史上的三K党，极端分子身穿"黑色外衣"，胸前佩戴"大白十字，就像在教堂里一样"[①]的十字架进行恐吓威胁，审判和惩罚那些偏离正道的人。

"基督教美国"除了对异教徒严格监控，还对有异端迹象的女性进行处置。小说中蛊惑分子贾雷特在父权制思想的影响之下，坚持宣扬女性要"受到尊敬、受到保护"，但首先必须"保持沉默，遵从丈夫、父亲、兄弟和成年儿子的意愿"[②]。女性不能僭越自己的位置，不能进入男性的行业。"基督教美国"对女性的仇视达到了令人发指的程度。在一些严重的市镇，那些不服从丈夫的女性、举止像男人的女性以及没有女人味的女性会被剃光头、被割舌、额头被打烙印，甚至被砸死、被烧死的厄运。他们将同性恋行为视为"邪恶，堕落的兽交"[③]。其中，同性恋梅（May）因自己的同性倾向而被宗教狂热分子割断舌头。这种压制女性话语的做法是逆历史而动的。

小说重点展现了"基督教美国"的新福音极端分子对橡子社区的镇压。由于"地球种子"对上帝的新诠释，引起了"基督教美国"的仇视，

[①]　BUTLER O E. Parable of the talents [M]. New York: Seven Stories P, 1998: 17-18.

[②]　BUTLER O E. Parable of the talents [M]. New York: Seven Stories P, 1998: 94.

[③]　BUTLER O E. Parable of the talents [M]. New York: Seven Stories P, 1998: 95.

它的追随者视"地球种子"为邪教,视其信仰者为"怪人""恶魔"①。一群组织严密的宗教狂徒攻击了橡子社区,将橡子社区改造成基督教再教育中心,运用暴力手段强行控制非信徒的身体和精神,强迫他们信奉"原教旨主义"的信条。再教育中心强行将男女分开,分离治理,只允许阅读圣经,进行祷告,如果被发现从事其他的活动,则会遭鞭打。负责对异教徒进行教育的极端分子的官方头衔是"教师",他们对"学生"进行身体控制和精神操控,稍有不从,就是鞭打一通。为了避免"学生"反抗,极端分子利用高科技手段给被征服者套上"电子罪犯控制装置"②。奴隶制时期,为了防止奴隶逃跑,奴隶的脖子被套上项圈。新奴隶叙事中,这种电子奴隶项圈利用现代化的高科技手段,用手指一碰就能造成巨大的疼痛,但不会留下任何伤痕。所有的项圈以某种方式连接在一起,由一台主机控制。如果佩戴者违抗命令或戴着项圈走到围栏之外,项圈会自动触发。高科技控制民众的手段与奴隶制度下奴隶所忍受的折磨类似,营地里的人稍有不慎,就会遭到严刑拷打。备受奴役和折磨的橡子社区成员无一人能逃出恶魔般的掌控。

在基督教营地,极端分子除了实施残酷的统治,还实施性侵害,强奸妇女,绑架儿童。"十字军"强行性侵妇女,有些性虐待狂或精神变态者还鞭打妇女以获得性快感,连劳拉也未能幸免。有的女性不能忍受屈辱,奋起反抗后自杀身亡。极端分子还绑架儿童,强行送至基督徒家庭接受教育和培养。极端分子利用一种毒气绑架了儿童,提取这些儿童的手印、脚印和基因等信息,将这些记录储存起来,防止儿童被"异教"父母收养。显然,白人是"文明"的标尺,橡子社区被极端分子占领后,劳伦的女儿拉金被强行带走,被一个美国基督教家庭收养。这与美国早期历史上白人的做法如出一辙,扯断了黑人跟历史与文化之根的联系。由于很小就与母亲分离,在一个没有爱的家庭环境中长大,在故事结尾重聚时,拉金无法与母亲建立起家庭纽带关系,无法与母亲建立和谐健康的母女关系。奴隶制的创伤留下了不可磨灭的创伤,如巴特勒所言,"如果我们不改变当前

---

① BUTLER O E. Parable of the talents [M]. New York: Seven Stories P, 1998: 24.
② BUTLER O E. Parable of the talents [M]. New York: Seven Stories P, 1998: 90.

的世界观，不更加宽容，黑人家庭甚至所有家庭的磨难都会成为一个反复出现的循环"[1]。

"基督教美国"还对橡子社区成员实施文字狱般的统治，企图抹杀"地球种子"的历史。极端分子强行"烧毁了我们的书籍和文件。他们烧毁了能找到的关于我们过去的一切"[2]。历史上，黑人被禁止读书识字，因为白人担心习得知识之后的黑人会奋起反抗白人的压迫，所以极力压制黑人的话语权，磨掉黑人的身份意识，扼杀觉醒者的思考能力。同理，小说中的极端分子试图通过剥夺橡子社区成员的话语权力来抹去"地球种子"的历史。

然而，"地球种子"终究没有被抹掉，小说末尾，劳伦完成了她的使命，让"地球种子"在地球上生根发芽，"我已经把它埋在地下，埋在沿海的山区，在那里它可以和我们红杉树差不多的速度生长"[3]。小说结尾暗示"地球种子"的成员可能已离开地球，进驻火星，"地球种子"的命运终究是扎根于群星之中。"地球种子"扎根于星空的命运象征着个人痛苦结束，体现了批判性反乌托邦的思想。

---

[1] ALLEN M D. Octavia Butler's parable novels and the "boomerang" of African American history [J]. Callaloo, 2009, 32(4): 1353–1365. p.1362.
[2] BUTLER O E. Parable of the talents [M]. New York: Seven Stories P, 1998: 212.
[3] BUTLER O E. Parable of the talents [M]. New York: Seven Stories P, 1998: 21.

本章小结

　　20世纪90年代以来，随着"乌托邦之死"论调的提出，60年代以来曾一度繁荣的非裔美国乌托邦逐渐式微，让渡于反面乌托邦创作。巴特勒的《播种者寓言》呈现了新自由资本主义蔓延下经济瘫痪、国家消亡、贫富差距拉大、阶级分化严重、人性异化和人类文明丧失的末世恶乌托邦景象。巴特勒的《天赋寓言》呈现了极端宗教原教旨主义和极端分子对异教徒的不宽容态度，采取的极权主义统治和宗教压制，探讨了美国后现代社会下美国宗教之间的冲突问题。简言之，当然，恶托邦不是完全的绝望，体现了批判性反乌托邦的思想。

　　这些作品都采用了新奴隶叙事的模式，在继续关注种族、阶级话题的同时，探讨的乌托邦焦点问题由追求种族自由、女性解放，转到时兴的当下社会话题，如技术、赛博、全球环境、宗教、暴力等问题，对普遍的人性问题展开了深入的思考。非裔美国乌托邦传达的内容更加广泛与深入，反映出非裔美国人的普世视野和不断开拓进取追求自由平等的心态。

结 语

结 语

　　文学的政治性是非裔美国文学的一个典型特征，纵观20世纪非裔美国文学，可以看出，存在大量以种族自由平等和黑人个体解放为目标的乌托邦书写，反映了处于边缘位置的非裔美国人对更加美好生存方式的追寻。本课题以乌托邦理论家鲁思·莱维塔斯的"对更加美好生存方式的欲望"和恩斯特·布洛赫的"希望哲学"作为基本概念框架，在梳理不同历史阶段各种形式乌托邦的基础上，阐释了非裔美国人从本土寻找乌托邦、到逃离美国构建世界民族乌托邦、到转向个体乌托邦、到乌托邦破灭引发反面乌托邦的全过程。在全面总结非裔美国乌托邦创作从萌芽、诞生、发展到成熟的整个嬗变历程，分析了非裔美国乌托邦想象的整体表征。

　　本研究共分为上篇、中篇和下篇三大部分。上篇为20世纪上半期，涵盖前三章，这时期的非裔美国乌托邦以抒发政治情怀为主，着力表现种族平等和民族解放主题，以集体叙事和民族国家宏大叙事为基调，无论是脱离美国政治体制而构建黑人民族国家，还是在美国政治体制之内对"黑人美国梦"的追寻，都展现了对自由平等政治乌托邦的渴望，对未被满足的民族、民权和民生的热望。中篇为第四章，20世纪60年代至80年代在延续政治书写的基础上，乌托邦的类型多样化，展现了黑人权力、女性和生态等主题，跟黑人权力运动与黑人女权主义盛行的"乌托邦时刻"相吻合，构成了非裔乌托邦创作的繁盛期。下篇为第五章，20世纪90年代的非裔美国乌托邦创作在继续关注种族、阶级话题的同时，转到时兴的社会话题，开始关注美国经济、全球环境、宗教、暴力等内容，批判政治独裁、宗教压制和社会非正义，视野更加开阔。可见，美国非裔乌托邦追寻与其自身生存状态息息相关，乌托邦焦点经历了由追求种族平等自由、女性解放到时兴的当下社会话题的转变，其范类也经历了由政治、女性乌托邦，到生态、建筑、美食、布鲁斯异托邦，到种族、宗教恶托邦等不同类型的转变。艺术表现形式上，早期的非裔美国乌托邦在艺术手法上遵循单一的套路或模式，体现出较强的政治说教意味，后期的非裔美国乌托邦则糅合了科幻、新奴隶叙事、时空穿越等形式，在表现手法上趋向多元，文学阅读性更强，体现出创作的多维度和厚重度，逐渐走向成熟。

非裔美国乌托邦逐渐走向成熟，也与非裔未来主义思潮的兴起密切相关。非裔未来主义是非裔作家对种族主义、性别政治和未来社会进行"另类命运"书写的有力手段，旨在将黑人从过去中解放出来。[1]它结合了"科幻小说、历史小说、推想小说、幻想、非洲中心性、带有非西方信仰的魔幻现实主义等元素"[2]，利用"非裔美国声音"来讲述"文化、技术与未来事物"的故事[3]。内容上，在延续黑人政治母题的基础上突破了族裔的局限，更关注整个人类的未来，在关注世界性热点问题和社会整体生活的同时也关注个体自身和日常生活，将种族、阶级、同性恋等问题与孤独、异化等主题作为跨越时空的普遍问题展现出来。转向非洲元素和技术传统，如祖先崇拜、物神崇拜，万物有灵、生命轮回，以及道德、集体主义等非洲价值体系。艺术上，融合了黑人性、美国性和世界性，呈现出艺术创新的多样化。除了利用科幻元素之外，还糅合了奇幻、布鲁斯和爵士乐等元素，将非裔科幻置于朋克、黑客、音乐等视域之下，成为表现乌托邦主题的有力手段。非裔未来主义乌托邦想象以万物有灵论和共生关系为基本世界观，通过赛博人、异形人、水生生物、吸血鬼等后人类身份的想象，展

---

[1] DERY M. Black to the Future: Interviews with Samuel R. Delany, Greg Tate, and Tricia Rose [M]// DERY M. Flame wars: the discourse of cyberculture. Durham: Duke UP, 1994. 179-222. p.180.

[2] WOMACK YL. Afrofuturism: The world of black sci-fi fantasy and fantasy culture [M]. Chicago: Chicago review press, 2013: 9.

[3] NELSON A. Introduction: future texts [J]. Social text, 2002 (20): 1-15.p.9.

现人工智能、基因工程、网络黑客等话题，构建倡导多元化和包容性的后人类、后性别和后家园乌托邦。

　　本课题的研究具有理论意义和现实价值。课题从学理层面把握非裔美国人在不同历史时期的诉求，能丰富我们对美国社会结构、政治文化以及非裔美国人民族心理的理解与把握，让我们更加全面地认识非裔美国文学。同时，在今天，重新审视美国的种族问题并回顾非裔美国人以乌托邦形式传达的政治愿望和种族诉求具有现实意义。此研究可以廓清非裔美国乌托邦与美国主流政治和文化的内在关联，认清非裔美国人的生存现实，让我们看到美国社会的内部矛盾和人民根本福祉难以实现的现状。近年来，白人警察的暴力执法引起大规模的黑人抗议，将美国种族问题再次推到风口浪尖上，"黑人的命也是命"的抗议口号与一个多世纪以来黑人追求自由平等的政治愿望不谋而合，实现黑人的真正自由平等还有很长的道路要走。

　　对非裔美国乌托邦的追寻仍在路上。可以预见，新世纪的非裔美国乌托邦书写将依托非裔未来主义，通过后人类、后性别和后家园乌托邦进行对抗性未来书写。在关注历史与现实中的种族、性别与阶级等问题的同时，着力呈现黑人无家可归、疏离异化和颠沛流离等"后现代性"历史遭遇，重新构建新的黑人未来和黑人主体性。

参考文献

[1] AHMAD D. Landscapes of hope: anti-colonial utopianism in America[M]. Oxford: Oxford University Press, 2009.

[2] AHMAD D. "More than romance": genre and geography in Dark Princess [J]. ELH, 2002, 69(3): 775–803.

[3] ALJOE N N. Aria for Ethiopia: the operatic aesthetic of Pauline Hopkins's Of One Blood[J]. African American review, 2012, 5(3): 277–290.

[4] ALLEN M D. Octavia Butler's parable novels and the "boomerang" of African American history[J]. Callaloo, 2009, 32(4): 1353–1365.

[5] ANDREOLLE D S. Utopias of old solutions for the new millennium: a comparative study of Christian fundamentalism in M.K. Wren's A gift upon the Shore and Octavia Butler's Parable of the sower[J]. Utopian studies, 2001, 12(2): 114–123.

[6] ARNOLD R. The art and imagination of W. E. B. Du Bois[M]. Cambridge: Harvard University Press, 1976.

[7] AWKWARD M. Authorial dreams of wholeness: (dis)Unity, (literary) parentage, and The women of Brewster place[M] // GATES H L, Jr, APPIAH K A. Gloria Naylor: critical perspectives past and present. New

York: Amistad, 1993: 37–70.

[8] BACCOLINI R. Science fiction, nationalism, and gender in Octavia E. Butler's "Bloodchild"[J]. Constructing identities: translations, cultures, nations, 2008: 295–308.

[9] BARAKA A. Home: social essays[M]. New York, Morrow, 1966.

[10] BELL B W. The contemporary African American novel: its folk roots and modern literary branches[M]. Amherst: University of Massachusetts Press, 2005.

[11] BELLINELLI M. A Conversation with Gloria Naylor[M]// MAXINE L M. Conversations with Gloria Naylor. Jackson: UP of Mississippi, 2004: 105–110.

[12] BERGMAN J A. The motherless child in Pauline Hopkins's Of One Blood [J]. Legacy, 2008, 25(2): 286–298.

[13] BHALLA T. The true romance of W.E.B. Du Bois's Dark Princess[J/OL]. [2021-04-22]. http://sfonline.barnard.edu/feminist-and-queer-afro-asian-formations/the-true-romance-of-w-e-b-du-boiss-dark-princess/

[14] BLOCH E. The spirit of utopia[M]. Trans. ANTHONY A N. Stanford: Stanford University Press, 2000.

[15] BOBO J. Black feminist cultural criticism[M]. Massachusetts: Blackwell Published Ltd, 2001.

[16] BONETTI K. An Interview with Gloria Naylor[M]//MONTGOMERY M L.Conversations with Gloria Naylor. Jackson: University Press of Mississippi, 2004: 39–64.

[17] BRONDUM L. "The persistence of tradition": the retelling of Sea Islands culture in works by Julie Dash, Gloria Naylor, and Paule Marshall// DIEDRICH M, GATES H L, Jr, PEDERSEN C. Black imagination and the middle passage. New York: Oxford University Press, 1999: 153–163.

[18] BROWN L W. Lorraine Hansberry as ironist: a reappraisal of A Raisin in the Sun[J]. Journal of black studies, 1974, 4(3): 237–247.

[19] BUFKIN S. "The true and stirring stuff of which romance is born": Dark Princess and the revolutionary potential of literary form[J]. Journal of modern literature, 2013, 36(4): 62–76.

[20] BUTLER O E. Parable of the sower[M]. New York: Warner, 1995.

[21] BUTLER O E. Parable of the talents[M]. New York: Seven Stories P, 1998.

[22] CHANG H C. Critical dystopia reconsidered: Octavia Butler's Parable series andMargaret Atwood's Oryx and Crake as post-Apocalyptic dystopias[J]. Tamkang review, 2011, 41(2): 3–20.

[23] CHRISTIAN B T. We are the ones that we have been waiting for: political content in Alice Walker's novels[J]. Women's studies international forum, 1986, 9(4): 421–426.

[24] CLAEYS G, SARGENT L T. The utopia reader[M]. New York: New York University Press, 1999.

[25] CLEAGE P. Gloria Naylor[M] // MONTGOMERY M L. Conversations with Gloria Naylor. Jackson: University Press of Mississippi, 2004: 65–69.

[26] COLLINS P H. Black feminist thought, knowledge, consciousness, and the politics of empowerment[M]. New York: Routledge, 2002.

[27] DELANY S R. Shorter views: queer thoughts and the politics of the paraliterary[M]. Hanover, NH: Wesleyan University Press, 1999.

[28] DELANY S R. Trouble on Triton[M]. Hanover, London: Wesleyan University Press, 1996.

[29] DANIELS M A. The limits of literary realism: Of one blood's post-racial fantasy by Pauline Hopkins[J]. Callaloo, 2013, 36(1): 158–177.

[30] DEL GIUDICE L. Mountains of cheese and rivers of wine: Paesi di Cuccagna and other gastronomic utopias[M] // DEL GIUDICE L, PORTER G. Imagined states: nationalism, utopia, and longing in oral cultures. Logan, Utah: Utah State University Press, 2001: 11–63.

[31] DERY M. Black to the Future: Interviews with Samuel R. Delany, Greg

Tate, and Tricia Rose[M]//DERY M. Flame wars: the discourse of cyberculture. Durham: Duke UP, 1994: 179–222.

[32] DOKU S O. Cosmopolitanism in the fictive imagination of W. E. B Du Bois: toward the humanization of a revolutionary art[M]. Lanham: Lexington Books, 2015.

[33] DRIELING C. Constructsof "home" in Gloria Naylor's Quartet[M]. Würzburg, Germany: Knigshausen & Neumann, 2011.

[34] DU BOIS W. E. B. The comet[M]// THOMASS, SIMMONSM. Dark matter: the anthology of science fiction, fantasy and speculative fiction by black writers. New York: Warner Books, 2000.

[35] DU BOIS W. E. B. The conservation of races[M]// Writings: the suppression of the African slave trade, the souls of the black folk, dusk of dawn, essays and articles. The Library of America, 1986. p.817.

[36] DU BOIS W. E. B. The souls of black folk[M]. New York: Bantam, 1989.

[37] ELIA A. The languages of afrofuturism[J]. Lingue elinguaggi, 2014, (12): 83–96.

[38] ELI A. W.E.B Du Bois's proto-afrofuturist short fiction: "The comet"[J]. Il Tolomeo, 2016, 18: 173–186.

[39] FABIM G. Race travel in turn-of-the-century African American utopian fiction[M]// FABIM G. Passing and the rise of the African American novel. Urbana: University of Illinois Press, 2001.

[40] FISHER R R. The anatomy of a symbol: reading W. E. B. Du Bois's Dark Princess: a romance[J]. CR: the new centennial review, 2006, 6(3): 91–128.

[41] FOSTER A. Nancy Prince's utopias: reimagining the African American utopian tradition[J]. Utopian studies, 2013, 24(2): 329–348.

[42] FRASER G. Transnational healing in Pauline Hopkins'sOfone blood; or, the hidden self.[J]. Novel: a forum on fiction, 2013, 46(3): 364–385.

[43] Frias, Maria. "Taking-no-shit?" Black women's ghetto in Gloria Naylor's

The women of Brewster place (1982) and in Ntozake Shange's For colored girls who have considered suicide when the rainbow is enuf (1977). Revista de Estudios Norteamericanos,1996: 49–56.

[44] GATES H L. The trope of a new negro and the reconstruction of the image of the black [J]. Representations, 1988, (24): 129–155.

[45] GATES H L, JARRETT G A. The new negro: readings on race, representation, and African American culture, 1892—1938 [M]. Princeton: Princeton University Press, 2007.

[46] GEBREKIDAN F N. Bond without blood: a history of Ethiopian and new world black relations, 1896—1991 [M]. Trenton, NJ: Africa World Press, 2005.

[47] GILLMAN S. Pauline Hopkins and the occult: African-American revisions of nineteenth-century sciences [J]. American literary history, 1996, 8 (1): 57–82.

[48] GILROY P. Black fascism [J]. Transition, 2000, (81/82): 70–91.

[49] GOODMAN L S, MAYER C. Homeownership and the American dream [J]. The journal of economic perspectives, 2018, 32(1): 31–58.

[50] GOYAL Y. Black nationalist hokum: George Schuyler's transnational critique [J]. African American review, 2014, 47(1): 21–36.

[51] GREGG R, KALE M. The negro and the dark princess: two legacies of the universal races congress [J]. Radical history review, 2005, (92): 133–152.

[52] GRIFFITHS T M. Queer. black politics, queer. black communities: touching the utopian frame in Delany's Through the valley of the nest of spiders. African American review, 2015, 48(3): 305–317.

[53] GRONER I N, HELFELD D M. Race discrimination in housing [J]. The Yale law journal, 1948, 57(3): 426–458.

[54] HAIDARALI L S. Browning the Dark Princess: Asian Indian embodiment of "new negro womanhood" [J]. Journal of American ethnic history,

2012, 32(1): 24-69.

[55] HALLR M. Serving the second sun: the men in Gloria Naylor's Mama Day [M] // STAVESA. Gloria Naylor strategy and technique, magic and myth. Newark: U of Delaware P, 2001: 77-96.

[56] HAMPTON G J. Vampires and utopia: reading racial and gender politics in the fiction of Octavia Butler [J]. CLA journal, 2008, 52(1): 74-91.

[57] HARRIS J W. Deep Souths: Delta, Piedmont, and Sea Island society in the age of segregation [M]. Baltimore: Johns Hopkins University Press, 2001.

[58] HELFORD E R. "Would you really rather die than bear my young?": the construction of gender, race, and species in Octavia E. Butler's"Bloodchild."[J]. African American review,1994, 28(2): 259-271.

[59] HONEYMAN S. Gastronomic utopias: the legacy of political hunger in African American lore [J]. Children's literature, 2010, 38(1): 44-63.

[60] HOPKINS P E. Of one blood; or, the hidden self. 1902-03 [M] // CARBY H V. The magazine novels of Pauline Hopkins. New York: Oxford University Press, 1988.

[61] HUMANN H D. "A good and necessary thing": genre and justice in Octavia Butler's Bloodchild and other stories [J]. Interdisciplinary literary studies, 2017, 19(4): 517-528.

[62] IJEOMA C N. The significance of the wall in Gloria Naylor's The women of Brewster place [J]. BMA, 1999,4(2): 32-42.

[63] JACKSON J, SLAUGHTER S, BLAKE J H. The Sea Islands as a cultural resource[J]. The black scholar, 1974, 5(6): 32-39.

[64] Johns A. "The time had come for us to be born": Octavia Butler's Darwinian apocalypse[J]. Extrapolation (pre-2012), 2010, 51(3): 395-413; 343. p.410.

[65] JOHNSON E A. Light ahead for the negro [M]. New York: The Grafton Press, 1904.

[66] JONES C M. Southern landscape as psychic landscape in Toni Morrison's

fiction [J]. Studies in the literary imagination, 1998, 31(2): 37–48.

[67] JOO H J S. Old and new slavery, old and new racisms: strategies of science fiction in Octavia Butler's Parables Series [J]. Extrapolation, 2011, 52(3): 279–299.

[68] KAIN J F. Housing segregation, negro employment, and metropolitan decentralization [J]. The quarterly journal of economics, 1968, 82(2): 175–197.

[69] KELLEY R D G. Freedom dreams: the black radical imagination [M]. Boston: Beacon, 2002.

[70] KOHLI A. But that's just mad! Reading the utopian impulse in Dark Princess and Black Empire [J]. African identities, 2009, 7(2): 161–175.

[71] LAMBERT R. Alice Walker's The Color Purple: womanist folk tale and capitalist fairy tale [M] //LAGRONE K. Alice Walker's The Color Purple. New York: Rodopi BV, 2009: 43–56.

[72] LEMKE D. A critique from within: the early African American utopian tradition and its visions of a better society [D]. Minneapolis: University of Minnesota, 2020.

[73] LENZG H. Radical cosmopolitanism: W.E.B. Du Bois, Germany, and African American pragmatist vision for twenty-first century Europe [J]. Journal of transnational American studies, 2012, 4(2): 65–96.

[74] LEWIS A O. The utopian hero/ ROEMER K M. America as utopia. New York: Burt Franklin& Company, 1981: 133–147.

[75] LILLVIS K. Mama's baby, papa's slavery? The problem and promise of mothering in Octavia E. Butler's "Bloodchild" [J]. MELUS, 2014, 39(4): 7–22.

[76] LOCK G. Blutopia: visions of the future and revisions of the past in the work of Sun Ra, Duke Ellington, and Anthony Braxton [M]. Durham, N.C.: Duke University Press, 1999.

[77] LOCKE A. The new negro [M] // LOCKE A. The new negro. New York:

Atheneum, 1968: 3–16.

[78] LOUMD. Gloria Naylor's The women of Brewster place (1982): a humanistic novel [M] //KANDJI M. Women's studies, diasporas and cultural diversity: essays in literary criticism and culture (Collection Bridges 12). Darkar: Darkar UP, 2008: 115–141.

[79] LUCKHURST R. "Horror and beauty in rare combination": the miscegenate fictions of Octavia Butler [J]. Women: a cultural review, 1996, 7 (1): 28–38.

[80] MACCRONE D. The sociology of nationalism: tomorrow's ancestors [M]. London and New York: Routledge, 1998.

[81] MARVIN T F. "Preachin' the blues": Bessie Smith's secular religion and Alice Walker's The Color Purple [J]. African American review, 1994, 28 (3): 411–421.

[82] MBITI J S. African religions &philosophy [M]. Oxford; Portsmouth, N.H.: Heinemann, 1990.

[83] MENDES H. The African heritage cookbook [M]. New York: Macmillan, 1971.

[84] MILLER J. Post-apocalyptic hoping: Octavia Butler's dystopian/utopian vision [J]. Science fiction studies, 1998, 25 (2): 336–360.

[85] MINTON J. Cockaigne to Diddy Wah Diddy: fabulous geographies and geographic fabulations [J]. Folklore, 1991, 102 (1): 39–47.

[86] MINTZ S W. Sweetness and power: the place of sugar in modern history [M]. New York: Penguin Books, 1986.

[87] MONTGOMERY M L. The fiction of Gloria Naylor: house and spaces of resistance [M]. Knoxville: University of Tennessee Press, 2010.

[88] MORRIS S M. Black girls are from the future: afrofuturist feminism in Octavia Butler's Fledging [J]. Women's studies quarterly, 2012, 40 (3/4): 146–166.

[89] MOYLAN T. Demand the impossible: science fiction and the utopian

imagination [M]. New York: Methuen, 1986.

[90] MULLEN B V. Afro orientalism [M]. Minneapolis and London: University Of Minnesotta Press, 2004.

[91] NAYLOR G. Linden Hills [M]. New York: Ticknor & Fields, 1985.

[92] NAYLOR G. Mama Day [M]. New York: Ticknor & Fields, 1988.

[93] NAYLOR G. The women of Brewster Place [M]. New York: Penguin Books, 1983.

[94] NELSON A. Introduction: future texts [J]. Social text, 2002 (20): 1–15.

[95] NICHOLS W, HENRY C P. Imagining a future in America: a racial perspective [J]. Alternative futures: journal of utopian studies, 1978, 1 (1): 39–50.

[96] NICHOLSON D. Gloria Naylor's island of magic and romance. The Washington post (1974-Current file), 1988-02-28 (255).

[97] NOWROUZI T, FAGHFORI S, ZOHDI E. In search of equality: a dream deferred for African Americans in A Raisin in the Sun [J]. Theory and practice in language studies, 2015, 5(11): 2269–2276.

[98] OPIE F D. Hog & hominy: soul food from Africa to America [M]. New York: Columbia University Press, 2008.

[99] PEASE W H, PEASE J H. Black utopia: negro communal experiments in America [M]. Madison: University of Wisconsin Press, 1963.

[100] PERRY D. Gloria Naylor [M] // MONTGOMERY M L. Conversations with Gloria Naylor. Jackson: University Press of Mississippi, 2004: 76–104.

[101] PFAELZER J. The impact of political theory on narrative structures [M] // ROEMER K. America as utopia. NY: Burt Franklin & Company, 1981: 127–128.

[102] PFAELZER J. The utopian novel in America, 1886—1896: the politics of form [M]. University of Pittsburgh Press, 1985.

[103] PLEIJ H. Dreaming of cockaigne: medieval fantasies of the perfect life [M]. Trans. Webb D. New York: Columbia University Press, 2001.

[104] RAMMEL H. Nowhere in America: the big rock candy mountain and other comic utopias [M]. Urbana: University of Illinois Press, 1990.

[105] RAYSON A. George Schuyler: paradox among "assimilationist" writers [J]. Black American literature forum, 1978, 12 (3): 102–106.

[106] REIDM A. Utopia is in the blood: the bodily utopias of Martin R. Delany and Pauline Hopkins [J]. Utopian studies, 2011, 22 (1): 91–103.

[107] ROBERT A. The history of science fiction [M]. London: Palgrave Macmillan, 2016.

[108] ROHY V. Time lines: Pauline Hopkins' literary history [J]. American literary realism, 2003 35 (3): 212–232.

[109] RUSHDYA H A. Neo-slave narratives: studies in the social logic of a literary form [M]. New York: Oxford University Press, 1999.

[110] SARGENT L T. African Americans and utopia: visions of a better life [J]. Utopian studies, 2020, 31 (1): 25–96.

[111] SARGENT L T. The three faces of utopianism revisited [J]. Journal of the society for utopian studies, 1994, 5 (1): 1–37.

[112] SARGENT L T. Utopianism: a very short introduction [M]. Oxford: Oxford University Press, 2010.

[113] SCHEER-SCHÄZLER B. Loving insects can be dangerous: assessing the cost of life in Octavia Estelle Butler's novella "bloodchild" (1984). Biotechnological and medical themes in science fiction, (2002): 314–322.

[114] SCHLABACH E. Du Bois' theory of beauty: battles of femininity in Darkwater and DarkPrincess [J]. Journal of African American studies, 2012, 16 (3): 498–510.

[115] SCHUYLER G S, Hill R A. Black empire [M]. Boston: Northeastern UniversityPress, 1991.

[117] SEYFERTH P. A glimpse of hope at the end of the dystopian century: the utopian dimension of critical dystopias [J/OL]. ILCEA. Revue de l'Institut

des langues et cultures d'Europe, Amérique, Afrique, Asie et Australie, 2018(30). http://journals.openedition.org/ilcea/4454.

[118] SIDBURY J. Becoming African in America: race and nation in the early black Atlantic[M]. New York: Oxford University Press. 2007.

[119] SIMAWE S A. The agency of sound in African American fiction[M]// SIMAWE S A. Black orpheus: music in African American fiction from the Harlem Renaissance to Toni Morrison. New York & London: Garland Publishing, Inc., 2000.

[120] SLATE N. Colored cosmopolitanism[M]. Harvard University Press, 2012.

[121] SLATE N. W. E. BDu Bois and race as autobiography[M]// SLATE N. The prism of race: W. E. B Du Bois, Langston Hughes, Paul Robeson, and the colored world of Cedric Dover. New York: Palgrave Macmillan Publishers, 2014: 31–55.

[122] STILLMAN P G. Dystopian critiques, utopian possibilities, and human purposes in Octavia Butler's Parables[J]. Utopian studies, 2003, 14(1): 15–35.

[123] THARP J. The maternal aesthetic of Mama Day[M]// STAVES A. Gloria Naylor strategy and technique, magic and myth. Newark: U of Delaware P, 2001: 118–131.

[124] The Combahee River Collective. A black feminist statement[M] // JAMES J, SHARPLEY-WHITING T D. The black feminist reader. Malden & Oxford: Blackwell Publishers Ltd, 2000: 263–264.

[125] THIBODEAU A. Alien bodies and a queer future: sexual revision in Octavia Butler's "Bloodchild" and James Tiptree, Jr.'s "With delicate mad hands"[J]. Science fiction studies, 2012, 39 (2): 262–282.

[126] THOMAS S R. Dark matter: a century of speculative fiction from the African diaspora[M]. New York: Warner Books, 2000.

[127] TUCKER L. Recovering the conjure women: texts and contexts in Gloria

Naylor's Mama Day[J]. African American review, 1994,28（2）：173–188.

[128] VERMONJA R A. Cosmopolitan fantasies, aesthetics, and bodily value: W. E. B. Du Bois's Dark Princess and the trans/gendering of Kautilya[J]. Journal of Transnational American Studies, 2011, 3(1)：1–26.

[129] VESELÁ P. Neither black nor white: the critical utopias of Sutton E. Griggs and George S. Schuyler[J].Science fiction studies, 2011, 38（2）：270–287.

[130] WALKER A. In search of our mother's garden, womanist prose[M]. New York: Harcourt Brace Jovanovich Publishers, 1983.

[131] WALLINGER H. Pauline E. Hopkins: aliterary biography[M]. Athens: University of Georgia Press, 2005.

[132] WALTONP L. "What's she got to sing about?": comedy and "The color purple."[J]. ARIEL: a review of international English literature, 1990, 21（2）：59–74.

[133] WARDI A J. Water and African American memory: an ecocritical perspective[M]. Gainesville: University Press of Florida, 2011.

[134] WARFIELD A. Reassessing the utopian novel: Octavia Butler, Jacques Derrida, and the impossible future of utopia[J]. Obsidian III 6.2/7.1（2005—2006）：61–71.

[135] WARNES A. Hunger overcome? Food and resistance in twentieth-century African American literature[M]. Athens: University of Georgia Press, c2004.

[136] WASHINGTON J C. A raisin in the sun revisited[J]. Black American literature forum, 1988, 22(1)：109–124.

[137] WEINBAUMA E. Interracial romance and black internationalism[M]// Gillman S K, Weinbaum A E. Next to the color line: gender, sexuality, and W. E. B Du Bois. Minneapolis: University of Minnesota Press, 2007: 96–123.

[138] WHIT W C. Soul food as cultural creation [M] // BOWER A L. African American foodways: explorations of history and culture. Urbana: University of Illinois Press, 2007: 45–58.

[139] WILLIAMS-FORSON P A. Building houses out of chicken legs: black women, food, and power [M]. Chapel Hill: University of North Carolina Press, 2006.

[140] WILLIAMS P N. Black perspectives on utopia [M] // RICHTER P E. Utopia/ dystopia? Cambridge, Mass.: Schenkman, 1975: 45–56.

[141] WILSON C E. Gloria Naylor: a critical companion [M]. Westport, Conn.: Greenwood Press, 2001.

[142] WOMACK Y L. Afrofuturism: the world of black sci-fi fantasy and fantasy culture [M]. Chicago: Chicago review press, 2013.

[143] WOOLF V. A room of one's own [M] // The people, place, and space Reader. Routledge, 2014: 338–342.

[144] YANG N N. Walking in a dystopian world: violence and body in Octavia E. Butler's Parable of the sower [J]. Fiction and drama, 2012, 21 (2): 63–92.

[145] YENTSCH A. Excavating the South's African American food history [M] // BOWER A L. African American foodways: explorations of history and culture. Urbana: University of Illinois Press, 2007.

[146] ZABEL G. Ernest Bloch and the utopian dimension in music [J]. The musical times,1990, 131 (1764): 82–84.

[147] ZAKI H M. Utopia, dystopia, and ideology in the science fiction of Octavia Butler [J]. Sciencefiction studies, 1990, (17): 239–251.

[148] ZAMALIN A. Black utopia: the history of an idea from black nationalism to afrofuturism [M]. New York: Columbia University Press, 2019.

[149] 埃德加·莫兰. 现实主义与乌托邦 [J]. 周云帆, 译. 第欧根尼, 2007 (1): 27–38.

[150] 艾丽斯·沃克. 紫颜色 [M]. 陶洁, 译. 南京: 译林出版社, 1998.

[151] 奥卡特维亚·巴特勒. 血孩子[J]. 叶凡, 译. 新科幻（文学原创版）, 2014 (7): 38-48.

[152] 本尼迪克特·安德森. 想象共同体: 民族主义的起源与散布[M]. 吴叡人, 译. 上海: 上海人民出版社, 2005.

[153] 毕小君. 解构中的重构——兰斯顿·休斯的乌托邦[J]. 河南师范大学学报: 哲学社会科学版, 2012, 39(4): 241-243.

[154] 伯纳德·W. 贝尔. 非洲裔美国黑人小说及其传统[M]. 刘捷, 潘明元, 石发林, 译. 成都: 四川人民出版社, 2000.

[155] 陈华. 美国文学中的混血人形象评述[J]. 外国文学研究, 2000(4): 128-133.

[156] 陈琛, 陈红薇:《哈莱姆二重奏》的"呼与和"布鲁斯叙事研究[J]. 外国文学研究, 2016, 38(2): 63-70.

[157] 底特律自由新闻报. 美国黑人社会生活[M]. 李延宁, 译. 北京: 新华出版社, 1987.

[158] 冯丽君. 论《紫色》中沃克的双性同体和谐观[J]. 译林（学术版）, 2012 (8): 49-57.

[159] 弗吉尼亚·伍尔夫. 一间自己的房间[M]//弗吉尼亚·伍尔夫文集: 论小说与小说家. 瞿世镜译. 上海: 上海译文出版社, 2000. p.156.

[160] 盖尔·柯林斯. 美国女人[M]. 暴永宁, 何开松, 刘智宏, 译. 北京: 东方出版社, 2006.

[161] 何秉孟. 新自由主义评析[M]. 北京: 社会科学文献出版社, 2004.

[162] 黑格尔. 历史哲学[M]. 王造时, 译. 上海: 上海世纪出版集团上海书店出版社, 2001.

[163] 华建平(Talich). 天堂在上, 美国在这儿[M]. 上海: 上海三联书店, 2013.

[164] 黄虚峰. 美国南方转型时期社会生活研究（1877—1920）[M]. 上海: 上海人民出版社, 2007.

[165] 嵇敏. 美国黑人女权主义视域下的黑人女性书写[M]. 北京: 科学出版社, 2011.

[166] 金寿铁. 音乐是最年轻的艺术——论恩斯特·布洛赫的音乐哲学[J]. 德国哲学, 2016(1): 199–234+305–306.

[167] 卡尔·曼海姆. 意识形态与乌托邦[M]. 北京: 九州出版社, 2007.

[168] 克雷格·惠特克. 建筑与美国梦[M], 张育南, 陈阳, 王远楠, 译. 北京: 中国建筑工业出版社, 2019.

[169] 兰斯顿·休斯. 兰斯顿·休斯诗选[M]. 邹仲之, 译. 上海: 上海译文出版社, 2018.

[170] 劳伦斯·戴维斯, 张也. 历史, 政治与乌托邦——走向社会理论与实践的综合[J]. 国外理论动态, 2016(5): 18–29.

[171] 劳伦斯·R. 萨缪尔. 美国人眼中的美国梦[M]. 鲁创创, 译. 北京: 新星出版社, 2015.

[172] 李力, 曾强. 美国的基督教原教旨主义[J]. 国际资料信息, 2005(6): 32–37.

[173] 李怡. 布鲁斯化的伦理书写: 理查德·赖特作品研究[M]. 北京: 中国社会科学出版社, 2016.

[174] 刘彬. 原始主义与非裔美国文学——评20世纪前及哈莱姆文艺复兴时期的非裔美国文学[J]. 外语教学, 2011(6): 87–90.

[175] 刘英, 李莉. 女性乌托邦: 《她乡》和《红楼梦》中的"女儿国"[J]. 吉首大学学报(社会科学版), 2007(5): 100–105.

[176] 龙跃. 走出恶托邦播撒环境正义的种子——论巴特勒《播种者的寓言》[J]. 外国语文2014(6): 19–24.

[177] 鲁思·列维塔斯. 乌托邦之概念[M]. 李广益, 范轶伦, 译. 北京: 中国政法大学出版社, 2018.

[178] 罗良功. 艺术与政治的互动: 论兰斯顿·休斯的诗歌[D]. 武汉: 华中师范大学, 2008.

[179] 洛琳·汉斯贝瑞. 阳光下的葡萄干[M]. 吴世良, 译. 北京: 人民文学出版社, 2020.

[180] 马少华. 想得很美——乌托邦的细节设计[M]. 北京: 中国青年出版社, 2011.

[181] 欧翔英. 西方当代女权主义乌托邦小说研究[M]. 成都: 四川大学出版社, 2010.

[182] 庞好农. 非裔美国文学史(1619—2010)[M]. 北京: 中央编译出版社, 2013.

[183] 秦洁荣. 托妮·莫里森《宠儿》中的乌托邦主义[D]. 成都: 四川师范大学硕士, 2004.

[184] 屈书杰. 美国黑人教育发展研究[M]. 石家庄: 河北大学出版社, 2004.

[185] 隋红升. 非裔美国文学中的男性气概研究[M]. 杭州: 浙江大学出版社, 2017.

[186] W.E.B杜波依斯. 黑公主[M]. 谢江南, 等, 译. 北京: 中国对外翻译出版公司, 1998.

[187] 王成宇. 紫色与妇女主义[J]. 当代外国文学, 2006(2): 78-83.

[188] 王冬梅. 种族性别文化寻根——从《紫色》管窥艾丽斯·沃克的文化寻根意识[J]. 宁夏社会科学, 2010(4): 162-164+169.

[189] 王冬梅. 种族、性别与自然——艾丽斯·沃克小说中的生态女人主义[M]. 厦门: 厦门大学出版社, 2013.

[190] 王业昭. 布克·华盛顿思想解析——文化主导权的视角[J]. 世界民族, 2012(6): 74-81.

[191] 王予霞. 美国黑人左翼文学消长的历史启示[J]. 国外文学, 2014(03): 48-56.

[192] 王予霞. 20世纪美国左翼文学思潮研究[M]. 北京: 中国社会科学出版社, 2014.

[193] 王卓. 艺术与政治互动诗歌与人生同行——评罗良功《艺术与政治的互动: 论兰斯顿·休斯的诗歌》[J]. 外国文学研究, 2011(1): 163-166.

[194] 武玉莲. 非裔美国文学中的空间表征[J]. 西安外国语大学学报, 2015(8): 91-94.

[195] 武玉莲. 格洛丽亚·内勒之乌托邦思想研究[D]. 北京: 北京外国语大学, 2015.

[196] 武玉莲. 南北战争以降非裔美国乌托邦表征空间之嬗变研究[J]. 天津

209

大学学报（社科），2020（7）：355-360.

[197] 谢国荣. 1960年代中后期的美国"黑人权力"运动及其影响[J]. 世界历史，2010（1）：42-54+159.

[198] 余秋兰. 社会歧视下美国黑人女性的生存智慧——艾丽斯·沃克的《紫色》体现的批判现实主义[J]. 学术界，2015（3）：149-158.

[199] 詹作琼."天堂'还是'地狱'?——解析托妮·莫里森《乐园》中的异托邦[J]. 中北大学学报（社会科学版），2016，32（3）：99-101+106.

[200] 张冲. 面对黑色美国梦的思考与抉择——评《跨出一大步》和《阳光下的干葡萄》[J]. 外国文学评论，1995（1）：72-77.

[201] 张洁. 格洛丽亚·内勒小说《贝利咖啡馆》的乌托邦解读. 河北师范大学，2017.

[202] 张静静，谭惠娟. 杜波伊斯的黑人女性观[J]. 求索，2014（5）：173-177.

[203] 张翼飞. 现代性与乌托邦——对西方现代乌托邦的类型学研究[D]. 杭州：浙江大学，2012.

[204] 中国人民解放军五二九七七部队理论组，南开大学历史系美国史研究室及七二届部分工农兵学员编. 美国黑人解放运动简史[M]. 天津：人民出版社，1977.

[205] 周春. 美国黑人女性主义批评研究[M]. 成都：四川大学出版社，2007.

[206] 周莉莉. 隐身的隔离：《克莱伯恩公园》中的伦理困境[J]. 戏剧文学，2011（11）：42-45.

[207] 朱小琳. 乌托邦理想与《乐园》的哀思[J]. 北京第二外国语学院学报，2005（4）：96-100.